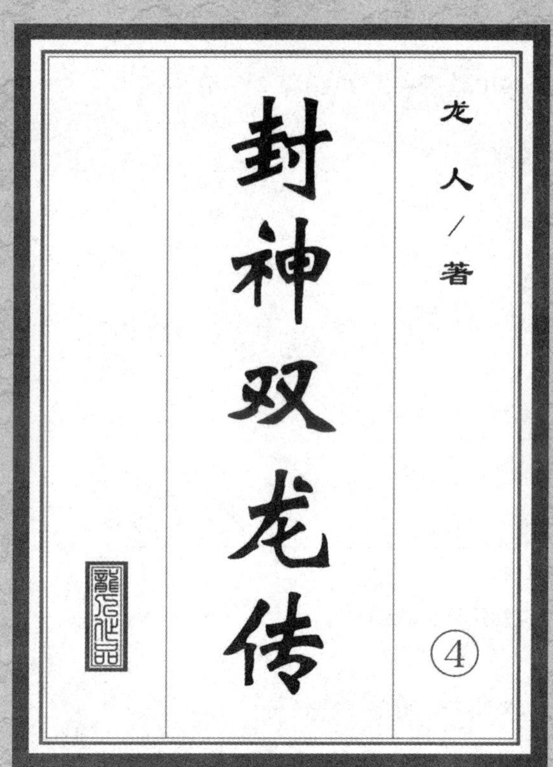

封神双龙传

龙人／著

④

二十一世纪出版社集团
21st Century Publishing Group
全国百佳出版社

图书在版编目(CIP)数据

封神双龙传:全10册/龙人著.-- 南昌:二十一世纪出版社集团,2017.10

ISBN 978-7-5568-3102-9

Ⅰ.①封… Ⅱ.①龙… Ⅲ.①侠义小说–中国–当代 Ⅳ.①I247.5

中国版本图书馆CIP数据核字(2017)第243767号

封神双龙传　　龙　人著

责任编辑　敖登格日乐
出版发行　二十一世纪出版社集团
(江西省南昌市子安路75号　330025)
www.21cccc.com　cc21@163.net
出 版 人　张秋林
经　　销　新华书店
印　　刷　北京龙跃印务有限公司
版　　次　2018年1月第1版　2018年1月第1次印刷
开　　本　710mm × 1000mm　1/16
印　　张　160
字　　数　1728千
书　　号　ISBN 978-7-5568-3102-9
定　　价　498.00元(全10册)

赣版权登字—04—2017—744

目 录

第五十章　妖后淫威

试问倚弦与桓冲这么大动作，幽云仙子的修为如何不能察觉，她飞掠而出，见到这像是在斗鸡的两个人，幽云怒吒道："你们在这里作甚么？"

倚弦刚要说明一切，桓冲眼珠一转，已经抢先道："还请小师妹原谅，我见这小贼私闯'剑莲池'偷窥你修练，所以忍不住出手教训他，哪知因此惊动小师妹法驾，得罪之处还望见谅。"

倚弦哪想到桓冲竟然反口诬蔑，怒喝道："你胡说……"

"那你这时来这里作甚？"桓冲截住他下面的话，反问道，"这里是小师妹的修练之地，你不会说是因为刚刚睡醒无所事事，经过外面就瞎逛到这里吧？"

"我有事……"倚弦眼中精芒掠过，突然看到自己一直想证实的东西，就在幽云胸前明晃晃地挂着，那便是再熟悉不过的"凤首莹心锁"。

幽云本来还不会妄下定论，但看倚弦发光的眼睛竟一直盯着自己胸口看，哪知道倚弦是确定她身份后一时间的兴奋和激动，想起自己冰清玉洁的身子被此人偷看，顿时羞恼交加，"灵睿剑"出鞘，横空直刺倚弦。

倚弦面对利刃，并没有躲开，道："幽云公主，你不记得我了么？"

"公主？"幽云诧异地停住了直取倚弦双目的神兵利器。

倚弦诚恳的望向幽云，感慨万分道："当初，我们兄弟两人在天命异馆初次见到你，后来又在皇宫再次遇到你，其间还产生了一点误会……"说到这里，倚弦尴尬地一笑，又继续道，"……直到后来你被妲己和闻仲所害，我们兄弟还以为你死了，没想到还能再见到你。以前都是我们害你丢了性命，现在就算被你杀，我也没有怨言，你动手吧！"

幽云见他在“灵睿剑”面前一脸诚恳之意，不像说谎，她的芳心一阵萌动，自从重生后她一直感怀不知身世之苦，但整个蜀山又根本无人知晓并告知她，此时听倚弦说认识她，不由芳心一颤，略显激动后又恢复冷静，问道：“你真的认识以前的我?”

桓冲一见二人之间不对劲，心中大急，立即插话道：“小师妹，你别信他!”

幽云冷冷地瞥了他一眼，道：“请问桓师兄怎么会来这里？师父好像说过这里是我的专属修练之处，没经过我的允许，任何人都不得随意靠近，何况我还布了结界，看来师兄的修行很是不错啊，随随便便就把师妹的结界破了……”刚才急怒攻心加上倚弦无意识的眼神才让她失去冷静，这时的幽云显然清醒过来。

桓冲贪婪地看着眼前衣褛浸湿、秀色可餐的幽云，辩解道：“我说过这不是我的本意……”

幽云打断他的话，淡淡道：“不必多说，不管如何，今天的事情我不想追究，但若是以后谁再靠近‘剑莲池’，就别怪我手下无情。”

桓冲脸色大变，他知道幽云虽然入门修道不久，但修为却是不弱，加上蜀山剑宗三大名剑之一的灵睿剑威力无比，况且真打起来别说自己是否狠得下心出重手，至少师父那里也交代不过去。

幽云不再理他，回首对倚弦道：“我们到外面去说吧。”

倚弦觉得好笑地看了一眼脸色铁青的桓冲，跟着幽云行出洞去。

桓冲在后面盯了许久，终于愤愤离去，当他出了剑莲池，见倚弦和幽云并肩漫步行走在山崖小径之上，桓冲忍不住抽出仅次于“灵睿剑”的神兵利器“离尘剑”怒而出手，顿时剑气冲天，金黄色的剑芒挥洒而出，劈天盖地般击在眼前的翠竹林里，但这一剑之威甫入翠竹，竟立即消失不见，再无一丝反应。

桓冲对此毫不意外，蜀山的翠竹林虽然看似无意的布置，却几乎完全符合这天地间的玄奥规律，除非是以洪钧老祖这样的修为，否则休想损坏这翠竹林丝毫，正因此他才会肆无忌惮地出剑泄恨。

“桓冲师兄，用得着发这么大火吗?”这时，一声嗤笑远远传来，惊醒了桓冲。

桓冲向发声的地方看去，一道熟悉的人影从翠竹林中缓缓走了出来，正是元都。

“元都，你怎么会在这里?”桓冲神色一冷，想到刚才的失态举止让这个师弟看见，怎么说也有些难堪。

元都笑道：“我来这里本来是奉师尊之命，想找易兄弟谈些事情的，但见他跟小师妹似乎比较亲密，所以就不好意思出面了。”

“哼!”桓冲更是怒不可遏，捏着“离尘剑”的手上几乎青筋暴起，恨不得立时将倚弦斩于剑下。

元都暗笑道：“看来易兄弟和小师妹很早就认识，而且关系似乎不浅。”

桓冲冷笑道：“这小子不知是从哪里冒出来的，怎么可能认识小师妹，我看他多半是用花言巧语去骗小师妹才是真的。”

元都摇头叹道：“但起码他说出来的话还算动听，看样子小师妹非常相信他。”

桓冲更是勃然大怒道：“我迟早会让小师妹看清楚他的真面目!”

元都赶忙劝阻道：“桓师兄可千万不要胡来，师父这几日都在研究那‘乾元绫’，必定不会允许你对他不利。何况他手中‘龙刃诛神’的威力你也不是不知，依我看，师兄若是与他一战，胜负都是未知之数!”

“龙刃诛神!”桓冲怒哼一声，道，“这是我蜀山剑宗的万剑之尊，他算是什么东西，凭什么用它。师尊说他至今连‘灵悟剑诀’都没办法参悟通透……哼，龙刃若是落在我手中，定然比他更能发挥出它应有的威力!”

元都沉吟点头道：“龙刃诛神一向是我剑宗的至宝圣物，落在他人之手终是不妥，只是师父碍于身份不能强求于人，所以只能靠我们找一个正大光明的机会，才能为蜀山争回这柄代表三界至尊的神兵。”

桓冲一怔，问道：“什么机会?”

元都微微一笑，悠悠道：“要用龙刃诛神必须有过人的修为，明日就是我剑宗一年一度的‘蜀山剑会’，到时或许可以让他证明一下是否配用这等神兵利器!”

桓冲眼中精芒闪动，沉思半晌后毅然道："龙刃诛神绝不能落入外人之手!"

"剑莲池"外的山径小路上，倚弦与幽云且走且谈，将自己与耀阳初次见到幽云以及以后遇到的事情一一说出来幽云听，当然略过了他们兄弟俩偷看她洗澡的事情。

倚弦说完后见到幽云一脸沉思的样子，不由关切问道："怎么样，你还记得吗?"

幽云螓首微颔，幽然清澈的明眸中流露出一丝迷茫的伤感，叹了一声道："根据蜀山剑宗的门规，自从我成为剑宗弟子之后，前生的记忆便完全被封印在曾经用过的'凤鸣剑'内，所以我现在根本不知道自己在拜入剑宗之前的所有事情。"

倚弦恍然大悟，难怪幽云不认得他，原来她的前生记忆已经被全部封印。他想了想，又问道："难道你们剑宗所有的弟子都不知自己的身世?"

幽云摇头道："那倒不是，但真正知道自己在尘世的身世者，皆是修为大成之人。我剑宗有门规，所有弟子托世的记忆尽数封存在前生佩剑中，可以随意取拿，只是为了不因尘世俗事妨碍修行，所以除非有人能达到'剑心通玄'的境地，凭自身超强的剑心修为唤出属于自身的剑器，否则根本无法从其他途径得知自己的身世!"

"原来如此!"倚弦已经接触蜀山剑宗的剑诀，知道蜀山剑宗的剑诀重在修心，若非断绝尘俗旧事，势必会阻碍修行的进度。

"可惜我虽然已经臻达'剑心通玄'的地步，但苦于剑心修为并不稳定，所以就怕自持力不够，唤不回'凤鸣剑'倒也罢了，若是因此受了内伤延误自身修炼，就得不偿失了!"幽云叹息了一声望着倚弦，突然秀目一亮，转头对倚弦道，"对了，你身上的龙刃诛神乃是我蜀山剑宗的万剑之尊，应该可以帮我将凤鸣剑唤回!"

幽云用芊芊玉手撩起垂下了挡住眼睛的的柔顺长发，那温柔随意的动作散发出一种独特而清秀的魅力，让心静如水的倚弦也不由看呆了。

倚弦收拾心绪，问道："你真的这么想要知道吗?"

幽云幽幽道："我一直就觉得很无助，仿佛没有一个亲人似的，那种感觉太过孤寂了。而且，我总觉得还有一些重要的事情没有去做，没有一刻能安下心来，所以我非常想知道以前的身世，希望以此来了却心中夙愿，可以安心修习剑道，故而希望你能帮我！"

倚弦犹豫了片刻，虽然他在幽云从前的记忆中没有什么好印象，但毕竟从前是他们兄弟俩犯下的过错，才连累了幽云丧命，说起来他原本就欠幽云的，如果能帮她达成愿望，就算是助她修行也好，以此来减少他心中对幽云的愧疚，当下倚弦道："放心吧，无论如何，我一定会帮你将'凤鸣剑'找回。"

"谢了！"幽云欣喜万分，又忍不住问道，"幽云有个问题不知当不当问？"

倚弦道："仙子但问无妨。"

幽云郑重问道："你为何肯这样帮我？"

倚弦深深地叹了口气，略有伤感地苦笑道："……以前我欠了你一笔债，现在或许可以借此还给你。"

幽云见他肯帮助自己，心情大好，首次展开笑颜，有如百花齐放、眩目夺神。倚弦再次看得一呆。幽云见他那副傻样，不禁噗哧笑道："如果你欠我够多的话，这次还了恐怕还不够！"言罢，幽云再一笑道，"哦，我到了，我要进去换件衣衫，你不如在这里等我片刻。"

倚弦没想到她会露出如此娇羞的小女儿神态，不由为之一愣，抬头一看，原来已经到了主峰偏殿，看着幽云飘然入殿的曼妙身影，苦笑不已。

蜀山。

倚弦与幽云两人飞身来到"万剑冢"之上，此时已是月上中空。柔和似絮，轻匀如绢的浮云，映着月光，照的天地间的一切显得飘渺而又真实。月光如水，静静地泻在那嗡嗡作响的剑器上，像是薄雾笼罩下的一帘幽梦，影射出光与影之间和谐的旋律，悠悠摇浮。

望着眼前的万千剑器，倚弦不由问道："这里的剑器如此之多，我们几时才能找到你的'凤鸣剑'呢？"

幽云仙子闻言淡然道：“此事不劳公子费心，幽云虽不记得凤鸣剑的形状特征，但此地如若真有此剑，幽云定然能够找得到！”当即面对“万剑冢”盘膝坐下，一双素手翩然翻动，一种极其玄奥的法诀已然在她掌指之间结成法印。

倚弦的神识蓦然一阵灵动，感应到幽云娇躯之上丝丝玄能溢荡而出，环笼了整个剑冢，波及到万千不一的剑器上，激荡出道道颜色各异的光晕涟漪。随着时间的流逝，万千剑器中一声清越孤高的嗡鸣倏然响起，其声孤傲有若凤鸣，悲怨却是更甚，如凄似泣，但却隐含不甘锵然鸣响。

倚弦循音望去，只见一柄晶莹玄彩的凤纹古剑兀自竖立于一块崖石之上，剑身被幽云所放玄异灵能轰撞，七彩玄光蓬然四射而出，将其周遭数丈方圆耀的流光异彩，炫目已极。与之它旁边剑器相比，它尤显得卓越不凡，赫然便是往昔幽云所用佩剑——凤鸣。

此时，凤鸣剑正自震抖连连，摇摆不停，但却始终未曾脱出身下崖石的夹控。

倚弦正暗自焦急之际，忽听身旁幽云“噗”的一声发出闷哼，周身流放而出的灵能登时减弱，俏脸刹那变得雪白，显然她已无力召回自己的昔日剑器。

倚弦虽然对“灵悟剑诀”掌握不深，但此时迫于无奈只好凝神聚念，鼓动自己体内归元异能，依照“灵悟剑诀”中的御剑之术，将背上的龙刃诛神掣出，释放出滚滚元能遥指凤鸣剑，企图将其召回幽云手中。

于此同时，倚弦忽感体内割据中丹渊海的冰晶、火魄两物骤然骚动不已，但不容他多想，手中的“龙刃诛神”已然蓦地长吟，脱离自己掌控而去。

龙刃诛神仿佛已经超越时间与空间的阻隔，方自倚弦手中脱出，就已出现在他身前丈余处的虚空之中，沿着龙刃诛神划过长空的痕迹，它与倚弦之间蓦然显出一道紫青双色的气幕翩然跃起。

眨眼间，气幕消失无踪，龙刃诛神倏地一震，发出铿锵错落列列有致的动人心魄之声，随着此声环荡而出，山上万千剑器似乎受此感应，尽数狂飙而起，直射长空而去，在空中激射乱舞，将虚空渲染成一副流光异彩的巨大流动画面，惊世骇俗的漫天剑气狂涌波荡，将倚弦与幽云的万千发丝卷起，不停扶摇抖动，仅只刹那间，一切的一切又蓦地静止下来，变得寂静无声了。

在这绝对静止的世界，倚弦仿佛感觉到天地间一切都不再变化，哪怕纤细入微的空气流动，但在这相对静止的殊异场景下，反应在他心中却是浪涛翻涌，莫名的灵应契机浮上心头，“灵悟剑诀”中至今未曾明悟的“明剑玄心”，以一种异样的顿悟之感如夏日残荷一般升起，所有的所有就这样豁然开朗。

无名剑势如雨后春笋般滋生而起，倚弦不由自主将右掌缓缓抬起，身前的龙刃诛神骤然激射而来，化作一条紫色隐龙状，直入倚弦掌心而去，倏地消失无影无踪。倚弦知道“龙刃诛神”已经跟自己合契归一。

臣服于空中的万千剑器这才丁零当啷的倾泻直下，重归原位，而凤鸣剑在幽云的召唤中飞到幽云身侧。幽云素手轻摇，将凤鸣剑握于掌心平置胸前，将全副心神沉入剑心之中，她周身登时耀起璀璨眩目的七彩流光。

倚弦知道她此时正将凤鸣剑中的往昔记忆重新融会于剑心之中，心下方自领悟“明剑玄心”的激荡心情立时被另外一种局促难安的忐忑所替代。因为他无法预料当幽云取回往昔记忆之后，能否禁得起悲苦命途的心理打击。而且倚弦也在茫然焦错不安，他不知道自己帮助幽云寻回往昔记忆是对还是错，或许幽云不知从前事还会开心一点，茫然不知有时确比清明痛苦来得舒服。

过了良久，幽云缓缓张开一双清冷无比的明眸，将凤鸣剑收入体内，对倚弦问也不问，仿若陌路人一般，一语未发便腾身飞遁离去。

倚弦看着幽云远去的身影，不由黯然长叹，喃喃道：“难道我真的做错了?”但他知道这一切皆有定数，不论结果如何，这毕竟都是从前的事情了。虽是这样安慰自己，但倚弦怎能抵住心中对幽云的无限愧疚，视若无睹她心中的万般凄苦而不管不顾呢?

就在这时，一位蜀山剑宗的男弟子腾空而至，扬声道：“易公子，师尊请你明晨前去剑成殿参加每年一度的蜀山剑会。”其态甚为恭敬，显然倚弦炼狱顶上与众魔一战已然哄传整个蜀山剑宗。

倚弦强自打起精神，应道："这位兄台，烦请转告老祖，倚弦明日自会前去。"

那名弟子听后躬身一礼转身行去，剑冢之内又剩下孤零零的倚弦一人，他不由暗自想道："小阳，如果你在此处，又会怎样做呢？"

翌日清晨。

晴空万里，斜风轻摇，蜀山剑宗三座剑峰浮山依然有条不紊地运转，除却主殿以外的另外两座山峰之上，早已熙熙攘攘站满了数以千计的蜀山弟子。他们以本身修为的级数列作数格，或低声交流剑道心得、或细语畅谈今日盛典……好一派热闹非凡的景象。

白色雾气浮聚离散，渺渺白云朵朵飘过，不时将他们的身影隐匿，让御风行出剑冢的倚弦差点以为这是虚幻的梦境。他的出现立刻引起所有蜀山弟子的注意，不知者交头探询身边人关于倚弦的身份，知情者自是告知此人就是这几日声名鹊起得到"龙刃诛神"的易公子云云。此言传出，女弟子自是对俊逸挺秀的倚弦大起青睐之意，男弟子固然因此升起挑战切磋之心。

倚弦立身空中也是一呆，哪曾想到今日如此热闹，顺眼向主峰剑成殿望去，殿前空地前一排桌椅摆置整齐，旁侧数十名弟子分列两旁，座上至今仍是空无一人，显然是宗主一类地位尊崇之人所坐。

那日炼狱顶上与倚弦一道回来的数名弟子显然辈分颇高，就在一派桌椅之后，见到倚弦后连忙飞身迎上，争先恐后引他往主峰飞去，一派以识得倚弦为荣之态。

倚弦的心中难免有扬眉吐气之感，却也能淡然处之。他登上主峰之后，肃穆的钟声悠然响起，另外两峰弟子的嘈杂之声顿消，四下寂静一片，鸦雀无声。

倚弦知道，应该是洪钧老祖他们亲临而至。

夜色已深，天上繁星点点，有风拂过，吹过四面的的树木哗哗作响。

耀阳仰天叹了口气，感到心中烦乱不堪，这几日连连遭遇诸多事情，这才出朝歌，还未过五关，便碰到这么多高手拦截，以费仲与尤浑的心计，就算不亲身追来，也会下令剩下五关守将拦阻他们一行人，看来由此去往西岐之路必然艰辛而漫长。

更何况一路上三女随行，似乎对自己都颇有好感，可这三人与自己都有着不同关系，活泼可爱的人儿是自己与倚弦在冥界就认识的，慧黠的小仙却是追随自己最久的人，而冰清玉洁的梅若冰更是他的救命恩人，连自己也弄不清楚到底孰轻孰重，而更让他心中难受的却是小仙因与梅若冰几句口角而独自离去，虽已让千里眼与顺风耳去找，却依然没有消息，而他又不能惊动姬昌父子，只觉一个头有三个大。

前路渺茫，到底怎样才能闯过这重重关卡，何时才能到往那个向往已久的西岐呢？他心中建功立业的愿望又何时才能实现呢？

耀阳不由自主地想起了倚弦，若是倚弦此刻与自己在一起，那该多好，只有兄弟俩在一起，哪怕是再大的困难，耀阳也不会觉得有现在的困惑与疲惫，只要有倚弦在，就算天塌下来，他耀阳也会只当被盖，这就是兄弟，没有什么比他们之间的情义更重要了。

耀阳正思绪万千，心神猛地一动，不由向身后望去，不一会儿，两道人影已然自黑暗中射出，来至自己面前，双双叫道："师父！"正是小千与小风。

耀阳微一颔首，道："怎么样，小仙找到了吗？"

小千沮丧着脸，又急又气道："没有，我和小风搜索了方圆五十里，都没有发小仙姐的踪迹，也不知她上哪儿去了？"小风低声骂道："他奶奶的，都是那个梅……梅……要不是她故意气跑小仙姐，小仙姐怎么会不见了呢？"

耀阳喝止道："小风，别乱说话，梅姑娘也是无心之举！"顿了顿，他又道，"这样吧，你们先回客驿，由我去找小仙。"

小千与小风对望一眼，摇了摇头道："不，师父，我们不回客驿了！"

耀阳愣住了，不知他们兄弟俩想说什么。

"师父，是这样的！"小风已然低头说道，"小仙姐给我们留下消息，说不用找她了，她已经回'妖月梦冢'了，叫师父您不用担心她。"小千接着道："可是，我们很担心她，她一个人在'妖月梦冢'，根本不安全，我们既然称为'梦冢三少'，当然生死都在一起的了，所以希望师父允许我们去'妖月梦冢'照顾小仙姐。"

看着小千与小风那坚定不拔的神情，耀阳不禁大受感动，他想到小仙微弱的法力，的确让人不大放心，有小千与小风在她身边那便安全多了，便点头答应，向小千与小风二人道："为师准许你们二人前往找寻小仙，不过，找到小仙后一定要到西岐来找我，知道吗？"

小千与小风再次对看一眼，用力点头道："知道了，师父要多保重！"

耀阳心念一动，忽然身形倏地拨起，两脚踹出，踢向千里眼与顺风耳的屁股，笑骂道："知道了还不快滚，你奶奶的高祖，两个小王八蛋！"

谁知小千与小风反应敏捷，身躯闪动之下早已躲开，两人跟着笑骂道："老王八蛋师父，我们走啦！"

耀阳右手化元能为至寒之气，右手化元能为至热之气，正想同时施展出"天火炎诀"与"傲寒诀"来教训一下这两个"不遵师重道"的家伙，哪知元能才在"七真妙法指"引动下运到指尖，便感应到一道火性元能与一道冰性元能扑面而来，正是"天火炎诀"与"傲寒诀"，伴随而来的是小千与小风渐渐远去的嘻笑声：

"臭师父，接我一招'天火炎诀'！"

"臭师父，接我一招'傲寒诀'！"

耀阳见两小子竟敢班门弄斧，施展出"牵机玄引法诀"，不由哈哈大笑，元能掐诀自手下涌出，小千与小风的两道元能便被散得无影无踪了。他想起以前自己与倚弦初学《玄门要诀》时，最新学的便是这"天火炎诀"与"傲寒诀"，想起以前的种种趣事，不禁面露微笑，被他们这么一闹，耀阳郁闷的心情立时舒畅了许多。

眼见星月渐沉，夜色已深，耀阳的心情即已舒畅，想起出来散心也有不少时间了，怕客驿中众人担心，便回到了客驿。刚回客驿，他便遇到端水上菜的店小二对耀阳道："耀公子，那个姬公子说有紧要事情找你，要你去他房间找他。"

耀阳点了点头，转身往伯邑考的房间走去。他知道"姬公子"就是伯邑考，只是想不到这深更半夜的，伯邑考找他做什么？难不成西伯侯父子有什么重大问题要与他商量？

谁知刚走至伯邑考房门前，便听到一阵轻微的娇喘声，耀阳心中一怔，也不及细想，敲了敲房门，道："姬公子，我是耀阳，不知你这么晚那找我有何事么?"

伯邑考清脆的声音传了出来，道："原来是耀公子，赶快请进，我正巧有要事找你!"

耀阳应了一声，双手将门一推，打开房门，一大步跨了进去，一眼瞧去，不由被眼前的场景惊得目瞪口呆。只见屋里红烛高烧，铺满绣被的的床榻上躺着一名女子，伯邑考正跪坐在她身边，双手轻握成拳，一下又一下地帮那女子捶背，那女子一边享受似的发出轻吟，一边娇滴滴软绵绵地说道："唉，轻点，再上面一点!"其语声酥软怡人，不由让人闻言想入非非。

伯邑考异常听话，不但按照那女子的要求去做，而且要轻就轻，要重就重。堂堂西伯侯之子伯邑考竟然为一个女人捶背，这固然让耀阳感到惊讶，但更让他震惊莫名的是躺在床上的那个女人——

只见那女子凤眼弯眉，一张玉靥风吹得破，身着一身粉红衣裳半褪出床上，一双玉臂裸露在外，十指春葱似的白，美腿随意伸曲，露出莹白如玉的粉肌，侧卧的撩人身姿衬出酥胸半露，胸前更是乳沟隐现，让人一见之下心中忍不住生出一股冲动的欲望。

那名女子正看着目瞪口呆的耀阳，眼光盈盈流转，似笑非笑的迷人神情——正是"万妖魅后"妲己!

耀阳见妲己出现在伯邑考的房间里，而伯邑考竟然乖顺地为她捶捏，心中不禁咯噔一下。自从旎山掉入悬崖被梅清远与梅花救走后，他便一直没再遇见妲己，心中差点把这个当初害他们兄弟丧命的九尾妖狐给忘了，此时猛然间见她出现在自己面前，耀阳不禁心中一惊，如今虽然他已非当日那个傻小子可比，但能否敌得住这"万妖魅后"妲己，耀阳心下也没谱。

耀阳当下退后一步，身际元能立时涌出，在自身周围布下结界，以免妲己突然偷袭自己，这才喝道："妖狐，快把伯公子给放了，不然本少爷有你好果子吃！"

"臭小子，你现在混的风生水起，就连对本宫的称呼也忘了吗？"妲己素手一抬，两扇房门便自动关上，然后瞟了耀阳一眼，脸上七分春意三分荡意，风情万种地道："你放心，本宫此次前来只是和你叙叙旧而已，没有别的意思！"

耀阳哪里会信妲己的话，即然妲己出现在此地，而伯邑考又如此听从她的话，自然想到是妲己暗施诡计，以"魅心术"控制了伯邑考。一念及此，耀阳不由暗暗担忧，这妖狐向来诡计多，今番制住伯邑考，不知打的又是不什么鬼心眼，便冷哼一声道："娘娘有这么好心眼吗？还是快把伯公子给放了吧！"

妲己怎会不知他的想法，指了指伯邑考媚笑道："小子，你看清楚了，我可没有用'魅心术'制服他，是他自己愿意为我做任何事的，不信，你自己问问他。"

耀阳细看伯邑考，以他此时的眼光，自然纤微必睹，果然发现伯邑考没有被任何邪法附身的痕迹，忙呼道："伯公子，快到我这边来，这女子不是人，乃是一条九尾狐狸精！"

谁知伯邑考向耀阳投来一笑，道："耀公子，你错了，我是自愿服侍妲己娘娘的。"

耀阳不禁大吃一惊，倒退一步，仿佛不敢相信伯邑考的话，急道："伯公子，你怎么啦？"

妲已轻笑一声，道："谷菟，露出你的真面目给他看看！"

伯邑考应声道："是，娘娘！"他站起身来，将双手十指交缠，口中念诵着法咒，指诀缓缓挥动，一阵白茫之气从伯邑考身上涌出，瞬息间将他整个人淹没。

耀阳见伯邑考竟然能发出极为不弱的元能，而那股元能赫然是妖宗所有，不由大感惊异，但烟雾消散后现出的伯邑让耀阳惊呼了一声，因为伯邑考已经完全换了个面目，目如秋水，眉如远山，脸上竟然现出三分妖媚之色，本来伯邑考被称为西岐第一美男子，生得玉树临风，气宇轩昂，但与现在的样子比起来，虽然多出三分男子气概，却绝无现在这样秀美。

耀阳登时明白过来，眼前这人绝不是伯邑考，而是妖宗之人，而且应是妲己的同党。这一路行来，伯邑考恐怕早就被妲己给暗害了，不知什么时候找了个妖怪扮成伯邑考，想到这里，心中一阵愤怒，喝道：“妖狐，你们到底把姬公子怎么样了？”

妲己面色一整，冷冷道：“臭小子，今天不妨把实话告诉你，伯邑考其实早就死了，在你还没来得及救他之前，就被妖君厉煞所杀。”

耀阳失声道：“什么，伯邑考早死了？那我在费府救的是谁？”

妲己面色稍缓，却依然冷哼一声道：“你在费仲府中所救人的伯邑考便是由眼前这位‘梅山七圣’中的第七圣——谷菟幻化而成！”

谷菟笑吟吟向耀阳道：“耀公子，这一路上来多谢你照顾了！”

耀阳暗忖道：“他奶奶的！照顾你个妖精死人头！谁知你是什么死妖精变的。”他猛想起一事，又急问道，“那西伯侯姬昌呢？”他最怕的便是西伯侯姬昌也遇害了，现在同行的又是个冒牌货。

妲己明白耀阳的意思，道：“放心，臭小子，西伯侯货真假实，安然无事！”

耀阳初闻伯邑考的死讯，着实吃了一惊，但在妲己面前他如何敢放松心神，况且伯邑考已死，过分失神，只是于事无补，便暗中潜运归元异能，迅速让自己冷静了下来，忖道：“又是‘梅山七圣’中的人，看来妖狐与袁洪依然合作，既然自己在费府中救出的伯邑考是假的，那么说来，妲己并不是现在才找到自己，而是一直不动声色尾随在自己身后，原来自己一直还是被她玩弄于股掌之间。”

妲己瞧着耀阳的样子，冷然道：“放心，臭小子，我要想对付你早就出手了，用不着等到现在！哼，今天在渑池大道上，要不是我暗中助你，哼，‘妖尊’雪赤极早就把你的小命夺去了，你还有闲功夫在这里开庆功宴？别不识好歹，拿本宫的好心当作驴肝肺。”

妲己懒洋洋伸个腰，媚态万千地道：“你放心，本宫这次来，是有大事要与你合作！”

耀阳冷哼一声道：“娘娘还有什么大事，用得着小人吗？”

妲己对他抛了个媚眼，道："小子，你此行是想帮西伯侯姬昌回到西岐，是也不是？但你可知此时西岐早以妖魔当道，遍地风雨，与当日西岐全然不同？姬昌如果回到西岐，恐怕不到半日就不知会命丧谁手了！"

"什么？"耀阳失声叫道，若此时西岐已然一片混乱，那么自己护送西伯侯回去岂不是羊入虎口？这当儿后有追兵退不得，前有西岐又回不得，那么自己这行人到底该何去何留呢？

妲己叹了一口气，显然也对西岐形势之差也大感头痛，轻轻皱起眉头道："你有所不知，自西伯侯姬昌被纣王囚在天牢，三界风传，天象异生，紫薇之星入于毕乌之宿，预示圣主已生于西岐，天下即将一统。"

耀阳张口结舌道："什么天象异生，天下一统，有这么神吗？"

妲己白了他一眼，继续道："结果神、玄、妖、魔四宗都涌入西岐，各股势力纷纷拥立姬昌的子嗣，都想借此来掌握天下诸侯中势力最强大的西伯侯，哼，都怪西伯侯那糟老头子，生那么多儿子做什么，亏西岐臣民还有脸称讼他'西伯至德，遂生百子'，我呸！现在好了，九十九子都被神玄妖魔四宗不同的人所控制，届时大乱西岐，我看姬昌那老头回去又能怎样？"

耀阳听到此处，不禁吸了口凉气，没想到西岐竟然乱到如此地步，忍不住道："那姜子牙先生不是在西岐吗？又怎么会允许局势乱到如此地步？"

妲己冷笑道："姜子牙不过昆仑道宗一小小门下弟子，能有多大道行，姬昌不在朝中，老乞婆太姜垂帘，他现在想进宫都难上加难，更不用说辅佐谁？依本宫看来，他恐怕在西岐过得也是朝不保夕的日子。"

耀阳知道妲己在这种时候没有必要对他说谎，所说必然是西岐的真实情况，低头沉思了一阵，问道："那娘娘到底意欲何为？"

妲己媚笑道："本宫打算与你合作，毕竟你现在是姬昌的救命恩人，加上由谷菟幻化的伯邑考是西伯侯的长子，只要你们一回到西岐，便可以挟西伯侯而控制整个西岐，加上我与'梅七山圣'在暗中相助，不服者诛之，西岐很快便在你我掌握之中，到那时，不但是西岐，整个天下还不都是我们的？"

耀阳不顾妲己凌厉凶狠的目光，断然拒绝道："不行——"

妲己冷哼一声，目中凶光暴涨，喝道："小子，本宫是看得起你才跟你打个商量，如果你硬要不识好歹，本宫可不会客气，直接替你送西伯侯回西岐，那两个女娃儿我也替你一并管管。"

耀阳怎会不知妲己的手段，心中一惊，低头沉思一番，才神色稍缓，犹豫道："娘娘，不如你容我考虑一晚，明天再答复你，如何?"

妲己这才近乎呻吟地媚笑一声，道："臭小子，这就对啦，赶快滚回去歇着吧，想清楚了再跟本宫说。对了，我想这次你总不会想花样逃走吧，你应该知道得罪本宫的下场!"

耀阳知妲己在暗指如果自己玩花样，她必然会对梅若冰与人儿不利，心中虽然愤恨难消，但听她答应自己考虑的事情，不由松了口气，慢慢退出伯邑考的房间，他甫一退了出来，房门便又立刻关上了，那近乎床第间的呻吟声又开始若有若无地发出。

耀阳没有听在耳中，此时的他沮丧莫名，原来以为自己已经脱出他人掌控，没想到自己所做的一切仍然在妲己掌控之中，妲己处处占着上风，当此之时，他知道自己只有答应考虑与妲己合作，才能稍缓一步，不然，妲己一个大怒，自己虽然有人儿、梅若冰二人相助，可是妲己加上"梅山七圣"，自己怎么算都是有败无胜，所以现在只能走一步算一步了。

回到他所住的房间，耀阳也没注意到房间闪出粉红色的灯光，便径直推门而入。

第五十一章　威扬蜀山

悠扬的钟声中，洪钧老祖与南极仙翁自殿内缓缓走出，身后跟着几位身着玄衣，神情肃穆的白发老者，其后便是冰冷无情的幽云、如今身为玄宗弟子的杨戬与那卑鄙无耻的小人桓冲，有过一面之缘的元都与一干蜀山剑宗弟子紧随其后。

洪钧老祖走到殿前早已准备在此的桌椅前坐下，南极仙翁与那几名老者也在他的左右落座，洪钧老祖这才对倚弦招呼道："易小友请这边来坐!"说着指了指身后一副座位。

虽是末座，但倚弦却也是受宠若惊了，他哪曾想过能与玄门三宗其中之一的宗主坐在一起，忙恭声谢道："多谢老祖赐坐!"于是也不客气，走上前去坐了下来。

倚弦方一落座，就见四面弟子均自祭出长剑，伏身拜倒其上，齐声喝道："恭迎宗主!"清风掠过，似乎将声音扬出好远。

洪钧老祖微微一笑，对着几千弟子挥手示意。

桓冲走至崖边，朗声道："诸位师弟师妹，一年之期又到，今次剑会如同往昔一般，每人均有机会挑战任何辈分之人，与之切磋剑艺共同提高，所以一切都按照惯例，小兄也就不再多说。不过，此次宗主与几位长老亲自前来察看，你们尽管放手为之，也好让宗主与长老予以指点。"

说罢单手一挥，令人热血沸腾的浑厚鼓声蓦地响起，三座剑峰浮山中央的虚空之中，浓厚的云雾慢慢消散开来，一道约有十丈方圆的巨大石台凌空出现，却不知究竟是何时搭建而成。

忽听一声剑鸣长吟而起，一名蜀山弟子已然自左峰御剑来到石台之上，遥向右峰大声道：“悟字辈悟能向然字辈然灯师兄请教！”

右峰立时又有一名弟子御剑飞出，道：“然灯接受挑战！”

倚弦循声望去，只见石台之上，两名男子卓然而立，一挺拔如松，似红木傲岸，元能滔滔鼓舞间，一柄蓝汪汪的宝剑在他双手指间呜呜绕转，旋舞出层层叠叠丽蓝光芒。十丈之外，另一男子临风而立，右手斜握一柄弯弯曲曲的奇形宝剑，周身剑气凛然。

忽听惊天震响，一道金黄剑芒冲天起，映射满天，场中两人对决已经开始。

倚弦心中一凛，凝神观望，只见场中衣袂翻飞，两人闪电飞掠，犹如两团光影一般在石台上兜转不息。一对神剑交错飞舞，耀出满天金蓝异色的彩光。火花激撞，气浪迸飞，刹那之间，两人便已激斗了数十回合。

劲能鼓舞，剑气纵横，眩光耀眼。

倚弦虽相隔甚远，但仍可以感觉到那汹猛的劲浪狂涛般地奔卷拍舞似的，不知不觉间他的呼吸、心跳都随着两人的节奏急速奔走，跌宕起伏。

石台四周云浪激涌，翻飞逸舞，随着台上两人的每次碰撞而急速变幻着。两人越战越快，众人瞧得眼花缭乱，只见人影过处，无数金蓝双色剑气劲浪此起彼落地迸炸开来，绚然怒射，五彩缤纷。衬着凌空石台、漫漫云海，更觉奇特壮观，看得一众蜀山弟子连声叫好。

倚弦昨晚在剑冢之时，目睹万剑腾空大有感悟，只道已尽窥灵悟剑诀之妙。但今日观望蜀山弟子之战，始知那日不过管中窥豹，略识其妙而已。当下聚精会神，细心揣摩两人玄能剑气变化的每一细微精妙之处，逐渐摸到一点头绪。

就在这时，一道声音在他耳旁轻声呼道：“易兄……”

倚弦意犹未尽的扭头望去，却见乃是元都，出于礼貌，倚弦展颜笑道：“元都兄有何指教？”

元都也自笑道：“是师尊让我来招呼易兄的，看样子，易兄好似对剑道颇有兴趣哩！”

倚弦谦逊地回道：“小弟虽有兴趣，但却自认及不上台上那两位兄台的剑道精妙玄奥。”

元都却道：“他们两人不过是我剑宗略有根基的弟子罢了，如若说到修为精深，那还得说是家师与四位长老。”

倚弦好奇地问道：“元兄所说的四位长老可是那几位老者？”说着望向那四名老者。

元都颔首道：“正是，几位长老近几百年来鲜有露面，一直闭关研习剑道，此次出关乃是百余年来破天荒第一次，其实就是为了易兄所带来那块‘乾元绫’的缘故！”

倚弦点点头，问道：“原来如此，元都兄，小弟近日来在贵宗所见的弟子不过寥寥百余人，今日为何忽然好似多出这么多似的？”

元都哈哈笑道：“易兄，这就有所不知了，主峰之上只宗主、长老弟子数十人，其他人均在御剑峰居住修炼。我蜀山弟子何止千数，第一、二次神魔大战我宗弟子功劳至伟，这也是我宗一直位列玄门三宗之首的原因！”

很快，双方胜负立分。接下来的几场剑斗，倚弦就与元都在此有一茬没一茬的聊着，一面紧紧关注场上打斗，不解之时自然出言询问，元都也都一一告知。如此下来也有七场打斗过去。

忽然间，桓冲仰天一声长啸，将正要出场的几位蜀山弟子阻住，翻身飞掠而出，御剑停于空中，朗声道：“蜀山弟子桓冲挑战得到‘龙刃诛神’的易公子！”

顿时，一石激起千层浪，左右二峰弟子登时哗然，交头接耳望向倚弦。

洪钧老祖、南极仙翁与几位长老却是在旁皱眉不语。

倚弦根本瞧不起这卑鄙小人，当下眉头一皱就要开口拒绝，哪知桓冲又道：“易公子既然手持本宗圣物，就该有驾驭我宗圣物的本领，小弟斗胆代诸多师弟师妹向你请教，看看易公子是否够资格持有本宗圣物‘龙刃诛神’，想来易公子不会是怕了吧？”

其他两峰登时传来阵阵期待的呼啸之声，毕竟他们也想知道本宗年轻一代最为杰出的桓冲，与这神秘公子究竟那位厉害。

倚弦看不过他叫嚣的模样，想起他昨日的卑鄙行径，当下剑眉一挑，冷声喝道：“谁怕你不成！”

说罢，他长身而起，脚尖一点，御风飞舞，轻飘飘地落到三峰正中的石台上。

众人见他姿势优雅，快捷如电，毫不拖泥带水，登时喝起一片叫好声。加之倚弦的飘逸潇洒之气，在雾气缥缈中尤显出他的与众不同。蜀山女弟子心神迷醉，凝视着这卓然而立、俊美绝伦的三界后起之秀，私语嫣然，议论纷纷。就连面上冷寒若冰的幽云也不由意夺神摇，心中乱跳，眼中复杂神色一闪即逝。

钟声悠荡，战鼓震响。

桓冲见倚弦到来，笑道："易公子，请进招吧！"他清瘦的脸上露出戏谑的微笑，青衫飞舞，双手自然下垂，一柄寒芒流转的长剑凭空出现在身前，仿佛一条空中漂浮的残羽一般，悠悠荡荡。无形之间，一股浩然玄能汹汹鼓舞，徐徐弥散，石台四周的云浪雾波剧烈的荡漾起来。

倚弦从未在如许高空与人打斗，他望着身际丝绸般荡然飘过的浮云心中不禁一紧，颇为方才鲁莽迎战而后悔，但如今已然是箭在弦上不得不发。他双手交叠，凝神聚念，缓缓将双手左右拉开，紫光耀射的龙刃诛神赫然出现在他掌中。

"呼！"桓冲青衫倏然后卷，猎猎翻飞，周身仿佛被狂风刮拍，摇摇欲坠，脸上也如水波般抖动起来，然后他蓦然厉喝一声，身形呈旋转之势向倚弦冲来。

倚弦只觉周身仿若陷进一道由玄能剑气织布的巨网之中，全被桓冲的神识思感锁定，感觉稍一动身就会遭到桓冲致命一击似的。此时，他见桓冲袭来，当下将心一横，左手"七真妙法指"翩然挥动，全身异能已然尽聚右臂之上，依照昨晚所悟以我心入剑心之策，将龙刃诛神横扫而出。

只听"轰"一声暴响，紫金交缠的异芒蓬然四散，两道人影急电似的电射而回，倚弦与桓冲两人竟是势均力敌。众人齐声惊呼，本来听闻倚弦在炼狱顶上的诸般作为都不大相信，但此时见他在蜀山剑宗最杰出的青年弟子桓冲和三大神兵中的"离尘剑"、以及两大必杀剑技之一的"幻篆离魂斩"下，仍能安然脱身，不由得信了八九分。

桓冲双目中陡然闪过惊讶之色，讽刺道："不错嘛，我蜀山剑宗的灵悟剑诀倒让你领会了几分。"说着，他右腕一抖，离尘剑轰然咆哮，卷起一道金黄色的强猛剑芒，绚舞横空，直射而来。那长剑凌冽呼啸，突然光芒暴涨，寸寸迸裂，仿佛一条巨大金龙蓦地怒吼冲出！

倚弦也不理睬他，苦思应敌之策，忽然脑中一道灵光闪过，十指登时飞弹翻动，依照冥界之时所见的"玄冥气剑诀"和自己参研《玄法要诀》对元神道鼎、经络脉搏的熟悉程度，似模似样地施展出来。

蜀山剑宗数千人登时哗然，此等震慑三界的法道功法他们怎能不知，如今见倚弦使出怎能不惊。而洪钧老祖、南极仙翁以及那几位长老却知道那只是形似而已，不过也对倚弦聪颖的绝顶天资所震撼。几人相互对望一眼，均自知道倚弦此举并非卖弄，而是深有他意。

果如他们所料，桓冲心中惊骇难当，奋起神威"唰……唰……唰"三剑直袭倚弦要害部位。

倚弦昂首卓立，镇定自若，孤傲的嘴角荡起一丝灵动笑容，额间青莹的异色图腾骤然出现，也似嘴角的笑容一般兀自闪亮不息，在漫天云雾之中为他的卓越身姿平添光彩。他方才簌簌留下的冷汗却是谁也没有发现，方才冒险出奇招，实乃是受上次乾元山杨戬一斗所赐，正所谓攻心为上！

当然，他也知道此招只能对付像桓冲这等玄功修为的人。

思忖间，倚弦早已主动劈出数剑，一招一式之间毫无花哨但却异能疾涌。桓冲此时心中惊骇，早已失了分寸，舍去他足以胜过倚弦的坚实剑道根基，被倚弦实打实的路数逼得一味只知蛮打猛攻起来。

洪钧老祖与南极仙翁等人瞧出倚弦的用意，但都面面相觑，不知桓冲为何会失了往日的分寸。

桓冲蓦地冲天一声厉啸，双手将离尘剑高举过顶，金黄流芒从剑上急电游走而下，环绕周身，丝茧一般将他环护其中。"嘣！"两人又是猛烈一剑对上，四处云雾急速汇聚石台之上，又随着紫青金黄交集暴射的流光异芒倏地离散。蜀山众人透过重重云雾，根本瞧不分明场中情况，此时云散雾离，倚弦与桓冲两人静静对立的身影终于再次映入眼帘。

突然间，桓冲衣衫尽裂，随风化蝶般四处逸舞，身形轰然倒下。倚弦呆立当场，哪曾想到他居然就此不济，蜀山弟子们也都均是一愣，随即哄然吵成一团。

洪钧老祖与南极仙翁、四位长老的身影倏地在主峰遁失，刹那间已经出现在桓冲身边。

南极仙翁颇为不悦，对倚弦责道："小友怎可下此狠手，难道不知得饶人处且饶人吗?"

倚弦虽心下无愧，但桓冲身上剑伤却也是他所留下，当下歉声道："方才那一剑的劲道与先前相差无二，小易也不知这究竟是怎样回事，桓冲兄怎会忽然不支。"

洪钧老祖闻言立觉不对，探视桓冲腕脉，登时脸色大变道："桓冲脉搏虚实无序，隐于体内的剑气也荡然无存，此乃虚脱之象。但他身为玄宗弟子自幼苦修，根基之扎实非他人能比，又怎会无故出现虚脱之象?"

南极仙翁与几位长老均是面色凝重，上前查探。

此时幽云与众弟子均自赶来，将桓冲从台上扶起，为他疗伤敷药，不久桓冲缓缓醒来，见到众人都围在他身边，脸上羞愤之色一时尽现无疑。

倚弦因为误伤桓冲心下十分不安，正想上前道歉，却看到了他眼中一闪而过的怨毒愤恨之色，不由自主停下了脚步。

洪钧老祖摇头暗叹这徒儿终究还是逃不过这俗情虚名所累，当下厉声询道："冲儿，为师方才查探你体内伤势，居然发现你三百年剑道苦修却呈此虚脱之象，这究竟为何?"

桓冲茫然道："弟子不知，只是方才激斗之时忽然觉得体内元能枯竭，念力涣散，剑招一时竟然滞缓不出，这才……这才败于他手。"

洪钧老祖与四位长老闻言均是皱眉不语，南极仙翁像是想到了什么，道："我看桓冲贤侄此状，颇似中了魔宗毒药'涣灵丹'的症状。"

在场诸人听后登时哗然，倚弦心中更觉不妙，隐隐觉得此事并非如此简单，暗忖："莫非蜀山剑宗内已然潜进魔宗妖人?"

桓冲却是一呆，摇头道："不可能，这怎么可能，元都师弟岂会害我?"

洪钧老祖知道其中必有蹊跷之处，听闻此话浑身巨震，问道："此事怎会与元都有关，你还不速速从实说来!"

桓冲哪曾见过洪钧老祖如此疾言厉色，连忙跪伏空中，颤声道："昨晚元都曾交与徒儿一粒丹药，说是可瞬间激发自身元能。徒儿本不想收，但……但想到易公子手中有龙刃诛神相助，所以一时糊涂……"

倚弦与在场众人无一人想到会是元都，桓冲之语登时震动全场。

洪均老祖听到此处，却忽然失声呼道："不好！"

话音未落，就见一名浑身浴血的蜀山弟子御剑飞来，老远就自呼道："师尊，元都师兄忽然冲入剑祠杀死……杀伤几位师兄之后，便将易公子那块'乾元绫'抢走了……"

洪钧老祖似是早有所料，摇头一叹，一双眼眸之中玄芒乍现，喝声道："今日剑会到此为止，主峰弟子两人一队，速速在我蜀山剑宗周遭千里之地搜查元都与魔宗之人的踪迹。其他弟子紧守己位，加强巡逻，以防妖人魔头趁机混入我宗门禁地！"

"是！"众弟子应声答允，都感到从未有过的紧张而凝重的气氛压顶而至，立即有条不紊领命而去。

倚弦一眼瞥见幽云孤傲冰冷的背影，心中一动，连忙上前对洪均老祖道："老祖，我也想与贵宗弟子一起前去追缉元都，不知可否？"

洪钧老祖闻言喜道："如此甚好，老夫还真不知该如何跟小友交代呢。"说罢将幽云唤了过来道："云儿，你就与易小友一道，也好有个照应！"

幽云依旧是一副冷冰冰的模样，淡淡道："幽云遵命！"

倚弦与幽云两人各自向洪钧老祖行了一礼，转身飞遁而去。

这一切都被受伤的桓冲瞧在眼里，他心下更觉恼怒已极，不顾自身伤势，大步走到洪钧老祖面前，道："师尊，此事因弟子而起，所以无论如何，敢请师尊准许弟子也去搜寻元都。"

洪钧老祖细细盯着眼前这名天资聪颖的弟子，好半晌才道："也好，不过你多带几位师兄弟，切记要小心行事。"隧即转首望向南极仙翁。

南极仙翁当然知晓他的心意，当下道："洪钧老友，不如让小徒杨戬与桓冲贤侄同去吧。"

洪钧老祖点头同意，杨戬与桓冲两人这才尾随众弟子而去。

推门而入，耀阳不由愣住了。

只见房间亮着粉红色的烛光，四周洋溢着一股扑鼻的香气，一人低头坐在床上，紫衣轻罗，长发如瀑，脸颊艳红欲滴，正是梅若冰。

梅若冰见耀阳开门进来，便抬起头来，用一双水汪汪的眼睛看着他，先是脸色一白，然后又一阵晕红，扑到耀阳怀里，呜咽道："耀大哥，对不起，今天是我不对，可是我不是存心气走小仙姑娘的。"

耀阳被梅若冰抱了个正着，暖香满怀，薄薄的内衫紧贴着玲珑有致的身体，仿佛充满了燃烧的火焰，散发出一股淡淡的幽香，撩人情思，抱着一个酥软的身躯，闻着那幽幽的处子之香，再看着梅若冰那张犹若海棠带雨的脸庞。

他想起怀中这个可爱的女子，不但救过自己的性命，而且她爷爷梅清远在回山之时还特意叮嘱要他好好照顾她，再一想到小仙被气跑也是她无心之言，耀阳哪里还有半丝责怪她的意思，连忙轻拥着她，安慰道："冰儿，别难过，大哥不怪你，这不是你的错。"

梅若冰抬起头来，惊喜地看着他："耀大哥真的不生我气了?"

耀阳看着她那娇艳无比还挂着泪珠的俏脸，只觉有一样东西自体内生起，令他忍不住便要俯下身去亲吻那张脸，眼看两人越靠越近，那股欲望也越来越强烈，几乎就要呼之欲出……四片唇已经轻轻吻在了一起，梅若冰伸出纤纤玉手勾住耀阳的脖子，耀阳只觉得一物奇滑，自梅若冰的嘴里探入，伸入自己的嘴内，且不停地挑动自己的舌头，那正是梅若冰的丁香之舌。

耀阳心神一荡，血脉贲张，一股烈火自心底腾地烧了起来，那已到了极点的情欲再也无法收拾，猛然暴涨，情不自禁地噙住那细小嫩滑的香舌，轻轻吮吸起来。

耀阳略带粗野的占领梅若冰温润的嘴，不停地搅动，时而直入，时而打转，时而乱动，品尝那特殊的甘甜，而且一双手不停地在梅若冰柔软而光滑的身上游走，时而粗野，时而温柔。

两人的舌头在灵巧的缠绵交欢，而双手在对方身上游走的同时，也将彼此的衣服去得一干二净。耀阳抱着梅若冰重重倒在锦被上，伴着耀阳第一次充满无限激情的动作，两个人渐渐水乳交融在一起……

急促的喘息慢慢平稳了下来，最终只有细微的呼息。

激情过后，梅若冰满足地伏在耀阳怀中沉沉睡去。初尝这人欲大事后，耀阳却感到了一种前所未有的充实，整个人都变得兴奋起来，刚才那种沮丧与失望全都抛到了脑后，一股前所未有的激昂斗志在他心中生起，无论如何，命运总是由自己主宰的，他耀阳也一样！

次日清晨，天刚拂晓，众人便买了一些马匹、干粮，启程继续朝西岐进发。

经过了昨晚一夜温柔，耀阳的颓废之情尽去，取而代之的是前所未有的激昂斗志，骑在高头大马上顾盼四方，感到格外神清气爽。

人儿大是惊讶，道："耀大哥，有什么事让你这么高兴?"

耀阳微笑不语，望向梅若冰，梅花若玉面一红，娇嗔地瞪了他一眼，便转过头去佯装无事一般，惹得耀阳哈哈一笑，只觉心情愉悦无比。

伯邑考策马上前，跟进耀阳身边，两人策马并行，伯邑考低声问道："耀公子，昨晚的事情想得如何?"

耀阳正在回味昨晚的旖旎缠绵，闻言一怔，不知是何缘故，他忽然有了一种冲动，那是重造肉身后在妲己挟制下所产生第一次冲动的感觉，不由脱口而出道："烦请告诉娘娘，我愿意与她合作，不过……"说到这里，他促狭地眨了眨眼睛，道，"……我有一个条件！"

伯邑考微愕，道："什么条件?"

耀阳手中马鞭一挥，在空中"啪"地摔响了一声，双目中精芒湛现，道："只要娘娘肯陪我一夜即可！"语罢，他哈哈大笑，双脚一夹马腹，大喝一声"驾"，驱马驰向阳光普照的前方。

西行这一路上，只要方便，耀阳便与梅若冰共度春宵，他毕竟是少年血气方刚之人，初尝这等床第之乐，犹如蜂之逐蜜，一发而不可收拾，愈发与梅若冰显得如胶似漆。人儿初到人界，依然每天缠着耀阳问东问西，但她为人天真烂漫，心无所求，与梅若冰处得倒还算合治。

行不了几日，众人便到了临潼关。临潼关不愧为殷商五关之一，众人皆担心费仲与尤浑会假借纣王旨意，下令五关守将沿途拦截，过关时会被认出来，惹来不必要的麻烦，商议一阵后，决定在城墙僻静处，由耀阳轮流背负姬昌与伯邑考以“风遁”出关。

如此一来，他们以同样的方法轻松地过了临潼关、潼关、穿云关、界牌关四关，一路无惊无险。

不过数十日，众人便出了汜水关，汜水关便是殷商与西周之隔，出了汜水关，便是金鸡岭，然后是首阳山、桃花岭，再过燕山，便是西岐之地了。

一众人行过燕山，沿途所见，行人让路，礼别尊卑，民风淳朴，人民皆丰衣足食，山川秀丽，果然人杰地灵，耀阳自小便生活在动乱之中，触目所见皆是饿殍遍野之地，何曾见过这等太平盛景，对姬昌不由越来越加钦佩，相反对妲己所言西岐已然大乱临头之象却有所怀疑，但也奇怪，妲己自从那晚以后便不再出现，耀阳也无从找她质疑，只有将疑问存在心里。

这一日行至天黑，离西岐城已然只有七十里之遥，众人借宿于民居，虽说西岐民风淳朴，但那户人家得到大把金铢也自欢天喜地，全家老小都搬到左邻右舍，把整座房子都空出来给耀阳众人住。

众人吃过晚饭，各自闲聊了一会儿，便歇息去了，耀阳却被人儿缠了好一会儿才回到房中，他一回到房中，便掩了门，和衣躺在床上。跟往常一样，过不了一会儿，他便听到一阵细微的脚步声，门被人轻轻推开，又轻轻的关上，来人走到耀阳跟前。

耀阳猛地一个虎跳，抱住了来人，来人娇嗔道：“耀大哥，你净会欺负我!”

耀阳嘻嘻一笑，双臂环抱着梅若冰惹火的身材，道：“冰妹，等会你才知道什么叫欺负!”说着便吻住了梅若冰的嘴，两人自从欢好以后，在没人时称呼得自然更是亲密了。两人忘情地吻了好一会儿，梅若冰才娇喘连连地推开耀阳，耀阳给她勾起了欲火，哪里肯放过她，一把把她按在床上，正在宽衣解带之际，猛听得“笃笃笃”声连响，却是有人在敲门。

耀阳与梅若冰正要入港，不由都呆了一呆，不知是谁在这种紧要关头敲门，耀阳只有问道："谁啊？"

姬昌的声音门外响起："耀公子睡了吗？"

耀阳心里大叫不爽，道："侯爷有什么事吗？"

姬昌犹豫了一会儿，方道："我想与耀公子出去走走，有些事想与你谈谈。"

耀阳略一沉思，便道："好！侯爷稍待。"于是穿衣爬了起来，梅若冰有些不依地拉着他的衣袖，耀阳低头亲了她一下，低声道，"冰妹，我很快便回来！"

当下穿好衣服，将床上帐幔放下遮住梅若冰，开了房门，朝站在门外的姬昌行礼道："侯爷，这么晚了，有什么急事找我吗？"

姬昌笑了笑道："公子且和本侯出去走走吧。"

耀阳不明白姬昌找他到底是什么事，见姬昌这么说，也只有跟着向外走去。

这时，夜幕早已低垂，一轮圆月挂在天上，清光无限。

耀阳随着西伯侯慢慢向前走着，西伯侯时而抬头看月，时而长吁短叹，偏偏不与耀阳说一句话，耀阳满腹疑问，都又不知该从何说起，憋了半天才忍不住问道："侯爷找我，到底有什么事吗？"

"唉！"西伯侯终于止步长叹了一声，道，"公子觉得这殷商天下的大势到底如何？"

耀阳不知姬昌怎么会问他这个问题，便道："这个……小人自幼粗野，对这些不大懂。"

"耀公子大智若愚！"姬昌看了他一眼，道，"如今殷商纣王昏黜，整日沉迷于酒色，造肉林，作酒池，群臣上谏，便又造炮烙、虿盆之刑，朝中的忠诚之士纷纷遭其惨刑，且宠信奸小之辈，让费仲、尤浑这等小人把持朝政，令得八百镇诸侯纷纷反抗，天下大乱，群侯吞食，大王居然全不在意，只是派崇侯虎这等小人消灭反抗之人，却不知崇侯虎狼子野心，另有他图，唉，大商天下危矣。"

耀阳听西伯侯畅谈天下大势，且眼前局面居然了如指掌，不由大为叹服，道："侯爷无须担心，以侯爷之德，西岐定然太平无事。"

哪知姬昌听到他这句话后，更是一声长叹，娓娓而述道："公子有所不知，你这几日经过之处，见民众皆各安其生，便以为西岐真的太平无事，却不知西岐早已存在颇多隐患，本侯或生或养有百子之多，且各有文韬武略，但这也造成了他们谁也不服谁的脾气，本侯在或还能压制他们，但是本侯这段时间被大王囚禁在天牢，伯邑考曾与本侯说，西岐有不少风言风语说本侯已然被害，众子谁也不服谁，各自为政。唉，虽然目前还是隐忍不发，但这有如支撑整座殿房之柱基，一旦出现一小道裂痕，天长地久，裂痕越来越大，终有一日会令整座殿堂也会随之而毁。"

耀阳见他把西岐说这么岌岌可危，一时也想不出什么话来安慰他。

却听得姬昌又道："如今天下大乱，耀公子身具不世之才，不知将来有什么打算没有?"

耀阳心中一动，姬昌的话正触动了他的心思，他自天牢救出姬昌，原来就是要依靠他做一番大事，但同时又想先寻到自己最亲的人倚弦，加上不明白姬昌这么问到底有什么意思，便道："耀阳生来便是一凡俗小子，能有什么鸿图大志，只希望找到失散的兄弟，那就是上苍最大的庇佑了，除此之外，再无他求。"

姬昌眼中猛露精光，直直盯着耀阳，耀阳给他看得有些毛骨悚然，心中正暗自嘀咕之际，谁知姬昌竟然一言不发，一撩长衣，当他的面屈尊半跪了下来。

堂堂天下四大伯侯之一的西伯侯竟然给自己下跪，耀阳不由吓了一跳，也连忙跪了下来，道："侯爷这是做什么，折杀小人了，侯爷快快请起。"

姬昌说什么也不肯起来，道："本侯恳请公子可以助西岐一臂之力!"

耀阳忙道："侯爷请起，只要侯爷吩咐，耀阳赴汤蹈火，在所不辞。"

姬昌这才站起来道："如今我西岐正是多事之秋，内忧外患，加上我这次私自逃离朝歌，不日便会有大军前来讨伐西岐，如果公子不相助的话，西岐危矣。"

耀阳听得心头一动，姬昌提出来的要求正是他所要达成的，就在这一刹那，他几乎便要脱口答应，但还是硬生生忍住，问道："可是侯爷为什么认定我能解西岐之危呢?”

姬昌遥望天上群星点点，道：“本侯自幼通晓阴阳八封之术，公子其貌相大异常人，凤睛龙鼻，猿臂熊身，天庭饱满，玉堂神光朗照，定然决非常人，异日必然大有作为，故而本侯才求公子助我解西岐之难!”

耀阳听得半信半疑，如果自己真的有如此相貌，为何以前所有相师都说自己与倚弦是十生十死，九死无生、孤苦夭折之相呢？就连那姜子牙也这么说！难道说自从自己重塑肉身后，整个人不但改了样子，连运道也改变了不成?

想到这里，耀阳不由兴奋莫名，如今西伯侯把如此一个建功立业的良机摆在自己面前，怎么可以轻易放过，便适时应道：“侯爷放心，只要我耀阳能做到的事，便决不会让侯爷失望。”

姬昌大喜，胸中宛若去掉一块大石，喜道：“如此一来，本侯就放心了。”

倚弦与幽云两人一路飞出蜀山剑宗，来到荒寒落寞的冰原极地，皑皑冰雪，漫漫无垠。天地间仿佛就只剩下他与身边佳人，倚弦登时觉得与幽云之间的距离近了许多。幽云却自顾自一路疾赶，四处飞掠去寻找元都的行迹，丝毫不理会倚弦，冰冷如斯使倚弦每每望而却步，心中早已藏匿许久的话始终无法说出。

两人就这样一路行去，不住飞遁掠纵，半日有余便踏遍了这蜀山剑宗周遭方圆百里的地方，雪崖冰壑，岩洞兽穴，无一不到，然而始终一无所获。

心事重重的幽云这才想起临走时师尊叮嘱的话，当下停下脚步，扭头对倚弦冷冷道：“易公子，临下山前师尊曾对幽云说过，若是以明剑玄心佐以龙刃诛神，或可感应到元都体内元真剑的本元剑灵，毕竟此人修炼剑宗秘法数百年，相信怎都不可能在这么短的时间内洗去本体经脉的剑灵痕迹。”当下将元真剑的剑灵禀性以及如何感应之道一一告知倚弦。

倚弦听到幽云好不容易开口说话，却又是为了寻人之事，心下禁不住十分失望。但随即想到既然能够借此让幽云略作休息，也未尝不是一件好事，当下爽快道："我尽力而为……仙子请稍等片刻。"

幽云也不理会他，自顾走到一旁打坐，趁机恢复方才一路疾行所耗之元能。

倚弦讨个没趣也不着恼，闭上双眼将神识思感全副沉入明剑玄心之中，缓缓催动体内的龙刃诛神。霎时间，方圆数百里之内数百道剑灵感应由龙刃诛神映入他的神识之中，倚弦心中震惊万分，原来此法竟然这等奇妙，当下从其中搜索幽云所述元真剑禀性的剑灵，这着实让他头痛了一番，最后他的思感烙印终于锁定一把禀性与之相似的剑器。

他缓缓睁开眼睛时，幽云正站在那里冷冷盯着他，倚弦也不多说怕她恼怒，只是点了点头，示意已经找到，然后转身飞向空中。

倚弦与幽云随着龙刃诛神的神识思感一路西去，行不到数十里的路程，两人忽见前方不远处，道道异芒激射冲天，隐约传来叱咤激斗的声音，更时不时传来扰人心神的诡异呼啸。

倚弦猜想定是蜀山弟子发现元都踪迹与之发生冲突，因为他感应到元都就在附近，转首望向身边佳人。幽云也正是如此想法，早已催动身形直射激斗之处射去。

两人破开云雾，那呼喝声越来越响，其中诡异难听使人发狂的呲呲厉啸更加清晰。奔得近了，透过夜雾，隐隐约约瞧见十来人在雪原中激斗，地上横七竖八躺了数具尸体。众人中间有两人背靠背紧贴一起奋力抵挡，周边七八名黑衣人穿梭重叠，不停进攻。

倚弦与幽云两人凝神查看，见不是蜀山弟子，心中登时大为心安，但眼见周边众人以多欺少，心中不由又起了不平之意，当下飞身靠近，准备看个仔细。

在距离十余丈处，倚弦终于看清这围斗的数人，各个都是法道修为颇高的人物，尤其是周边的数人，俱是一流高手，举手投足之间所发出的攻击威力之强，令人瞠目。

倚弦曾在九离魔族的"琅寰洞天"遍阅魔宗典籍，虽然未参透其中奥义，但对于魔宗元能特性以及施展特征，都已有一定了解。此时目睹众人游斗虽不过些许工夫，却已瞧出周边的数人虽然衣服一致，但并非同是魔门的一族高手。

倚弦心中疑窦丛生，正寻思间，忽听幽云惊道："受击两人是当日炼狱顶上离开的元象与元杵前辈!"

倚弦浑身一震，仔细瞧去，见被围攻的人果然是有过一面之缘的两兄弟，心中登时大怒，恼恨魔宗奸邪不守诺言，当下祭出龙刃诛神，长啸一声直射战团而去，幽云紧随其后。

魔宗众人发现有人接近，当下跃出一人远远喝道："不管两位是那边的朋友，我圣宗在此处理本门事务，还请回避!"

倚弦身在空中，朗声喝道："你们这些魔宗妖孽，不守诺言，小爷正要教训你们!"遂又对元象、元杵两人呼道："两位前辈莫慌，晚辈前来相助!"

说罢，倚弦也不再与对方废话，挥动掌中的龙刃诛神，就近向那发话的魔人攻去，幽云也不逊色，如一朵清理脱俗的莲花一般飘荡到战圈当中。

一阵兵器交鸣之声乒乒响起，火星激溅中，魔宗众人如鬼魅般穿梭，手上兵器齐齐飞舞，将倚弦等人团团围住。一道青蓝色冰焰"呼"地从龙刃诛神剑尖喷出，登时击中一名黑衣人前胸，那人惨叫一声，双手抛去兵器朝胸前掩去，还未触及全身已变做冰晶，混乱中被人一撞"咔啦啦"地碎裂散落一地。

与此同时，又有两个黑衣人凄声惨叫，一个全身衣裳寸寸破裂，皮肉翻飞，鲜血激射，体内蓦地长出无数绿色的藤蔓，转瞬间被藤蔓绞死。另一个脑顶迸裂，鲜血、脑浆以及其他液体如喷泉飞涌，冲天怒射，红白黄绿交相混合，四下洒落，原来是元象、元杵两人奋起神威做出最后一击，然后身躯中了数击，轰然倒下。

魔宗众人穿行交错，虽因折损三人而面露惧色，却也未曾退缩，凝神守念继续激斗。

倚弦心中焦急，与幽云两人双双护住元象兄弟，奋力激斗。可就在此时，倚弦脚下的雪原寒冰忽然碎裂，四散激射而出，一道人影伴挟着凛冽剑气玄能冲射而出，直逼倚弦而来。

骤生变故，场中众人均是一愣，倚弦却在最短时间做出及时反应，或许因为龙刃诛神的缘故，他早已发现此人正是早已埋伏附近的元都，但却不曾料到他会躲在冰下偷袭。

千钧一发之际，他侧身避开剑劲，却见元都一剑偷袭倚弦不成，掌中利刃掉转方向，余势不减直指幽云而去，速度之快令人咋舌，幽云哪曾想到背后会有剑劲忽袭，猝不及防之下，剑心感应虽让她堪堪躲开一剑重击，但“元真剑”所蕴剑气已然悉数袭入她体内，幽云闷哼一声，娇躯向后倒飞出去。

倚弦哪曾料到元都是此声东击西之计，睚眦欲裂地怒吼一声，龙刃诛神已然化作一道紫龙怒击而出，元都一击得手并不恋战，身形化作一道流光登时遁去。

倚弦这一剑并非针对元都而去，下意识的他早已预料到元都下一步的行动，元都不过想让他们无力追击而已，是以倚弦这一剑乃是针对一众魔宗黑衣人所放。幽云虽然身受重伤，但是却与倚弦仍然相当默契，黑衣人众惧怕“龙刃诛神”，再看元象兄弟已然倒地不起，也就相互打个招呼，纷纷飞遁而去。

倚弦与幽云为免再受攻击，带着元象、元柞兄弟一路遁去，这一路狂飞猛遁了约有百里路程，倚弦终于耐不住心中担忧，阻住幽云身形说道：“仙子，我们还是在这里休息一下吧，你身上的伤……”

幽云冷然打断道：“我没事！”

倚弦看了一眼身际的元象兄弟道：“可是这两位前辈恐怕已经不能再拖了！”

幽云这才停下遁法，从身上掏出一莹色药瓶递给倚弦。

倚弦知是蜀山疗伤丹药，连忙接过，立时按下云头停在一处山坳之中，然后小心翼翼地开启手中瓶盖，将清香四溢的丹药放入元象兄弟口中。

不多时，元象、元柞两兄弟相继醒来，睁目看到倚弦就要挣扎起身相谢救命之恩，倚弦连忙压住两人不让他们乱动，责道：“两位前辈刚刚服用了幽云仙子的丹药，先好好休养一阵，有话留待后说。”

元象、元杵两人对望一眼，齐声叹道："我们兄弟已经时间不多了!"

倚弦闻言惊道："两位前辈怎能存有如此想法，晚辈会尽快将两位送到玄宗，相信到时候其他魔宗妖人绝对不敢上门挑衅，对你们不利!"

元象与元杵对望一眼，像是做出某种决定一般。然后元象首先摇头叹道："唉，因为我们兄弟的一意孤行，其他兄弟的灵魄全部落入魔宗人之手，我们兄弟如果不是不甘被抓，妄自施展噬灵毁元之法逃遁，此时只怕也不会在此与小兄弟说话了。而现在我们的灵元枯竭，已是必死之身，倒不如趁着还有一点时间，报答小兄弟你二次援手之恩。"

倚弦忙摇头道："我帮你们只是因为看不过眼罢了，没有别的意思!"

元象点点头表示知道，然后气息变得愈加浑浊，一边照顾身旁的兄弟，一边说道："小兄弟，你可知为何魔门中人始终不肯放过我们兄弟吗?"

倚弦摇了摇头。

元象苦笑一声，道："你附耳过来，老夫有个关于魔门的大秘密告诉你……"

第五十二章　初到西歧

趁着倚弦为元象兄弟俩疗伤之际，幽云按下快要发作的伤势，在一旁以本宗秘法打坐调息，此时已然从静坐中醒转，正好看到一脸黯然的倚弦将头伏到元象嘴边，脸上出现极为奇怪的表情。她心中正暗自思忖究竟又有何事发生，却听倚弦忽然对她道："幽云仙子，能否借贵宗'凤首莹心锁'一用?"

幽云稍微一愣，便将玉颈上悬挂的莹心锁取下，递到倚弦手中。

倚弦接过此物后，望了元象兄弟一眼，见他们两人均自点头，他摇头长叹一息，双手齐齐摆动，口中念念有词，他所施展的正是《玄法要诀》上所载的"真武镇灵诀要"，元象、元杵两人眉心各自爆出一团幽光，吞吐暗色的两团光球慢慢隐入莹心锁内，二人躯体这才缓缓瘫倒在地，再无任何生机迹象。

倚弦这才凝重地将莹心锁还给幽云，幽云见他居然懂得本宗摄魂镊魄的法诀，不由大感震惊，然后又见他欲言又止的神情，便冷冷道："你什么都不用说，我也不想知道，我只想尽快完成师尊授命!"

倚弦闻言一惊，呼道："仙子，你方才所受之伤颇为严重，不如我们先蜀山再作打算……"

幽云冷冷瞥了他一眼，身形翩然舞动，已然飞出十余丈外，与蜀山方向赫然背道而驰。

倚弦知道劝不住她，只能鼓动异能挥手在崖石上排出一道石洞，将元象兄弟的骸骨葬入其中，转身追去。两人依照龙刃诛神的特殊感应一路追来，在白云间疾驰飞舞，瞬间千里。不多时，一座巍巍高山矗立前方，龙刃诛神的感应也随之蓦地消失不见。

倚弦慌忙落于山顶，道："这……元真剑的剑灵感应忽然消失了。"

幽云闻言之后，遁身细细查看山周四野，最后眼光落在北山下一处幽黑魅异的深渊，说道："此处该是天山了，师尊曾说天山之底有一奇地，乃是三界阴阳交界之处，元都应该是隐入此地，所以你暂时无法再作感应，只要我们也一道下去，保持五十丈距离之内，自然还可再度发现元都的踪迹。"

幽云说完纤足轻点，当先一步跃入深渊之中，倚弦只能随后跟了上去。

渊风迎面，沟壑在即，道道阴寒气浪随着两人急速下滑的身形拍面而过，倚弦目测离渊底的距离，挥手放出一股异能，登时传来轰雷奔浪般的声响。随着声音发出，倚弦与幽云两人安然落于地面。

放眼望去，倚弦顿被眼前的一切所震撼，只见谷底前方十数丈处，有一道雄伟无比的巨大石碑巍然矗立，碑下一条幽蓝暗光、吞吐闪烁的河流凭空出现，迤逦拖曳至远方黑暗深处，碑上书有三个奇形古篆——

"轮回集"！

轮回集依然如故。

倚弦与幽云进集之后，穿行在川流不息的各色人流中，他们漫无目的地四处搜寻，倚弦足足走过好几条街道，仍然感应不到任何剑灵，叹道："我仍然无法寻到'元真剑'的灵应……"

"什么……咳……"幽云闻言心神一震，压制已久的伤势忍不住又复发起来，咳了口鲜血在捂住樱嘴的手心之中。

倚弦见她脸色苍白，身子微颤，不由心中一紧，连忙扶住她，轻声道："怎么样，你没事吧？"

幽云接触到倚弦的身子，脸上微红，挣开他的搀扶，将被血染红的玉手藏在身后，冷淡道："我没事！不需要你多管闲事！"

倚弦见她如此坚持也不好多说什么，只能担心地看着她，继续往前赶路探寻。

轮回集还是以前那个样子，人来人往，热闹非凡。倚弦毕竟来过一次，清楚这个情景，倒没觉得有什么奇怪，只是心中在感慨当时跟耀阳来到这里时的遭遇。幽云却是首次踏入此处，本来清冷平静的秀目也不禁透露出讶异的神色，她绝没想到在这冥界阴地也能有这样胜似人间繁华的地方。

倚弦在一旁述说着以前从土行孙那里听来的关于轮回集的介绍，幽云虽然不置可否，但从她的眼神中仍能看出她听得还算津津有味。两人一个说一个听，虽然也有四处闲逛游玩之趣，倒也不忘四处找寻元都，只是元都好像突然蒸发了一般，根本无法找到。

倚弦正说话间，身后突然行过一位红衣如火、美艳非常的女子，急急忙忙赶到二人前面，身后跟着几位彪形大汉，从他们身前一掠而过，只看她在人流中轻松自如的穿行动作就知道她绝对非简单人物。

人声鼎沸，燕语莺歌，从他们身前传来，抬头望去，倚弦才发现他和幽云居然已经到了冥月楼门前，看着大门上“冥月楼”三个大字，想起耀阳曾经说要将三眼蜂和《玄法要诀》卖掉，只是为了去里面逛逛，他不由哑然失笑。

幽云但见门前大红大紫的摆设，以及耳际听到的老鸨们的招呼，怎会不知“冥月楼”是何去处，不由瞪了倚弦一眼，倚弦生怕幽云误会，正要说话之际，只听“砰”的一声，一个矮小的侏儒被人从冥月楼中抛了出来，正好落在急急而来的红衣女子脚下。

红衣女子来不及收脚，顿时踩在那倒霉的家伙身上。

侏儒模样的人被人用脚踏住，仍不忘大声喝道：“啊哟，什么人竟敢踩在本大爷身上……”那家伙正骂着，突然抬头看到红衣女子的长相，顿时色与魂消，双眼发直，色眯眯地盯着不放，差点没流出口水，

熟悉的声音让倚弦向那倒霉的家伙看去，不禁失声道：“土行孙?”

幽云低声问道：“你认识那人?”

“认识!”倚弦苦笑道，“想不到那家伙还是一点没变。”

那名红衣女子不慎踩上土行孙的身子，随后只是鄙视地看了一眼脚下的土行孙，皱眉地踢踢小脚，一副嫌脏的模样。

土行孙马上起身，涎着脸笑道：“这位姑娘，我叫土行孙，魔门九离族

新一辈最杰出的高手，你我一见如故，如此有缘，敢问您的芳名是……”

几个汉子一把将土行孙推开，红衣女子根本没有理会他，反而双眼紧盯着“冥月楼”出来的人。

“哦，你一定是别院的姑娘，被‘冥月楼’抢客人了？你这么漂亮，还怕没生意做不成，只要你肯告诉我是哪个院里的姑娘，我保管……”土行孙还要去纠缠，却被人一把抓住后领，甩了好几个耳光，“吧唧”一下扔出好远，惹得围观众人嘻笑不已。

土行孙见被人嗤笑，不依不饶的正做出恼怒的模样，准备回头讨回颜面之际，后领处忽觉一紧，手脚腾空，显然被人一把拎了起来，顿时愕然回头，吃了一惊道：“你是谁，多管闲事？”

抓住他的人正是倚弦，他放下土行孙笑道：“老土，你难道不认识我了么？你怎么每次出现都是这么特别，什么时候又变成了九离族新一辈最杰出的高手了？”

土行孙听着话音熟悉，细细看了半响，才看出原来是倚弦，道：“干你屁事！”土行孙拍拍身上的尘土，哼道，“我说怎么手气那么背，昨晚在‘如意坊’输了个底朝天不算，今天逛窑子还撞上煞星，好不容易看上一个美女，最后还是……哼，每次看到你都准没好事。”

倚弦难得碰到熟悉的朋友，压抑许久的情绪舒发出来，心情大佳，正想调笑土行孙几句，却忽然觉得气氛有变，与幽云抬眼望去，只见从冥月楼中走出来两个戴着鬼面具的人，身材体貌都相同，唯一的分别是各自脸上的鬼面，一个是椭圆形，一个是长方形。

那红衣女子卓立楼前，见二人出来，立时喝道：“你们不好好待在冥狱，却三番四次到这里捣乱，也未免太不将我‘奇湖小筑’放在眼里了。别以为你们是冥狱使者，就可以四处胡作非为，就算玄冥帝君见到我师尊也要给三分薄面，你们算是什么东西，胆敢如此嚣张？”

“奇湖小筑？”倚弦心中一惊，原来这“轮回集”最大的一家青楼竟是“奇湖小筑”开的。其实，他根本不知道，作为称霸“轮回集”数千年之久的“奇湖小筑”，掌控着集内近乎三分一的生意。

此时，圆脸鬼面使者冷哼道：“小丫头片子，说大话也不想想我们冥界帝君是什么身份，岂是奇湖主人这种藏头露尾的乌龟可堪相比的。再说这轮回集怎么说也在冥界管辖之内，这里有什么事情我们不能管？"

"大胆！"红衣女子一声怒喝，玉手一扬，劲爆的元能瞬间形成一个拳头大的红色光球，向那个出言不逊的冥狱使者甩去。

红色光球疾猛袭近，那冥狱使者冷笑一声，身子立即快速移开，原本以为已经躲开，谁知那红色光球竟半途转弯继续向他击去，而且速度暴增，冥狱使者原本以为只是普通攻击，哪想得到会有这么令人意想不到的出手，大惊之下急忙双手幻出一个阴暗的屏障结界。

但是，红色光球的威力之强不是他匆忙使出的屏障结界所能抵挡，"砰"一声响后，结界龟裂，红光暴闪，那冥狱使者随即摔出三丈外，一身焦黑，一时间竟动弹不得。

红衣女子冷冷道："侮辱师尊者，杀无赦！这次看在帝君的面子上，饶你一条狗命。"

另一个冥狱使者正要大怒出手，冥月楼中早已踱出一人，用手按住他的肩膀，阻止他的进一步行为，笑道："右兄没事，左兄不必恼怒，大家既然都是误会，就无需为此伤了和气！"

这第三个走出来的人是个年轻男子，脸白无须，眼神温和，一身白色长袍显出温文儒雅的气质，手扶腰间一柄带鞘长剑，动作格外潇洒自如。

不知为何，倚弦的剑心灵应豁然一动。

耀阳想起刚才姬昌提过精通阴阳八卦之术，不由心痒难忍，他记得《玄法要诀》上不过只提到大概，他独自一人琢磨得半懂不懂，西伯侯即然说他精通阴阳八卦之术，定然不会差到哪里去，何不向他请教请教，便问道："刚才，侯爷提到精通阴阳八卦之术，敢问侯爷，这阴阳八卦之术到底是怎么回事？"

姬昌没想到耀阳这么爽快就答应他帮助西岐，去掉一块心病，心情大是舒畅，见他邀问，便立时答道："所谓阴阳八卦之术，乃是教人观世间福祸灾劫，以助人避凶趋吉之术，阴阳者，天地间之万气之根本也，无阴不生，无阳不长，阴阳和而天下泰，阳阳凶而天下；八卦者，乾、坤、艮、兑、巽、震、离、坎，为上古大圣人伏羲所传，八卦相克相生，又衍生出八八六十四卦，每一封有六爻，共为三百八十四爻，法天象地，奥理无穷，上智之人得之，可以推算过去未来之事，用到微妙之处，任何一人之行踪也可得知到纤细无疑。”

耀阳大是好奇，道：“侯爷是说，凭这阴阳八卦之术，所以算到任何人的下落?”

姬昌拈须微笑，心下甚是得意，其时天下都知西伯侯姬昌善演先天之术，阴阳福祸无所不准，听耀阳这么问他，便道：“公子如果寻找什么人的下落，本侯倒是可以帮你演算一番。”

耀阳一听正中下怀，忙道：“我有一兄弟，离散在外，失去联系，侯爷可否替我算算看，我兄弟现在身在何处？是生还是死……”

姬昌哈哈一笑，道：“这有何难，耀公子随我来，本侯且以先天八卦之术替你演算一回!”

二人回到姬昌房间内，姬昌升起一个香炉，只闻到阵阵清香扑鼻，令人心胸舒畅，耀阳恭敬的站在一旁，全神贯注地看丰姬昌卜卦。

姬昌微一颔首，让耀阳将倚弦的生辰八字一一告之，便默然不语，脑中摒弃杂念，轻展右掌，闭上双目，五指循自己洞悉天机，广悟天地，融合自然而独创的“先天八卦”推理之奥法捻动。

耀阳不明所以，但见其认真的模样，又知其“阴阳八卦之术”玄奥莫名，不禁对这八卦测人之事甚感好奇，

姬昌卜算了片刻，口中微是诧异地“咦”了一声，眉头不禁一皱，却并不说话，又自卜算起来。耀阳见他表情怪异，心中一急，还以为测到倚弦有何不测，虽急于想知道倚弦的现状，但又不敢打扰西伯侯卜卦，唯有焦急万分地看着西伯侯，静侯他卜算出的答案。

姬昌面上表情满是讶异之色，半晌后才张开双目，无比惊讶却又无能为力地黯然道：“耀阳，我刚刚卜算了三次，但结果却是一样的……”

耀阳焦急地问道：“结果是什么？倚弦是否还活着？他现在怎么样了?”

姬昌无奈地苦笑一声，道：“不知道，本侯刚才卜算数次，却仍无法卜算出倚弦的所在及关于他现在的丝毫迹象，也不知他现在的生死，这确

是很奇怪的事，本侯也百思不得其解……”

耀阳闻言神色一黯，口中喃喃道：“难道他……”旋又神情毅然坚定地道：“小倚定会没事的，我们经历过那么多的风雨坎坷，九死一生，都能好好活着，他定然没事的。”

姬昌见他一脸焦急与关切的模样，心中微是一叹，道：“也许你兄弟倚弦身在一个脱离三界五行的地方，所以我才无法卜算到他的任何迹象。”

耀阳欣喜道：“定是这样的，小倚这小子命硬得很。”西伯侯所说的话更加强了他的信心，而自己与倚弦的那种奇异的思感感应，总也若隐若无的突然出现，这些都足以证明倚弦还活着。想到这里耀阳才放宽了心，只听姬昌又道：“耀公子，在此之前我曾为你卜过一卦，依卦象上看来，你近期可能会有一个劫数。”

耀阳笑道：“劫数？我倒是常常有劫数的，想来在渑池大道上遇上妖君二人截拦便是这一劫数吧。”

姬昌摇头正色道：“这次的劫数恐怕不同以往，你最近一定要小心‘桃花带煞’。”

耀阳低念，不解的问道：“什么叫做‘桃花带煞’？”

姬昌颔首道：“其实，就是要小心女人而已。”

耀阳闻言恍然大悟，脑中立时闪过妲己娇媚美艳的容颜，不禁忖道：“西伯侯所卜的‘桃花带煞’之卦，指的定是妲己，不过任妲己如何妩媚美丽，我耀阳也定不会被她所惑的。”

二人又自闲聊起来，耀阳几次都想将伯邑考已死的真相告诉西伯侯，但左思右想感觉不是时候，于是再聊了片刻便告辞回房休息，梅若冰已然睡着了，耀阳怜爱的替她将被褥盖的严实些，然后躺在她身边慢慢沉入梦乡。

次日正午时分，姬昌一干人等便已赶到西岐，众人远远便见雄伟的城门上赫然写着“西岐”二字，城门外早已有无数人站在那里，应是西岐的文武群臣听闻西伯侯回城，特意出来相迎的。

众臣见到西伯侯便立时齐齐跪下，齐声道：“恭迎伯侯返回西岐！”

姬昌一抬手，众臣起身，姬昌拉着耀阳向他介绍自己的臣子，除了大将军南宫适、上大夫散宜生等一众文武群臣之外，竟还有四贤八俊、三十六杰之多，耀阳一一施礼见过。

此时，众多子嗣中走出一名俊伟少年，士髻华衣，气宇轩昂，跪伏在姬昌身前，声泪俱下道："姬发参见父王，父王被禁朝歌达年余，像我等为人子者不能为您分忧解难，实乃天地罪人，还望父王宽恕我等不孝之举，今日能够重见父颜，姬发不胜欣慰，愿祝父王从今往后万寿无疆！"

群臣立时跟着跪地三呼："万寿无疆！万寿无疆！万寿无疆！"

耀阳注意到这个身份仅次于伯邑考的二皇子姬发，姬发对他示以微笑行礼，但他听说耀阳乃是救助姬昌的功臣时，立时感激万分的当场跪拜下地，让耀阳顿感此子的忠孝之心，不由对他身前的假伯邑考感到万分鄙视，尤其当耀阳看到伯邑考那一脸虚伪的笑意，更让耀阳恨不得一拳打烂他的脸。

众臣将他们迎入城内，耀阳坐在马车之上向两旁街道望去，只见城内一片繁荣昌盛，沿街百姓纷纷向西伯侯施礼问好，可见姬昌在百姓心中的地位之高。看着这些表面现象，耀阳不禁想起昨晚姬昌跟他所说的西岐朝中的隐患，看来这平静的表面下，实是波澜壮阔的凶险。

同时，他又感到说不出的忐忑，毕竟他的人生从未遇到过如此际遇，他也不知等待他的会是怎样的宿命，但他觉得自己既然已答应全力帮助西伯侯，便哪怕是再多的困难也要迎刃而上。

西伯侯与伯邑考、耀阳等人在众臣的簇拥下直向西岐王宫行去。王宫位于西岐城东的昆吾山支脉之上，经过半刻钟的路程，姬昌带着耀阳、人儿及梅若冰三人进了宫，便径直向后宫行去。

姬昌将耀阳等人一路带到圣母宫，一路上，人儿好奇的到处转悠，缠着耀阳尽说些冥宫跟这里的区别，又有时说说十八层地狱的恐怖，听得众人大笑不已。

一行几人一到圣母宫的宫门口，便有宫女雀跃着入内通报："西伯侯大人果然安然回来了，圣祖母……圣祖母……西伯侯大人回来了。"

宫前两侧的宫女见到姬昌纷纷施礼，姬昌微颔首示意，然后领着耀阳三人直向殿内走去，甫入大殿，但见一白发银丝的老夫人穿着华丽宫服，颤巍巍地在两名宫女搀扶下走了出来，见到姬昌立时泛起泪光，颤声唤道：“昌儿……”

姬昌神情激动地扶住老夫人，跪下道：“姬昌该死，姬昌让圣祖母担心了。”耀阳等人也跟着跪下身，依照姬昌刚刚所教的礼仪，向这位老夫人磕头请安。

圣祖母太姜老泪纵横道：“昌儿受苦了！”

至深的母子之情令一旁的耀阳三人感动万分。

姬昌扶圣祖母太姜上座后，便开始向她介绍道：“圣祖母，这位年轻人叫耀阳，虽然年纪轻轻却身怀异术，此次姬昌能安然回来，便是全靠他的功劳。耀阳后面二位自然是他的两位红颜知己！”

耀阳不敢起身，磕头恭声道：“耀阳见过圣祖母，祝圣祖母仙福永享，寿与天齐。”梅若冰与人儿也跟着在后面再行了一礼。

圣祖母太姜见耀阳如此会说话，脸上立时乐了起来，道：“这年轻人还真是会说话，又讨人喜欢，而且一副脸面生得仪表堂堂，好生威武！嗯，昌儿啊，你可有好好赏赐耀阳呀？”

姬昌见太姜也喜爱耀阳，忙答道：“姬昌刚刚回宫，所以还没来得及赏赐，一切但凭圣祖母做主吧。”

圣祖母点头道：“好，那就由我做主吧。”姬昌立时步上前，扬声道：“耀阳，上前听赏！”

耀阳跟人儿、梅若冰上跪步前拜，领了圣祖母的赏赐。尽是些金银珠宝及一座府邸，另外还加封他为虎贲将军。圣祖母太姜见人儿与梅若冰美丽动人，又不禁大为称赞，赐以各式手饰之类。耀阳与人儿、梅若冰欣喜谢恩后，姬昌便派人送他三人去新府邸。

当看到那座属于自己的将军府时，耀阳心中顿觉欣喜莫名，意气风发，他以前从未想过自己还真有如此光宗耀祖的一天，尽管他不知道自己的宗祖姓甚名谁，但最大的感慨还是这人生的际遇实在令人感到坎坷莫测。人儿与梅若冰也向他道贺，耀阳眉开眼笑，乐得不知身在何处。想到以前与倚弦当下奴的遭遇，此时仿佛就像是处在梦境一般。

府上管家见耀阳回来，立时笑容可掬地上前殷勤叫道："恭迎虎贲将军回府！"耀阳很是受用的点点头，管家将他与人儿、梅若冰迎入府内，人儿与梅若冰二人说路途辛苦，风尘仆仆，要去洗澡，管家连忙吩咐婢女在一旁小心侍候。

婢女送上香茗，独自坐在客厅的耀阳品着香茗，享受着这番欣喜之时，想不到管家却送上了一大堆请柬。

耀阳一一细看之下，才真正发现宫中势力果然是明争暗斗，尔虞我诈。各个公子都在拉帮结派，为自己的阵营巩固实力，又怎会放过耀阳这个父王的新宠将军呢？

让耀阳感到头痛的是，他初到西岐又怎么会分得清哪一方势力的强弱，更不知道该如何处理，顿时头大了起来，再也没了初时欣喜成功的心情，反是显得无比烦恼起来。

正当他一人独坐偌大的会客厅，为请柬一事备感苦恼时，突然思感骤动，体内的异能感应骤然一动，一股无比熟悉的感觉涌了进来，他定睛朝厅前望去，却是妲己翩然而至。

耀阳心中暗忖："这骚狐狸还真是阴魂不散，此时到来，定是为了商量如何合作的方法。"他脑中念头急转，旋又计上心来。忙装作一副爱理不理的模样，道："原来是娘娘你来了。"

妲己美目一转，道："小鬼，见到娘娘好像不大开心呀？"

耀阳自顾喝了口香茗，道："耀阳我哪敢呀，娘娘动一动小指头，只怕就能将我像捏死一只小蚂蚁般捏死。"

妲己妩媚的格格笑道："你知道就好，所以最好是老老实实地听本宫的安排。"

耀阳叹了一口气，道："在下遵命就是，而且娘娘来得正好……"说着将手上一堆的请柬递了过去，道，"在下初来乍到，对这西岐的朝中势力纷争丝毫不懂，所以在下也不知该如何去做，这堆事又该如何处理，还请娘娘示下。"

"好小子，倒把一副烂摊子转到本宫身上来了！"妲己接过请柬看了几张，随手一丢，娇笑道，"这些宴会，你都不必去理。"

耀阳奇道："不去理？那如何去帮你实现你的大计?"说着瞥了一眼她身旁的假伯邑考。

妲己笑靥如花，道："伯邑考担心西伯侯安危，奋不顾身前往朝歌救父的忠孝行为令得西岐百官赞赏，更为他日后的地位打下了基础，今晚，便有一众支持伯邑考的臣子在西岐第一楼'会宾楼'为他设宴庆功。"

耀阳心中暗骂这妲己的奸诈狡猾，占尽了便宜，却又不得不佩服她运筹帷幄的计谋，不费一兵一卒便能利用假伯邑考来控制整个西岐大局。

妲己美目流转盯着耀阳，道："所以，今晚你必须前去捧场，助他一臂之力。"

耀阳忙道："我什么都不懂，能帮得上什么忙?"

妲己笑道："你什么都不必做，只管去就行了。还有就是，日后一旦有什么不会做的，听你主子伯邑考的吩咐就是了，千万别自作聪明做蠢事。"说到后面，她虽仍是笑面相迎，但眸中却闪现杀机，令人不寒而栗。

耀阳看着她身旁假伯邑考的一副小人得志的模样，心中恼怒更甚，恨不得一把火将这小子的一身兔毛烧个干净。当下支支吾吾应道："在下遵命……就是。"心中却不禁又将她一顿怒骂，强压着心中的怒火，忖道："骚狐狸，现在让你耀武扬威，等到让小爷翻身之日，定要好好修理你一番，以解心头之恨。"

耀阳忽然想到曾与假伯邑考谈的条件，便有心要为难一下妲己，于是厚着脸皮道："我什么都可以答应娘娘，只是那日我答应合作好像还有一个条件未曾兑现……"

伯邑考在旁闻言脸色一变，怒叱道："大胆!"正当假伯邑考大怒之际，却听妲己斥道："退下!"

假伯邑考闻言只得满脸怒色地退开，妲己媚笑上前，挽住耀阳的手臂，声音无限温柔地道："原来你还记得那个条件，本宫还以为是什么呢……本宫答应你便是。"

耀阳反是一愣，呆立当场不知该说些什么。妲己的玉手在他胸前轻轻抚过，将嘴凑到耀阳耳边，轻声道："今晚宴会结束之后，你可去城北的

‘青鸾楼’，本宫会在那里等你……”

耀阳只觉一阵撩人的幽香扑鼻而至，软若无骨的完美娇躯紧靠自己身上，他感觉到妲己每一个气息蠕动的身形起伏都充满了男女床笫之趣，初经人事的耀阳顿时欲火焚身，脑中满是妲己美艳动人的容颜，哪知妲己说完后在耀阳耳边吐气如兰，然后百媚横生的笑着飘然而去。

冥月楼前，那名男子甫一出现，倚弦体内的龙刃诛神竟生出感应，或许因为距离太近的原因，连幽云也不例外的生出感应，两人同时向那名白衣男子望去，而与此同时，那名男子也是身躯微震，像是有所感应一般，对着二人立身之处看了过来。

白衣男子看到两人不由神色一变，但旋即马上回复正常，礼貌地微笑一下，向红衣女子抱拳道：“实在抱歉，这二位圣使打扰了你们的生意，这当中或许只是一个误会，所以得罪之处还请姑娘原谅。”男子话说到一半便再没说下去，而是道，“在下有事先走一步，后会有期。”说完匆忙转身就走。

“休想走！”倚弦还无法肯定这奇妙的感应是怎么回事，幽云便闪身拦住青年的去路，喝道，“叛徒元都，赶快将你从蜀山窃走之物原物奉还！”

白衣男子愕然道：“这位姑娘在说什么？什么元都？我并不认识你，请不要随意诬蔑好人！”

幽云冷声道：“别以为你幻变了个模样，我就认不出来了，你腰间那柄‘元真剑’便是蜀山之物，任你如何狡辩也是枉然！”倚弦踱步到幽云身旁，想到对方是方才伤害幽云的人，他双目煞光隐现，体脉内的“龙刃诛神”更是隐隐欲动。

白衣男子苦笑道：“这位姑娘肯定是认错人了，在下实在是有急事，所以恕不奉陪了。”

幽云知道自己逐渐压不住伤势，哪肯如此轻易让他走，纤手一挥，“灵睿剑”擎在手中，截住他的去路，神色冰冷地道：“少说废话，随我回蜀山认罪！”

两人之间的火药味异常浓烈，将轮回集附近所有人的注意力都引到这边，尤其是那名红衣女子，原本为了处理冥使的事情而来，此时却被这边的热闹所吸引，她便回头一直注视这边，尤其是一双妙目紧紧盯视幽云身边的倚弦，眼中异芒湛现。

白衣男子无辜地摊摊手，摇头道："我真不知道你想要说什么，不过，姑娘既然一副不肯放过在下的凶神恶煞模样，为了自保，在下只有得罪了！"他说得似乎很是无奈，但话刚说完就立即拔剑出鞘，竟抢先一步出手，利刃卷起漫天剑气，狠厉的元能瞬时爆出，猛地向幽云全身要害击出。

倚弦早从幽云玉手握剑的力道中感应出她已经难以支撑，当白衣男子出剑之时，便已立即冲至幽云身前，右手伸出掌心摊开，瞬时间掌心处爆出万道绚丽的紫彩异芒，照彻天地，惊呆了在场所有人，震天龙吟声中，一条神骏无比的紫色光龙从他掌心赫然冲出，不但化解掉漫天凌厉的剑气，更以迅雷不及掩耳之势，当空一剑劈在白衣男子的剑刃之上。

"铿……"白衣男子浑身一震，只觉虎口裂痛不已，手中长剑顿时裂成万千碎片，兀自飞射出去，那道紫色光龙则飞回倚弦的手中，幻化成"龙刃诛神"的本貌。

手持龙刃诛神的倚弦气势勃然，潇洒飘逸之中带着一种圣洁的光辉，双眼神光炯然大盛，人和剑融为一体，更将元都压得透不过气来。白衣男子元都首次感受到龙刃诛神的威力，脸色大变，惊骇难当。就连在旁观看的红衣女子在见到"龙刃诛神"之际，也不禁娇呼出声，更别提土行孙之类的小人物了。

此时，幽云终于压制不住身上的伤势，嘤咛一声软软倒下。倚弦大急，顾不得对付元都，连忙一把抱住她，看着她秀美玉容此时苍白如雪，没有一丝血色，不由心中猛地一疼，恨不能代以身受。

元都亲自见识了龙刃诛神的威力，哪敢再作逗留，扬声道："看来这位姑娘身上伤势很重，一定要马上医治，否则等伤势加重，恐怕就药石不灵了。"语罢将剑鞘扔下，急急遁去。

两个冥狱使者见元都被倚弦一剑逼走，还以为是对方来了一个很厉害的帮手，自知理亏留下来更是尴尬，不敢再多说什么，对着红衣女子说了句场面话就灰溜溜地走了。

倚弦现在最担心的是幽云的伤势，哪有空再去理元都，他扶住昏迷过去的幽云，急得六神无主，他虽然熟背《圣元本草经》，但行医诊疗的经验却一点也没有，更不知道如何查伤，所以对幽云的伤势根本束手无策。

土行孙见倚弦神威摄人，眼中一亮，连忙行了过来道："哇，倚大哥，你什么时候变得这么厉害，哈哈……以前我老土还真是有眼不识泰山，得罪之处莫要见怪。"

倚弦受土鳖和素柔所托，也不把他当成外人，此时虽然心急如焚，也勉强笑了笑，道："还说从前干什么？"他又转身问道，"老土，你知道这里最好的大夫在哪里么？"

不等土行孙答话，那红衣女子已然行至倚弦身边道："让我看看这位姑娘的伤势！"

倚弦正是无助，见有人主动帮忙，哪管她什么身份，连忙道："谢谢，那就麻烦姑娘了。"

红衣女子嫣然一笑，让故意凑近的土行孙看得魂魄齐飞，她伸出玉指搭住幽云的腕脉上，片刻过后，她笑道："这位姑娘的伤势损及经脉，但未曾伤及脏腑，应该不是很危险，但也不能放任不管。这样吧，我略知医术，两位不妨先去我奇湖小筑暂住几日，等治好这位姑娘再说，公子认为如何？"

"奇湖小筑？"倚弦心中咯噔一下，正想一口回绝之际，忽听土行孙在身旁"好啊好啊……"的大喜着答应下来，而且从土行孙看向红衣女子的眼神，谁都知道为什么他答应得如此高兴。

倚弦却不像土行孙这般色迷心窍，虽然他急于为幽云疗伤，但申公豹假冒兀官脔之事让他的心中始终警惕万分，于是试探性地道："我们过去会打扰你们，恐怕兀官脔大叔不会同意。"

红衣女子嗤之以鼻，不屑地道："兀官脔这家伙欺师作恶，利用我奇湖小筑的名义大肆散播谣言，我奉师命也正想找他问罪呢。"

倚弦还在犹豫，经历了这么多事的他已不是当初被蚩伯骗得团团转的无知小儿，他对红衣女子的话也不敢全信，心中难免有些顾虑。土行孙却等不及了，怂恿道：“奇湖小筑的医术了得，三界闻名，你还在犹豫什么，你看幽云仙子的伤势这么重，怎么还拖得了？你总不成眼睁睁地她伤重而死吧。”

倚弦对幽云的伤势也没办法，只能对红衣女子点头道：“那就打扰贵府了。”

土行孙大喜望外，雀跃道：“这样就好，倚大哥，我们之间的感情这么好，现在这位姑娘有伤，我也应该跟着照顾一下。”

倚弦怎会不知土行孙的不良企图，但又不忍当中责备，只好作罢，转头道：“在下名叫……小易，这位姑娘乃是蜀山剑宗的幽云仙子，还未请教姑娘芳名？”他顾虑到曾经的“魔星”之名，为免麻烦，最终还是不敢将本名说出来。

红衣女子随意看了旁近的土行孙一眼，道：“小女子名叫邓玉蝉。”

土行孙反复念叨着这个名字，眉开眼笑，喜不自禁。邓玉蝉却并没有理睬他，只是微笑地领着倚弦他们向奇湖小筑而去，土行孙乐得屁颠屁颠地紧跟在邓玉蝉身后。

倚弦和邓玉蝉一行人才走，轮回集仿佛又回复了往日的平静，见到没有戏看的人群纷纷议论着，渐渐散去，唯独只留下两人——分别穿着紫、白衣衫的姐妹二人。

她们望着倚弦的背影，表情都不尽相同。

已经恢复原来美貌的姮姮一脸肃穆，神色凝重地道：“没想到蜀山剑宗还有这样的年轻高手，难怪师尊让我们小心一点，原来‘龙刃诛神’已经出世！”

婥婥没有作声，望着那道熟悉的背影，想到倚弦抱住幽云时关怀备至的神情，心中掀起阵阵波涛汹涌，怎么都无法平静下来，心中喃喃道：“你难道真的不记得前生的一切了？那海枯石烂的诺言，那生生世世的心愿，那血泪交融的悲戚……为什么你会忘了我？”

一滴眼泪竟止不住地从她的眼眶中溢出，落在这冥界的大地上，转瞬间便消失得无影无踪，但她心中的伤愁却无法消去丝毫。

姮姮感应到妹妹痛彻心肺的伤感，立即关切的问道：“妹妹，你怎么了?”

婥婥深深地再度望了一眼倚弦几近消失的背影，勉力收起心中的悲伤，低沉的嗓音略带沙哑道：“姐姐，我们走吧!”她转身就走，似乎不想再在这个伤心之地待下去一般。

姮姮不明所以，叹了口气，也跟着去了。

二人随即隐入川流不息的市集之中……

第五十三章　万邪不浸

耀阳如坠温柔梦乡，一屁股坐在床上，见妲己遁身而去，心中顿生怅然若失之感。

直到管家进门说伯邑考在府前备下车马，请耀阳前去“会宾楼”时，他才醒返神来，忙洗嗽一番正要出门时，却见人儿一身艳装走了过来，笑道：“耀大哥，人儿陪你一起去赴宴如何?”

耀阳看着眼前的人儿，只觉眼前一亮，穿着艳装的人儿，除了一种纯洁天真的可爱模样外，更添了几分女性的成熟与妩媚，想起刚才妲己的挑逗，心中不禁一荡，更急于快点结束那什么狗屁宴会，直去城北“青鸾楼”会一会妲己。

此时一身盛装的梅若冰也走了过来，见人儿也要跟耀阳去赴宴，脸色一变，心中大是不高兴，道：“耀大哥，我突然感觉身体有些不舒服，我不去赴宴了。”言罢便转身就走。

耀阳见不惯她的脾气，再加上又怕她死缠自己，误了今晚与妲己的好事，便顺水推舟地对人儿道：“人儿，冰儿一人在家可能会闷的，不若你也留下陪陪她吧，而且这种宴会全是说些虚伪的套词，谈论什么国家大事，闷得很的。”

人儿一听不好玩，也不多想，嘟哝道：“我以为会很好玩呢，原来这么闷，那好，人儿也不去了。”

耀阳见轻易就将人儿留了下来，心中大喜，表面却道：“放心，找一天我带你在这西岐城里好好玩玩，好吗?”

人儿喜道：“那太好了，耀大哥，你可要记得今天说过的话哟!”

耀阳点头道："一定记得的，人儿好好待在家，我去赴宴了。"见到人儿点头答应，耀阳忙走出门外，坐上伯邑考准备的车马，一身轻松地向"会宾楼"赴宴而去。

行不到一刻钟的工夫，耀阳便来到"会宾楼"前。

"会宾楼"位于西岐城中的繁华地段，耀阳甫一出马车，便见华灯高照，人声鼎沸，一副热闹非凡的景象。"会宾楼"自外表看便是富丽堂皇，豪华气派，进入楼内更觉奢华，耀阳在下人的引路下直上二楼，立时被一众人等围住，显然是他救西伯侯父子的事已被传开，耀阳只得笑脸相迎，大肆说些客套话。

不片刻，宴会开始，一个白发老臣起身清了清嗓门，道："各位!"

本是喧哗的众人皆安静下来，但听老臣道："各位，伯侯大人被纣王所禁达整整一年之久，我西岐国内上下难安，大为焦急，好在大公子伯邑考奋不顾身、孑然一人前往朝歌去救西伯侯，着实孝感动天……"

耀阳听着听着心中暗自好笑，这些老臣只怕一年不知要说多少次这种慷慨陈词，想到真正的伯邑考已经被妖君厉煞谋害，心中不禁为之黯然。

待到一阵掌声响起，伯邑考一副英雄模样地出场，首先谦虚一番，然后将耀阳唤出，道："此次邑考与父王能安然回来，全靠这位耀阳将军相助……"然后说出一番夸奖的话，耀阳有些心不在焉地左哼哼右哈哈，笑着做足了场面功夫。

而后，众臣便开始向伯邑考和耀阳进酒，又是一番阳奉阴违的称赞，耀阳无奈地笑脸相对，终于熬到酒过三巡，耀阳看满座群臣都喝得微醺，便借撒尿的机会离开"会宾楼"，直向城北方向遁去。

耀阳寻到城北，再随便问过路人，才找到"青鸾楼"的所在，于是心中既兴奋忐忑、又急不可耐地直向"青鸾楼"而去。到了"青鸾楼"门前，耀阳才发觉门并未上锁，于是推门而入。这是一座园林式的阁楼，外围是一道隔绝四舍的石墙，将满园的幽静景色深锁其中。

阁楼就在院内景山旁侧，耀阳甫一入楼，便听到妲己妩媚动人的声音传来："耀阳，是你吗？你自己推门进来吧!"

耀阳只闻其声，便只觉有如天上仙籁般，顿时心中一荡，一阵翻腾的欲火已自体内燃起，色与魂授的耀阳急忙循声走到厢房外，推开房门，顿时被眼前一切震得脑中轰鸣，口干舌燥。

房内燃着红色烛火，轻纱为帘，地上铺着一层红色地帘，四处撒满红色花瓣，满屋皆是令人沉迷的独特幽香，而房门正对面的一层薄薄轻纱之后，隐隐约约可见是一张华丽软床，床上正侧卧着的是一个仿佛丝褛不挂、赤裸全身的诱人曲线。

随着轻纱后的可人儿一迎一合，看似无心却胜有心的妙曼动作，耀阳顿时只觉如今好似身在天境，但听那床上的美艳仙女柔声嗔道：“小傻瓜，还傻站在那里做什么？快进来呀！”

耀阳像已失去魂魄的木头人，如遭招唤术一般向妲己走去，掀起轻纱便看到那身无一物遮体的妩媚美艳娇娃——妲己。耀阳顿觉全身如火烧般灼热，口中一阵干渴，眼睛盯着那已媚眼如丝，放射出令人震撼的诱惑异芒的妲己，连呼吸也变得无比急促起来。

妲己侧卧床上，乌黑亮丽的秀发如瀑布般自然垂下，一双翦水双眸令人视之心迷，玉手轻托着下颚，那圆润的胸部高挺着向耀阳示威，平坦而无一丝赘肉的小腹下，妲己虽用腿紧紧夹住却仍可见一片黑色茵茵，耀阳顿时欲火焚身，口干舌燥，呼吸更为急促……

妲己娇嗔道：“傻小子，还站在那里做什么？”

耀阳再也无法把持，当即除下一身阻碍物，一把扑向床第间的妲己，紧紧抱住这千古尤物，不停用舌头、用手大力揉捏着那粉嫩无比的蓓蕾，然后顺势游走她全身白滑如缎的肌肤，当耀阳用身体轻轻触碰到对方的隐秘地带时，妲己不由自主的轻轻呻吟出声，纤腰主动迎合上来，耀阳此时哪还忍不住心中苦忍的欲望，当即长驱直入……

初经人事的耀阳在采取主动的妲己带动下，进入一个接一个、前所未有的高潮境界，体会着那欲仙欲死的感觉，翻云覆雨间全身心地投入着……

然而就在耀阳销魂彻骨的迷离中，妲己眼中却蓦然闪过一丝狡诈的异芒，一闪即逝。

蓦然间，就在耀阳感到无比畅快淋漓之际，体内一丝异能令他骤然惊觉，原来妲己竟发出一股妖能企图吸取他的本命元阳。耀阳不禁大惊失色，心内震惊不已，顿时醒过神来，睁眼看时不禁又是一阵震惊莫名，这才发现不知从何时开始，身上的赤裸女人已不是妲己，而是妲己的姐妹——喜媚！

但喜媚此时却一脸苍白虚弱的模样，似是受了重伤一般，软弱无力地躺在床上，眼神中满是震惊和诧异。却原来耀阳乃堂堂五行之躯，自身的阴阳变化早已在“归元异能”的统摄之下，外力一旦侵入或是有所企图，便会引发异能感应，随即对方更被五行玄能所反噬。

耀阳顿时雷霆大怒，他想不到妲己竟敢欺骗自己，让喜媚化成她的模样与自己欢好，心中升起一种被人愚弄的心情，一把将喜媚推下床去，体内玄能涌动，挥手间便要取了元气大伤的喜媚的性命。

喜媚怎会不知耀阳此时的本事，就算是正常情况下她自信也只能与之打个平手，如今她被其五行玄能反噬，元气大伤下更是没有丝毫反抗的能力，忙跪地求饶道：“耀公子，这都是妲己的主意，我也是听命于人，还请手下留情！”

于是，喜媚将妲己让自己化身为她的模样服侍耀阳，并在他销魂彻骨之际施展妖能吸取本命元阳的诡计一一告之，希望耀阳看在元凶不是她，而她刚刚又服侍过耀阳的情分上，网开一面放过她。

原来这一切是因为妲己的肉身仍然在“九阴幽穴”吸取阴灵之气，所以无法亲自来下手吸取耀阳的本命元阳，而且妄自吸取不明禀性的“归元异能”，所冒的风险也是极大，所以妲己才决定让喜媚打头阵。

耀阳听完喜媚的话，心中对妲己的恨意更甚，想不到妲己竟是如此阴险奸诈，心中不由将妲己的祖宗十八代都一一问候了个够，最后怒不可遏地道：“妖女，今日我便放过你，不过你必须告诉我，妲己现在身在何处？”

喜媚见他愿意放过自己，面现喜色，忙道：“小婢也不知道妲己现在身在何处？”

耀阳怒目而视道：“你会不知道妲己在哪里？”

喜媚见他动怒，顿时被他慑人心魂的怒芒所震，忙道：“耀公子，小婢真的不知妲己身在何处。”

耀阳见她神情诚恳，定是不会撒谎骗自己，可是心中愤恨难消，联想到喜媚所说的肉身修炼之事，他脑中顿时想到一个报复妲己的大计，决定找到妲己的肉身所在，将其肉身毁去以作泄恨，主意打定便怒道：“那你告诉我，妲己的肉身在哪里？”

喜媚神情骤然一变，颤声道：“这……耀公子要知道这个做什么？”

耀阳心知不吓吓这妖女，这妖女定不会轻易道出妲己的肉身所在，怒目一瞪，手捏“七真妙法指”，顿时五行玄能如浪涌出，手掌间燃起一团烈焰，怒叱道：“你说是不说？若是不说，我这就取了你的性命！”

喜媚神色大变，忙道：“不要，不要，我说便是，我说便是……”

耀阳收去掌间烈焰元能，冷冷道：“若是有半句骗我的，我必会回来找你算账！”

喜媚忙道：“不敢，小婢不敢。”旋又无奈地道：“其实妲己肉身所藏之处的确切地点，小婢也不清楚……”

耀阳以为她又在玩心机，体内异能骤运，“乾天龙炎诀”应指而发，房内的一个古木桌子顿时化为灰烬。

喜媚神色骤惊，慌忙道：“小婢没有骗你，我是真的不知道确切的地点，只是知道妲己肉身就在冀州与梦冢之间的某个地方，小婢只知道这些，别的真的不知道了。”

耀阳见她焦急慌乱的模样，实在不像是在撒谎，恨恨道：“今日我就放过你，若我发现你是在骗我的，那就要小心我回来将你烧出原形！便像是当时姜子牙火烧琵琶精一样！”

喜媚浑身一震，忙道：“小婢绝不敢骗耀公子，小婢绝不敢……”

耀阳随手穿上衣服，步出门外，脑中想到当时与妲己一起去“梦冢”前，妲己曾在某处地方停留。联想其人前后的转变，猜测那妲己的肉身极有可能就是藏在那里，想到可以借此要挟或伤害妲己，他便兴趣大生，于是本着试试看的心态御起“风遁”，直向“梦冢”方向飞去。

奇湖小筑，蝶影阁内。

倚弦与土行孙全神贯注的分别望着床上两名各有千秋、美艳绝伦的女子，心中的想法却是迥然两异、各有所思。土行孙望着邓玉蝉红润艳丽、直若桃李的娇颜，想入非非。而倚弦却在仔细留心幽云的每一个动作和神情，他在担忧幽云的伤势。

好半晌过后，邓玉蝉娇媚的轻拍高耸的胸脯，呼出一口气，道："好了，幽云仙子虽然因为极力压抑体内伤势造成恶化，但本小姐总算没有砸了奇湖小筑的招牌，只要再开上几副丹药，佐以你每日为她疏经导脉，顶多三日便肯定没事了。"说完自顾到旁书写药方去了。

土行孙却不知在旁想到什么龌龊的念头，兀自望着邓玉蝉的娇躯摇头晃脑的低声嘿笑。

倚弦走到床边，看到幽云虽然仍在昏迷，但面色却有好转，此时已然昏昏睡去，这才放心转身，欲言又止半天，才对邓玉蝉嗫嗫道："邓……邓小姐，我觉得你方才所说的几味药草用的好似不大恰当。"

邓玉蝉闻言一愣，抬起螓首打趣的望着倚弦，问道："哦，易公子不妨说来听听。"听得出其中语气不免有轻视之心。

倚弦俊面一红，但仍然坚持说道："小姐方才所说药物之中有'迷谷木'与'祝余草'两物，这二物虽都是疗伤圣品，但它们五行属性为金，若是两物合炼丹药，多会使药性混淆，有致人中毒之虞，而且以幽云仙子现在的体质，恐怕有些承受不起。我想如若将此两物换作轮回集特有的'旋龟藻'，是不是会好一点呢?"

"'迷谷木'、'祝余草'两物均属阴寒金性，确实不如'旋龟藻'阴阳适宜来得好!"邓玉蝉听后，两片红润丰厚的樱唇翘的老高，明眸异彩连连，直围着倚弦转了好几圈，才道，"……还真是想不到易公子居然是药道高手哩。"

倚弦看了看在一旁口水直流的土行孙一眼，想到方才自己所说一切全得自素柔的《圣元本草经》，心中不由一阵黯然，摇头一叹道："我倒不是什么高手，不过适逢其会从一位朋友那里学到一些药石丹药之术罢了。"

邓玉蝉抿嘴笑道："看你那副样子，好像本小姐委屈你似的，好了，你们在这里照看幽云仙子，我去吩咐手下到'玉春堂'取药!"说罢转身走了。

倚弦目送她身影远去，回头寻找土行孙时却发现他也已人影不见。

是夜，倚弦虽顾忌孤男寡女，不便与幽云共处一室，但仍然不顾别人劝告守在了她房外。邓玉蝉临睡时前来探望他与幽云，不由感到一阵好笑，却又不知为何大发娇嗔将侍女都赶走了，还告诉倚弦既然不愿领她的好意，就好好照顾幽云一夜，说罢也不理睬哭笑不得的倚弦，径自去了。

半夜里，幽云的伤势忽然加重，娇躯忽冷忽热好不吓人，倚弦心中焦急想要去把邓玉蝉叫来，却被昏迷中的幽云抱个正着，说什么也不松开。倚弦无法脱身只能陪伴着她，幽云一直迷迷糊糊地哭啼了半夜，直到天色畅明方才昏昏睡去。

倚弦也顾不得休息，亲自前去熬药，等一切全部做好时已是日上中天，将药端来幽云房中之时，邓玉蝉已经坐在床沿与幽云在聊天了，倚弦看到幽云居然也曾与邓玉蝉说上两句话，诧异的差点将手中药汁撒落，引得邓玉蝉娇笑连连，一旁冷若寒冰的幽云望着他的明眸中也比之往常缓和了很多。

当天晚上，倚弦看幽云虽不能下床，但伤势已然好转不再昏迷，也不好意思再待下去，便唤来邓玉蝉留下的侍女，细细叮咛一番后方始离去。

这日，倚弦一路寻来始终不见土行孙的影子，说来也感气恼，土行孙那小子只要邓玉蝉出现他就一定在她身边，如果不曾见到美人邓玉蝉，倚弦却是连他影子也找不到。

正当他四处苦寻不到土行孙，却意外发现土行孙悄悄出现在小筑内院花径之中。倚弦登时大喜，就要上前告知他关于素柔之事，却忽然发现他人影又不见了。他知道土行孙擅长土遁，而且最精通的还是三界五行都无法限制的奇门土遁之法，于是他只能以自身异能灵觉顺应土行孙留下的些许痕迹，一路跟踪过去。

过了花园，倚弦跟进一处幽静的内院，果然见到那急色鬼鬼鬼祟祟的身影，此时正偷偷摸摸躲在一扇棱窗之下探头探脑，显然不是在做好的行当。倚弦顿时大怒，恼他无耻下流不知自爱，行至他身旁，疾步上前就要将他抓走，哪知土行孙却十分机警，举手在棱窗上狠劲一敲，然后头也不回的土遁而去。

倚弦一呆，想不通这小子为什么如此这般转身遁走，原本也想立时遁走以免麻烦缠身，只是却又转念想到自己磊落君子怎可做那心虚举动，是以站在那里没有动身，在心中想着怎样与屋中人解释。

“吱”的一声，棱窗大开，一道娇俏玲珑的身影穿窗而出，如蝶一般的身影翩然落地，正是邓玉蝉。

只见她清丽美艳的脸庞抹起一股红晕，乌黑如瀑的湿发垂于胸前，偶有水珠顺着沐浴蒸腾过的红润肌肤滑下，将她酥胸半掩的贴身薄衣润湿，无比动人的女子躯体若隐若现，勾勒出诱人遐思翩翩的妙曼曲线。

倚弦不由为之一愣，连忙闭上眼睛转过身躯，解释道：“邓小姐，我不是故意的……”

谁知他还未曾把话说完，邓玉蝉已来到他的面前，仿佛丝毫不忌讳自己曼妙身躯被他瞧见，娇笑道：“人家也没说你什么，想看就给你看喽。”语罢，邓玉婵的语气一转，低声道，“不过，最近你还是小心一点的好，因为自昨日开始，一直到现在，都有魔宗高手一直在旁窥探你与幽云哩！”

倚弦虽被邓玉蝉这大胆豪放女的打趣刺激得只想逃走，但听到后来她所说，心中一惊，可仔细想想两日经历，奇道：“可是我为何未曾感应到有人接近呢？”

邓玉蝉白了他一眼，咯咯娇笑道：“你呀，只顾着幽云仙子那个娇滴滴的大美人了，连本小姐你都未曾正眼看过，哪还会注意别人呢？”说完笑着回房去了。

倚弦哭笑不得的呆立在当地，尴尬了好一会儿才转身离去。

此时已是夜深，倚弦仰望苍穹，繁星满天，一轮圆月挂在天边，夜风习习，隐约带着一丝芬芳，小径曲折幽深，通往前方不知名处。

倚弦心头一阵惘然，顺着这小径走了下去，微风拂面，带来丝丝凉意，青草灌木，各色花朵，遍地开放。这样一个幽静的夜晚，他独自在幽深花园中走来，回味往事，细想心中对幽云那份若有似无的情愫——

是愧疚？还是爱怜？

路旁，一朵小花儿在夜风中轻颤，有晶莹露珠，附在粉白花瓣之上，玲珑剔透，倚弦停下脚步，不觉竟是痴痴看得呆了。

——隐隐幽香，暗暗传来。

忽然，他心中一股极其熟悉的感觉倏然升起，抬眼望去，两道纤纤玉影，仿佛从永恒的黑暗处走来，带着一份幽清美丽，映着漫天星月余晖，来到这支花前，来到他的面前。

——花折断了！

“婥婥姑娘、姮姮姑娘，怎么会是你们？”倚弦不由惊道。

来人正是防风氏两位名姝，风魔女绰绰与月魔女姮姮，不过姮姮早已恢复原来模样，倒是与婥婥一副模样，看得出同样的美丽，但却分外多出一丝冰寒浸人的冷感，倚弦正是从此点推敲出此人是姮姮。姮姮脸上有着冷艳与平和两种迥然而异的气质，给人一种说不清、道不明的独特魅力。

婥婥纤眉一蹙，娇嗔道：“怎么，不欢迎吗？不过，说来也是，公子你现在有了蜀山剑宗的幽云仙子，怎还会还记得我们姐妹两个！”

倚弦看着近在咫尺的婥婥，闻着姮姮身躯上的阵阵幽香，也不知为何，就那么脱口解释道：“你们误会了，我与幽云仙子之间并无什么事情发生，只是出于朋友立场，照料她而已。”

婥婥听了此言更加来气，怒道：“朋友？朋友有你那么亲近的吗，你整整抱了人家一夜，不要以为我们没有看到……”说着说着，她竟然“哇”地一声，扑在姮姮怀中哭了起来。

姮姮搂着梨花带雨、伤心不已的婥婥，望着倚弦星眸之中也是一片凄伤，缓缓叹道：“这也不能怪你，毕竟你还不知道此事的前因后果，我原本不想牵扯到今生情事中来，但为了妹妹，今日我是不得不来了！”

倚弦更是不明其意，有些糊涂道：“两位姐姐的话我实在不明白！不知可不可以……”

姮姮摇头制止他继续说下去，道：“易公子，姮姮想等你灵识通现之后，你自然会明白的。”

婥婥听后立时花容变色，失声道：“姐姐，他……他现在能够承受吗？会不会……”

姮姮看了倚弦一眼道：“炼狱顶一战，易公子已经名扬三界，以他的修为来说，应该不会有事，就看他会否答应而已。”

倚弦虽然不知这两姐妹所说何事，但也猜想到此事定然与三人有关，略作思量道：“两位姐姐尽管说来。”

姮姮道：“此事并非能够说的清楚，公子只需放松即可，姮姮为你通现灵识。”

看倚弦点头示意答应之后，姮姮素手微招，一道绘满奇异符咒的玉佩出现在她手中，玉佩青莹，她素手赛雪，异魅已极。绚光流离，玉佩飘摇，一团璀璨光影凭空出现，光影之中，那扭扭曲曲的奇异符咒文字都宛如蝌蚪似的浮动起来，相互交错参差，恍然灵动活现，影射出数百道金光闪闪的线条。

倚弦又惊又奇，隐隐觉得其中似有极为重大的奥秘。

“轰隆！”

那百多金光线条霍然迸飞四射，闪闪如星，直让月光黯淡，“砰啷”激响之后，线条忽然炸裂，飞扬乱舞，蓦地将倚弦紧紧缠住。绚光如涡流激旋，金线纵横飞射，倚弦瞬间如被巨蛇紧缚，卷溺于狂猛的漩涡之中，不由心下大骇，却动弹不得。

金线急速扭曲缠舞，倚弦眼前一花，呼吸窒堵，头痛欲裂，“啊”地一声大吼，只觉绚光流转，急速飞冲，无数幻影从他身边盘绕穿梭，笑声、哭声、呐喊声、窃窃私语声……万千声音交叠炸响，他脑中轰然，意识如大雾离散，流星飞舞。

迷迷糊糊，不知过了多久，他只觉眼花缭乱，剧痛锥心，自己仿佛被撕裂成无数碎片。眼前光芒金炽，一时无法视物，眼冒金星，耳中噪音滚滚，如惊雷迸炸，幻象迷离，无数影像在自己脑中眼花缭乱地闪过，念力迸散，神识思感渐转混沌，依稀觉得自己清明的记忆神识逐渐淡去，诸多遥远未曾有过的回忆思感却越来越加鲜明，巨浪般地层层淹涌……

他模模糊糊记起三世以来与一位女子注定的那段情缘，当那些淆乱的幻影交织出一段段惊心动魄、爱恨纠葛的情事，他卷溺于湍急而致命的漩涡，不能呼吸，无法思考……心中突然一阵寒悸，刹那间森冷的恐惧爬遍全身，忍不住大声呐喊。

“啊!”

随着他的呐喊声，幻象迷影均自散去，眼前一切都与昨夜一无二致，只是姮姮与婥婥两位佳人已经芳踪渺茫，不知去向。倚弦心下一阵恍惚，突然分辨不出自己是否还是自己，刚才那些事情是否均是真的，或者，那仅仅是一场幻梦?

原来他与她竟然纠缠了三生三世，现今唤醒了自己某些深埋着的前世神识，倚弦心中又惊又喜，但偏又夹杂着一丝莫名的恐惧，忖道：“原来我竟不是我，那我是谁?”

他心下顿觉古怪滑稽，难以相信，又觉心头万般滋味浮荡翻涌，好不难受，呆呆站了半晌，倚弦猛然仰天长呼道：“我究竟是谁!”

“这有什么好奇怪的，你还不就是你，难道还会是别人不成?”突然，身后一个严肃的声音将倚弦惊醒。

看着耀阳御风遁走，怒火冲天地离去，一直在地上战战兢兢、花容失色的喜媚忽然面色一变，现出满脸狠毒之色，从怀中取出一颗火红丹药服下，随即捏指掐诀，运动妖能，樱桃小嘴一张一合之际，已然发动了传音妖法。

不一会儿，便听得一声极为低沉的兽吼声自远方天空传，一只极为庞大的虎兽自天而降，正是异兽天乌，兽背后坐着的人一双小眼珠泛阴深深的目光，正是申公豹。

天乌落在喜媚面前，申公豹阴沉地冷笑一声，便飘然而下，喜媚立刻身形一闪，那只披着一件外衣撩人遐思的娇躯便扑到申公豹怀中，一边不停在申公豹身际磨蹭，一边浪声浪气地道：“申长老，果然不出你所料，那小子已经气冲冲寻找那骚狐狸精去了。”

申公豹一双魔手大不老实在喜媚那惹火之极的身上又抓又捏，大逞了一番手足之欲后，才得意满志地道："凭本尊的手段，还不把他们玩弄在股掌之间。"

喜媚随着他的一双上下不停地魔爪发出淫荡的呻吟声，道："可是这小子不见才几时，怎么就强到这种地步了？我刚才想以'吸阳夺精诀'吸取他的本命元阳，哪知竟然被他身上元能所伤，莫不是他已经融会了归元异能，灵神合一，那我们怎么对付得了?"说到这里，她妖艳的脸色也不禁凝重起来，显然刚才的经过让她对耀阳产生了极大的忌惮。

申公豹其实心里早有谱，对耀阳也是心生忌惮，但对喜媚却不明说，只是阴笑一声，道："哪怕他再厉害，本尊也有办法对付得了他，方才本尊只是故意放出一丝元能，便让妲已那妖狐误以为是妖君、妖尊前来，忙不迭地去查个究竟，看看还不是给本尊耍得团团转。"

喜媚整个人都挂在申公豹身上，道："如今，耀阳已经对那骚狐恨之入骨，一定是前往'九阴幽穴'寻找那骚狐的本命元身所在，我已经按照你的吩咐，在他身上下了'附骨诀'。那骚狐狸平日把本命肉身藏得那么紧，看她此次还想怎么躲，只要我们找到她的肉身，对付她还不易如反掌。"

申公豹大喜之下，猛拍喜媚那挺俏的丰臀，道："很好！我们速速跟上那小子吧!"说着一揽喜媚的蛇腰，便跨上了天乌。在申公豹的哧喝下，天乌乖顺地叫了一声，腾空而起，向耀阳去的方向飞去。

喜媚虽然坐在申公豹前面，却还不肯老实，身子不停地往申公豹怀里蹭来蹭去，虽然不是第一次，但还是惹得申公豹体内欲大炽，忍不住伸出手，环过她的腰，在她两珠圆滚滚的玉球上大加蹂虐，心中忖道："没想到这妖雉如此淫荡，待到了地头，让你知道知道本尊的厉害。"

荒山僻幽，怪石随处可见，时不时有野兽发出的嘶吼声在周围穿梭回荡，在夜色中显得极为恐怖。

耀阳驾御风遁，回想当日妲已带他与黑妞在到"妖月梦冢"前所到的那处地方，来到此处之后，本来以为很容易可以找到妲已肉身，谁知任他如何察探，也感应不到妲已的半丝妖能。

耀阳心知多半是妲己以匿影藏形的法术将自身所在用结界护住，故而查探不出，思忖半晌，猛然想起喜媚曾说妲己因修炼之故无法直接采他元阳，故而让喜媚代其出手，并且她把自身肉身藏在“九阴幽穴”中吸收阴气，即然是“九阴幽穴”，必然阴气极重，自己的归元异能乃极阳之元能，阴阳至极，必相排斥，何不用元能探出“九阴幽穴”之所在，只要找出“九阴幽穴”，便可找到妲己那妖狐的肉身所在。

当下耀阳便潜神瞑视，将自身归元阳极元能缓缓放出，向四周散放而出，不多时，耀阳便感到西北方向离自己三十余丈处，有一股与自己归元异能完全相反、则相排斥极阴之气蒸腾而出，与自己延生过去的归元阳极元能相抗。

耀阳不由大喜，知道那定然便是“九阴幽穴”，身形一晃便到了那处所在，四下注目一番才发现，四周没有一处可疑的地方，只有一处有一块几近丈许方圆的大石露在外面，耀阳略一思忖，双手伸出，“七真妙法指”导引着他的归元异能自十指中涌出，紧紧缠住那块巨石。

耀阳深吸一口气，大喝一声“起”，只见地面微微晃动，在耀阳那无可匹抗的归元异能吸附下，那巨石竟然给凭空抓起。巨石下露出一个洞穴来，耀阳大喜，正欲进这“九阴幽穴”，谁知便在这片刻功夫，洞中竟然被一片紫魅色的光芒所遮布，那光芒如雾气般浓稠得几乎要化不开来，耀阳认得那正是妲己的“魅邪结界”，想来自然是她用来护持肉身所用。

耀阳度入一丝元能去试探，竟然发现这“魅邪结界”极为难破，看来妲己布此结界时定然全力而为，也由此可见这具肉身对妲己的重要。

但如果强自破去“魅邪结界”，恐怕会将妲己惊动，若是惹得她将所带的梅山七圣惊动，自己也未必讨得了好去，当下运转归元异能，紧贴自己周身布成了一个小结界，然后虚立在“魅邪结界”上，将元能接五行之序依次相生。

他这么做并非要去破“魅邪结界”，而时对这时的他而言，已经对五行大有了解，知道所有的元能都有五行属性，故而耀阳并不想去破妲己的“魅邪结界”，而是想以五行相生之道，通过“魅邪结界”，进入“九阴幽穴”。

果然不出耀阳所料，当他将元能化成木行时，本来将他强势阻住的“魅邪结界”倏地一虚，归元异能与妲己“魅邪结界”妖能已成互生之势，耀阳只觉眼前一黑，便已进入了“九阴幽穴”之中。这是他首次使用别的方法，而非靠本体异能去破除结界。

眼前一暗之后，耀阳便已经处身在一处宽大的石室中，石室颇为宽大，室顶四周悬挂着四颗鹅卵石大小的夜明珠，发出柔和的光芒，将整个石室照得朗若白日，石室中空无一物，只有一张造型颇为奇特的石床置放在整个石室中央，石室升腾起一丝丝的白烟，但升不到三尺便被石床尽数收去，外表看起来仿佛那石床是被无尽雾气托起一般。

石床上平躺了一名女子，耀阳一眼看去，只觉胸口如被大铁槌撞了一下，耳边不停嗡嗡直响，再也挪不开一丝目光。

只见莹莹珠光下，他可以纤毫必睹地看见那女子身上未有丝缕遮拦的完美身形，只见她全身上下如白玉般雪白，却又透着隐隐红晕，一头乌黑长发散落在石床上，衬着雪白的肌肤，让人有种忍不住去抚摸的冲动，两条玉臂自然而然地摆放在身体两侧着，十指有若春葱，让人忍不住会想像如果被这双手抚摸该是多么销魂。

她雪白的脖颈仿佛稍一用力便会折断，一双大而坚挺的酥胸上有两颗粉红的蓓蕾，含在嘴里都怕随时便破似的，小腹光滑平坦，像是高耸的玉峰过后一片平坦的可以让人放马狂奔的平原，纤腰仅足一握，两条修长美腿微微弯起，形成一种优美的弓形，一双玉足十指平研，光滑秀洁，让人不由想跪下去亲吻抚摸一番。

小腹之下的那块桃源之地，更是让人有种原始的冲动欲望，不多不少、黑而发亮的茵茵草地将那想让人问津的桃源之地不紧不疏的遮住，隐隐约约可以看到两片粉红色的……她整个人赤裸地躺在那里，却显得圣洁无比，与耀阳平日所见的九尾妖狐大不相同，虽然石床上的妲己赤裸地躺在那里，却让人一时之间不敢心生淫意，但是又让人在心底隐隐涌起一种要大力蹂虐她的罪恶感！

耀阳呆呆地看着妲己赤裸而诱人的身体，心中绮念丛生，起伏不停，不知过了多久，才“啊”地一声叫了出来，原来自己不知何时已经到了石床旁侧，石床周围的雾气亦翻滚得愈来愈利害！

耀阳连忙收回那无数绮思，看着闭目安睡、美艳绝伦的妲己，虽然他听了喜媚之言后气愤莫名，想将妲己肉身毁去，以泄胸中之恨，但就在此际，他心中竟然连一丝怒气也没有了。

却在这时，洞外飘进一股桃红色的元能迷雾，和着石床旁的雾气弥漫开来，耀阳猛地觉得头脑一热，不由自主一个踉跄，跌扑在床上，小腹下的下丹渊海中，一股热意毫无来由地升起，“轰”地一声，直冲脑际。

他的耳边仿佛回荡起那一声声销魂彻骨的呻吟……

第五十四章　五行归元

“九阴幽穴”外，“玄天八卦镜”虚立当空，申公豹与喜媚紧紧盯视镜中，镜面一阵朦胧过后，逐渐显现出耀阳在“九阴幽穴”内的情形。

喜媚面露狐疑之色，问申公豹道：“申长老，为何这小子中了我们的‘阴阳合欢法阵’，灵台神志还这般明朗，似乎一点反应也没有，难不成归元异能已经厉害到不动情欲的地步？”

申豹公沉声道：“急什么，我就不信这小子能逃过‘阴阳合欢法阵’的诱惑！”

喜媚四下顾盼一番，不无担忧地道：“如果这小子此时还不肯与妲己的肉身交合，破去她的元阴护体，一旦被九尾狐狸惊觉有变，及时赶来这里的话，那咱们岂不是功亏一篑吗？”

申公豹面色沉重，他与喜媚二人跟踪耀阳到达此地，却没有一路跟进“九阴幽穴”，一来是被妲己布下的“魅邪结界”所阻，二来是怕被耀阳发现，故而只有以妖法魔功借用“九阴幽穴”的玄阴之气，布下能催动人情欲的“阴阳合欢法阵”，想以此来催动耀阳情欲，使之与妲己肉身交合，让她的本体元阴被破，如此一来，九尾妖狐再也难靠纯阴肉身吸取大量地灵阴气来增强本元修为，谁知“阴阳合欢法阵”发动起来，耀阳却半点异状也没有，怎能不令二人有所担忧。

当下申公豹一狠心，道：“也罢，且让我拼手一搏！”说罢，他兀自运转魔功，脸上一阵青白魔芒变幻，继而幻成一阵暗红，低声一喝，双手魔诀舞动，发出火红色魔能，径直往地下幽穴内射下，催动百十丈的“九阴幽穴”玄阴之气，逐步将“阴阳合欢法阵”的威力催升数十倍。

此时，耀阳只觉全身发热，脑中各种念头纷杂而至，先还只是想到平日里与梅若冰欢好之状，后来脑中便尽是昨夜与喜媚幻化的妲己欢好时的销魂情形，且一举一动历历在目，无比清晰，腹下更是热如火烤，下部早已硬挺难忍，忍不住伸手想去触碰妲己的肉身。

好在耀阳在这百欲缠身、放眼即色的情况下还有一丝灵醒，忙提了一口气，催动归元异能，先行压下这情欲之念，谁知他不运转归元异能还好，甫一运转之下立时坠入申公豹彀中，立时脑中幻象已生，石床上的妲己在恍惚间起身坐起，赤裸的身体紧紧抱住了耀阳，耀阳脑中立时一片混乱，那里还管什么归元异能，本能反应下，同样一把抱住了对方。

却原来，耀阳体中的归元异能本为阳极元能，他一直压抑不勃发，再加上身在“魅邪结界”之中，以及“九阴幽穴”所限，故而对外力感应比平时大为迟钝，异能根本无法运转自如，自然无法凝聚五行玄能，以至于申公豹借玄阴之气发动的“阴阳合欢法阵”让他轻易着了道，等他想用归元异能镇压时，已是不及，并且此乃极阴之地，阴阳相亢，潜龙有悔，他一启动归元阳极元能，其情欲在阴阳两极相亢中被激发到无以复加的境界，使他陷入了色欲迷离中——

耀阳仿佛又回到了昨夜与妲己欢好的那一幕，欲火焚身之下，哪里还有什么理智，身上衣服早已除尽，露出强劲有力的肌肤，一把抱住妲己肉身……

妲己似真似幻的妖魅身体紧紧缠住他，整个人便像一团火似的依偎着他，让耀阳全身心都沉浸在亢奋之中，妲己那光滑如玉而细嫩似脂的皮肤，微澎的秀峰，暖软的盆地，纤细的蛮腰，以及妲己肉身独有的幽香气息，都让耀阳生起一股平生从未有过的猛烈欲火，急欲破体而出一般，令他忘情在这起伏离合之间的欲望中，片刻过后，他忽然全身一阵悸动，一股难以言喻的快感自心底生起，遍及全身。

耀阳只觉得仿佛陷身在一个微烫的泉水之中，整个人的身心有着一股子说不出的松柔舒畅，全身毛孔都散发出每一丝每一毫的快感，又像是一个燥热已极的心身沉浸在万丈寒潭之中，舒服到无以复加的地步……

当欲火渐息，所有一切都平静下来，耀阳的思感神识猛地一颤，整个人立时清醒过来，看着石床上的一切，立时明白发生了什么事。耀阳起身穿起衣物，难以置信地望着石床上那鲜红点点的落红，他心头巨震，九尾狐妲己的肉身竟然还是处子之身，这让他感到无法思议，更不可思议的是，自己为什么会做出这种有违伦常的事，他自是全然不知是被穴外的申公豹与喜媚以“阴阳合欢法阵”催动了情欲，才与妲己肉身合体交欢的。

耀阳正自怨自哀之际，“啊……”身边一直闭目不语宛若死去的妲己竟然发出一声呻吟，令耀阳不由自主被吓了一跳，急忙运转元能，转身细细查看，见妲己仿佛又没有什么动静一般，于是他壮着胆子轻轻用手触碰了妲己一下，这才蓦然发现——

此时的妲己竟然再也不似刚才那般冷冰冰，那一身肌肤竟然如同常人一般温暖，正当他不明所以时，妲己再次轻声呻吟了一遍，居然已经醒转过来，一双如星美眸缓缓睁开，尽是一片迷茫之色，叫道：“阿芬，我渴了，快些端茶过来……”

耀阳不知所措地望着妲己，不知她为何会做出此等反应，一时间愣住了。

当妲己看清楚眼前所站着的不是侍婢阿芬，而是一个从未见过的男子时，蓦地发出一声惊怖尖叫，指着耀阳道：“你……你是谁？好大胆子，竟敢闯入我的房间！来人……”

却当她抬头看时，才发现自己竟然身处在一个奇怪的洞穴之中，而不是自己的闺房之中，再一低头看到自己赤裸身体的样子，且下部隐隐作痛，她更是羞怒难当、惊慌无措，立时缩成一团，大声哭叫道：“你是谁？这里是什么地方？你到底对我做了什么？娘……娘……爹……你们在哪里，女儿好害怕……”

耀阳一向见惯妲己笑时风情万种，怒时杀气汹汹的样子，这时居然见到她惊恐万分、梨花带雨之态，不由大感诧异，而且妲己不时发出的尖叫声，更是令他头痛，不知该怎么办才好，再一瞥见处子之身被破才会有的点点腥红，心中不由疑惑万分：“妲己一早就成为纣王宠妃，才使纣王荒淫无度，听任她的魅惑……但眼前女子却仍然是处子之身，她难道不是妖狐妲己，可谁又会出现在这‘九阴幽穴’中呢？”

听着妲己的哭泣声，耀阳不由心烦气燥，干脆装出一副恶恨恨的样子，问道："说，你究竟是谁?"

妲己被耀阳凶狠的样子吓了一跳，只有战战兢兢地道："我……我是冀州侯苏护之女苏妲己，我怎么会在这里……你到底是谁?"

耀阳见她一副可怜兮兮的样子，看来不像在撒谎，便忖道："难道她真的不是九尾妖狐?"当下便收起一脸凶相，脱下外衣给她披上，柔声道："你别怕，也不要乱动！为了证实你的身份，我要验正一番，不过，你放心，这时没有危险的!"

妲己看着脸色忽然变得和气的耀阳，脸上还是有些惊恐不安，但也只能委屈地点了点头。

耀阳轻轻握起妲己的纤纤玉手，妲己不由脸上闪过一阵绯红，耀阳看着她娇羞万分的样子，心头不由一荡，连忙镇定心神，运转体内的元能自妲己腕脉上透过，去试探她体内到底有无妖能，谁知一经试探，这个妲己的体内果然毫无半丝妖能。

耀阳根本不明白妖灵寄居人体的奥妙，心中不禁大是疑惑，忖道："眼前之人如果真的是冀州侯苏护之女妲己，而不是那九尾妖狐，那么她被妖狐占据肉身这么久，元神为何会丝毫无损，而且还能再次苏醒过来呢?"他转念又忖道，"妖狐如果得知妲己苏醒，不知会怎么样?"

耀阳想到这里，猛地心中一动，禁不住大叫一声，暗道："他奶奶的，惨了，惨了！妲己既然现在已经是常人，那刚才自己对她所做一切，岂不是犯下大错了?"他看着妲己惊慌无助的神情，心中愧疚难当，不由冷汗潸然而下，不明白自己怎么会突然间情欲大发做出这种事情，正在他万分悔恨之际，心中神思猛地一动，已然有所感应，不由怒喝一声。

妲己怯生生地看着他，被他这一声大喝吓了一跳，再定睛一看，耀阳已经化成一阵清风，径直往九阴幽穴外遁去不见。

倚弦想到飘渺中婥婥与姮姮的逝去，心下顿觉古怪滑稽，对这一切他难以相信，又觉得心头万般滋味浮荡翻涌，好不难受，呆呆站了半晌，倚弦猛然仰天长呼道："我究竟是谁!"

"这有什么好奇怪的，你就是你，难道还会是别人不成?"

倚弦闻言愕然回头，却见是变得一本正经的土行孙。看他这个样子，倚弦吃了一惊，一向吊儿郎当的土行孙忽然变得这样严肃，如果不是亲眼所见，倚弦怎么也不会相信。

土行孙看了倚弦一眼，黯然道："你这点小事有什么好烦恼的呢？你应该知道我的遭遇有多惨?"

倚弦好奇地看了他一眼，听他继续讲下去。

土行孙长吁短叹道："自从我懂事以来，就因为长得矮小而倍受欺凌，从来没有被好好当人看，除了爷爷外，没有什么亲人可以依靠，现在连爷爷也死了……"

倚弦看他真的伤心，便默默拍了拍他的肩膀。

土行孙苦笑着将自身的悲惨往事一一说出，的确有些伤心凄惨的往事。

倚弦自是安慰了他几句，土行孙最后又叹道："你别看我平日浑浑噩噩、插科打诨，其实我也是没办法。你以为我想这样吗？我也想做点正经事情出来，但谁让我真的没有本事，只能寄苦为乐，否则整天想着自己无能，岂不是比什么都痛苦吗?"

倚弦没想到土行孙放纵最心底的欲望唤来颓废的满足，原来也是他在抗争不公平命途的方法。倚弦顿感愕然，震惊之余对土行孙也开始另眼相看："你要有信心，为身为有炎氏一族的一份子争口气，这样的话，你爷爷在九泉之下也能瞑目了。"

"凭我?"土行孙自嘲道，"你看我现在这副样子，怎么看也不像是做大事的人，更何况你也听我爷爷说了，我们一族男丁的本命元根被禁，根本不可能有什么大的作为。"

"那就未必了，你知不知道——"倚弦语气一顿，缓缓道，"我碰到你姐姐素柔了，而且她已经从《圣元本草经》中揣摩出如何解除本命元根禁制的方法!"

土行孙一听，大喜过望道："你见过素柔姐了？她在哪里，是不是还在离垢城？我要去见到她，自从爷爷告诉我，还有一个姐姐以后，我无时不刻不想去见她……”

倚弦神色暗默下来，犹豫再三，终还是低声道：“素柔，她死了！”

“什么！”土行孙如遭雷击，整个人都呆了，半晌才苦涩地道，“果然是没好事，你还真是灾星，有炎氏的人一旦遇到你，都注定没有好下场，爷爷因你而死，姐姐见你也死了，我更惨，失去亲人无家可归……”土行孙苦笑着道，“素柔姐死了，我那么费尽心血去博取闻仲的信任，想不到一切作为都没有用了。”

原来在陈塘关的时候，土行孙是为了去离垢城见姐姐才肯对闻仲言听计从，倚弦想到这里，黯然无语，脑中浮现出受苦多年最后还是惨死的素柔，忍着心中的哀伤，振作起精神，看着土行孙道：“老土，你放心，我会竭尽所能，按照你姐姐传授的秘法制出丹药，助你回复本体，那样你就不会再受禁制。”

听完这句话，土行孙本来黯淡的脸色又亮了起来，兴奋道：“原来你是知道秘法的！害我又担心半天，早点说嘛！真是的……”说着，土行孙想到得意之处，渐渐喜形于色，“不错，一旦除掉本命元根的禁制，我土行孙将是一个高大潇洒的……嘿嘿，到时候，哼，那个邓玉婵还不是手到擒来？不过，你小子欠我家的债没那么容易还清，至少还要再帮我一件事情才行！”

倚弦忙问道：“什么事？”

土行孙面上泛起兴奋的神色，道：“如果等你可以解开我族的禁制，不知还要等多久，迟则生变，你如果……嘿，如果再帮我将邓玉婵追到手的话，你就无须对我有炎氏有所亏欠了，我爷爷和姐姐的死也不会再怪你！”

“什么？”倚弦哭笑不得，他想起刚才邓玉婵还神色暧昧地跟他说了些极似挑逗的话语，而现在土行孙却要自己帮他去追求邓玉婵，这二者之间到底是什么跟什么？

土行孙这时却眼含希冀地望着虚空，双手合十喃喃道：“自我第一眼见到她，我的心就被她的美貌融化了，我知道，她就是我的梦中情人，一生的追求……”

如果此时是耀阳在场的话，恐怕已经直接给土行孙一个爆栗了，不过倚弦的脾气比较好，只是拍了拍土行孙的肩膀，叹道："我……尽力吧，不过你别抱太大希望，成功的可能性不大！"

倚弦边说边往回走，等土行孙闻言清醒过来，却发现他已走远了。

土行孙愤怒道："你说什么，这是你欠我的，像我土行孙这样的杰出人物，怎么会无法成功呢？喂……你小子别走，给我回来……"说着嚷了起来，一路追寻倚弦而去。

平平静静又过了两天，幽云的伤势恢复的很快，已经能够下床行走，倚弦悬着的心总算可以落定了。

这日，倚弦正在"奇湖小筑"的后园散步，一边悠闲地行走，一边细想前不久领悟的"灵悟剑诀"与"轩辕图录"之间的差别。

他可以肯定二者之间存在某种联系，但通常的法能气脉变化等等，虽然可以从《玄法要诀》、"轩辕图录"、《阴阳法要》，甚至魔门的诸多秘诀经卷上找到完全契合点，但只有这"灵悟剑诀"跟这些都不同，它似乎完全偏重于所谓"剑心灵应"的修为，对本体基元等方面都无所涉及，令人着实有些不解。

正当倚弦瞑目苦思之时，只觉一股馨香缓缓飘近，一道纤纤身影翩然而至，来到他的身旁。

倚弦自是知道是谁，连忙回头笑道："幽云仙子，你的身体刚刚复原，应该多多休息才对。"

幽云对他的看法显然已经改观，淡淡一笑，道："邓姑娘的医术不错，我已经没事了！"

倚弦看着她出尘脱俗的淡雅面容，想到前几日照料她所发生的事，俊面不由微微一红。幽云见他无缘无故脸面发红，怎知倚弦心中在想些什么，只是一时间也不知该说些什么，于是两人相对沉默了一会儿。

幽云首先开口打破尴尬，道："遵照师尊吩咐，我现在要立即赶回蜀山复命，你呢？"

倚弦一听她要走，神色不由一愣，刚要说话之际，恰逢刚刚从后走来的邓玉婵闻言讶道："什么，幽云仙子这么早就要走了？你的伤……"

幽云回过头，微笑道："多谢邓姑娘疗伤之恩，他日定当携礼登门道谢，现在只因师门事关重大，所以不得不早日返回。"

邓玉婵眼中闪过一丝异色，担心道："但你的伤势还未完全康复，看样子还是再多休息两天吧。"

幽云微摇螓首，道："还是不麻烦邓姑娘了，此事关系重大，已经不能一拖再拖，所以，只能有负姑娘盛情了！这几日来多得姑娘救治，叨扰之处实在过意不去！"

邓玉婵见她去意已决，只能笑道："这是小事，举手之劳而已。"

倚弦插口道："既然如此，幽云仙子，你伤势恐未痊愈，就让我送你回蜀山吧！"

幽云默默看了他一眼，一副不置可否的神情。倚弦见她并不反对，掩不住心中的欣喜之情，转身对邓玉婵道："打扰多日，我们也是时候离开了。不过……有些话不知当讲不当讲?"

邓玉婵愣了一下，问道："什么话？易公子但说无妨！"

倚弦想到申公豹，脸上露出无比痛恨的神色，沉声道："你一定要小心那个兀官脔，他应该是一个假的，我曾经见过真正的兀官脔已经死了，现在那个家伙理应是魔门九离的申公豹假扮。"

邓玉婵大惊道："这是怎么回事?"

倚弦便将当日在奇湖底的所见所闻尽数道出，邓玉婵乍听之下，不由震惊不已。

说到最后，倚弦淡笑道："邓姑娘，你自己小心一点便是，如果我那位朋友土行孙回来，你告诉他一声，让他在轮回集等几日我就回来，我们先走了，后会有期！"

邓玉婵点头道："玉婵谢过易公子提醒，且让我送你们出奇湖吧！"

倚弦语罢回身看了一眼幽云，幽云点点头表示可以走了。于是三人一前一后步出后园，径直朝筑门外走去，邓玉婵一路神色复杂地看着身前两人，一副略有所思的模样。

然而不等倚弦和幽云走出筑门，却听见熟悉的嘶哑笑声骤起，三人立时止步，只因前方骤然现出一道身影，竟是那化身兀官脔的申公豹！

戴着兀官脔那个狰狞面具的申公豹从筑门外走入，还不知道已经被倚弦揭穿身份的他依然装出一副亲和无间的模样，笑容满面地对邓玉婵道：“好长一段时间不见，玉婵师妹比以前又漂亮了许多。”

邓玉婵没有答话，只是盯着他，想看他究竟玩什么花样，申公豹故作神秘地凑近身子说道：“师兄我得知一个天大的秘密，想要赶紧通知师尊他老人家，师妹可知师尊现在何处？”

倚弦想起素柔惨死在他手下，自己也被其人推入冰火轮回狱，此时再也忍不住心中恨意，怒喝道：“申公豹，你还在那里装什么，亲手杀了兀官脔还假扮他，你以为这样能骗得了天下人吗？”

申公豹骇然一震，他怎么也想不到杀害兀官脔的事情会被别人知道，但他毕竟人老成精，狡诈异常，马上镇定下来，看邓玉婵以怀疑的眼光看着他，便有模有样地责道：“玉婵师妹，你不会听信外人的谗言吧？哼，他们只是两个可以一用的人才，怎值得你如此细心善待，相信总不会因为他们而伤了我们师兄妹之间的感情吧。这小子不领情也就罢了，竟然还挑拨我们之间的关系，何必跟他们啰嗦废话，直接将他们拿下就行了。”

倚弦和幽云怎会听不出这话的意思，原来这邓玉婵对他们好也只是想拉拢、利用他们而已，二人心中一震，不由齐齐向邓玉婵看去，见她神色阴沉不定，既没有肯定也没有否认申公豹所说的话，不由令两人警觉大生，同时后退几步以示戒备。

“太迟了！”申公豹冷笑一声，拍了三拍手掌，随着掌声，大批人从小筑外蜂拥而入，将两人团团围住，个个身手利落，动作整齐化一，倚弦与幽云的剑心灵觉已然感应出他们无一不是魔宗高手级数的人物。

笑声又起，倚弦和幽云同时生出感应，顺着笑声出处望去，却见那个在“冥月楼”前出现过的白衣青年笑吟吟地从众人之中走了出来，道：“你们两个也太不知天高地厚了，竟敢孤身闯入‘奇湖小筑’，简直是自寻死路，不过看在曾经也算同门的份上，我不能不成全你们这对野鸳鸯了。”

这话一出，无疑已经认了自己的身份就是元都。

幽云美眸含嗔，怒叱道：“叛徒!”

“我原本就不是蜀山弟子，混入蜀山不过是另有目的而已，如此又何来叛徒一说!”元都仰天大笑，冷哼道，“想不到，小丫头死到临头竟还嘴硬!”

幽云冷冷盯着元都，伸手剑诀一领，正欲唤出灵睿剑，谁知却突然感觉体内元能一阵萎缩，浑身竟自瘫软下来，再也使不出半点力道来，更别说是以法能召唤灵睿剑了。

倚弦感应到幽云的异状，大惊之下望向邓玉婵，难以置信地喝道：“是你?”

邓玉婵一脸漠然的别过面孔，丝毫没有否认的意思。

倚弦想不到果然是她，他心中一阵悔恨，想来他真是太容易相信别人了，倚弦再笨也知道他和幽云已经受骗上当。眼看情况不妙，这次恐怕真的不易脱身，倚弦脑中念头急转，环视四周，他仍然感到有些侥幸，好在土行孙不在这里，否则他更觉受累。

元都和申公豹二人相视大笑，元都冷哼道：“你们想要‘乾元绫’是吗?只要先将龙刃诛神交出来!我们大家就有的商量!否则……”说罢，他挥挥手势，示意只要他挥手下令，一众高手便会上前将倚弦剿杀。

倚弦想到幽云的状况，不由暗运元能，果然发觉体脉内多处地方断断续续，致使元能运行不畅，他脑中立时浮现出《圣元本草经》上曾记载有一类带毒的药草，本身的汁液具有麻痹人体脉络的功用。他立时明白过来，原来他与幽云是被邓玉婵暗藏在饭菜中的毒素所害。

看着周围虎视眈眈看着他们的一众高手，倚弦长长吁出一口气，随意伸了一个懒腰，单手剑指屈伸，“七真妙法指”应运而生，牵动体内异能流转，带起经脉中暗藏的冰晶火魄之能，立时不到一个周天的工夫，经脉不畅的感觉便被应时化解，他心中大喜，垂头对幽云低声道：“我背你!”

幽云的玉脸红霞浮起，但还是点点头趴在倚弦的背上，毕竟现在不是矜持的时候。即使是如此紧张的时刻，当幽云整个娇躯压在倚弦背上的时候，清馨的体香和第一次亲密的肉体接触还是让倚弦不由心神一荡。

倚弦强自压下心中的绮念，一手轻轻托在幽云的粉臀上，另一手则在玄奇变幻的光华中掣出了龙刃诛神。

元都和申公豹见此情形，感应到来自龙刃诛神的不世气势，不由同时心神一震望向邓玉婵，眼中狐疑的神色显然在询问为何倚弦没有中毒，邓玉婵也同样露出难以置信的疑问神色。

倚弦掌中元能一震，淡笑道："想要龙刃诛神吗？就看你们有没有这样的本事！"

在这一瞬间，倚弦已经抛去心中所有的思虑，"灵悟剑诀"自然运起——

龙吟震天，"龙刃诛神"豁然爆出万丈光芒，光芒如柱般旋转散开，再一分成无数小光柱，然后随着光柱飞散，仿若一条紫色巨龙绕着倚弦的身躯狂舞而动。在龙刃诛神的不世威力震慑下，在场所有人的兵器都被强烈的剑灵劲气席卷而飞，诸般兵刃受龙刃诛神的力量牵引，竟都在天际中虚浮当空，围绕着背负一人的倚弦漫天飞舞，剑气纵横冲天，所有人都被这一幕深深震撼了。

元都与申公豹大惊失色，他们根本想不到，持有"龙刃诛神"的倚弦竟厉害到这种地步。

听到幽云在耳边念诵的剑诀真言，在这紧张万分的时刻，九幅"轩辕图录"突然在倚弦的脑海中一闪而过，他似乎蓦地心中一亮，没有任何预兆的，心境自然而然地进入从未有过的通玄境界，仿佛在那一瞬间，他的思感神识已经完全与龙刃诛神联系起来，那是一种血肉相融的感觉，这天地间再没有任何力量可将他和龙刃诛神彼此分开。

"心无旁骛，舍己明玄，诸灵空守，我剑合一！"

倚弦猛地双眼精光暴闪，长发激扬四散，万丈光芒骤然收集于片刃之上，大喝一声，龙刃诛神在手中一旋，循着一道披靡天地的霸道轨迹即时劈出，耀眼光芒再次爆开，如天日轰裂，飓风狂飙，原本虚浮在空中的兵器尽被激得四散而飞，凌厉无比的劈空剑气仿若巨龙狂冲，势不可挡。

在强悍的剑气威胁下，众魔宗高手无不骇然退避，本来严密的包围圈立即被逼开一条路来。

倚弦俊朗的脸庞上绽开一丝会心的微笑，背负幽云正欲遁风而出，空明的剑心忽然一动，警兆立生，一股庞大无比的元能袭入“龙刃诛神”通行无阻的剑劲当中，竟硬生生将剑劲压了回去。

倚弦大惊，立时收起龙刃诛神，再一掌大力虚按，抽身疾退，“绝龙壁”结界应运而生，驱散逆回的剑劲，以免被那剑劲反噬。他知道遇到了级数超强的高手，倚弦扶稳挣扎欲下的幽云身躯，示意她不可乱动，然后持刃防守，不敢再有丝毫异动。

因倚弦收刃而平静下来的“奇湖小筑”内劲风突起，一位身型高大的黑袍人从筑门之外飘然而至，整副面目竟潜藏在一团淡淡的光影之后，仅露的一双电眼神光隐蕴，说不出的诡秘可怖，不动不移的紧紧盯视着倚弦，缓步走入众人合围之中。

从未有过的沉重压力让倚弦有了一种喘不过气的感觉，幽云轻轻在他耳边说道：“镇气静守，动静相宜。”耳边的吐气若兰让倚弦安静了下来，他缓缓吐出一口气，默守心法，运转归元异能，“绝龙壁”浑然一体，终于将那种惊骇的感觉驱走。

没有任何人敢在来人面前有任何多余动作，大气都不敢喘上一口。

邓玉婵见到那幻面人却是面露喜色，恭敬地走到他的面前，垂首揖礼道：“玉婵参见师尊！”

倚弦与幽云这才知道原来此人才是“奇湖小筑”的真正主人。

幻面人默不作声地点了点头，依然神色不变地望定倚弦。

申公豹也随后忙不迭地上前问候道：“兀官脔见过师尊！”

幻面人却是理都没理申公豹，盯着倚弦手中的龙刃诛神，喃喃道：“原来外面的传闻竟是真的，龙刃诛神果然已经出世！”

略作沉默，幻面人又自蓦地沉声喝道：“龙刃已现，乾绫何在？”

倚弦和幽云齐齐望向元都。

元都怎会不知这“奇湖小筑”主人是天地三界第二次神魔大战后妖魔二宗仅存的数名绝世高手之一，但他的神情却坦然无惧，显得毫不慌张，从容道：“启禀陆老前辈，在下已经将‘乾元绫’交与家师！”

幻面人见元都有恃无恐，知道此人师承必定大有来历，双眼魔芒湛现紧盯元都，漫不经心地问道：“你究竟是何人弟子？”

元都展颜一笑，回首远望，却没有回答。

此时，一声龙吟由远及近而来，单凭这龙吟之声便给人澎湃难平的超强压力，可见来人之强绝不下于这位幻面人，就连“龙刃诛神”也不禁随着那声龙吟铮铮作响，让倚弦不由自主一惊，这是从未出现过的情况。

一众魔宗高手人人脸色又变，只觉劲气爆发，几声蓬然落地之声过后，合围的魔宗好手尽被来人抛诸门外。

吟声甫落，一名身形奇伟、面容粗犷、浑身散发出异常魅力的老者携着一名绝色容颜的少女掠空而至，停在筑门之外，然后缓步进得门来。

倚弦一眼瞥见那名容颜绝美的少女，微微愣了一下，她竟是那位喜欢幻变成嫦娥模样的龙族公主紫菱，忖道：“她怎么会来这里？她身前的神秘老者又是谁呢？”

元都束手立在一侧，恭敬揖礼道：“元都见过师尊！”

神秘老者点头以示知道，然后仰手朝陆姓幻面人打了一个招呼，道：“老陆啊，很久不见了！”

幻面人初初见到老者，大是吃了一惊，他自然认得此老是何人，只是怎么也想不到会在此时此地见到此人。不过，幻面人也不是等闲之辈，马上回复神色，笑道：“老龙，想不到你逍遥快活这么多年，今儿个是什么风把你吹来了？”

“无事不登三宝殿！”神秘老者嘿嘿一笑，双眼自进来以后便一直紧紧注视倚弦和他手中的龙刃诛神。

“老龙？”倚弦明显感到背上的幽云娇躯一震，暗想：“这被称之为‘老龙’的老者带着身为龙族公主的紫菱，难道他跟龙族有什么关系。”

幽云低头伏在他耳边，轻声道：“我听师尊曾经说过，三界之中有一位亦正亦邪、名讳为‘龙’的前辈高人，此人法道修为已然臻至宗师级数，名讳被三界称为‘龙神’应龙，不知是不是这名老者？”

耀阳的元能由散到聚，间或猛地感应到“九阴幽穴”的结界外有极强的元能浸入，便立知有人搞鬼，转身疾速遁飞而出。当甫出穴底的“魅邪结界”，耀阳便豁然惊觉两个人的存在——正是申公豹与喜媚。

申公豹与喜媚一个此时正在观望玄天八卦镜中耀阳的动静，却没想到耀阳竟然这么快便发现他们，并以如此迅雷不及掩耳之势出现在他们面前，不由一时惊得呆了呆。

耀阳见两人狼狈为奸的样子，回想起方才做出的荒唐事，登时明白过来，定然与这二人脱不了干系，心中怒愤填膺，大喝一声，归元异能化合五行玄能于一线，双手“乾天龙炎诀”全力发动，一道炽热火线铺天盖地般直袭申公豹与喜媚二人。

申公豹与喜媚大吃一惊，二人合力催动“九阴幽穴”玄阴之气发动“阴阳合欢法阵”，才使耀阳坠入情欲之关，破了妲己肉身的真阴之体。他们这时已经精疲力竭，哪里还有余力挡得住耀阳挟愤出手的全力一击。申公豹眼明手快，一把拉住喜媚的手，暴喝一声：“走!”二人偏身躲过“乾天龙炎诀”的攻击，借机飞遁而去。

耀阳见二人见机遁去，立时便想追上去，但一转念想到苏妲己还在“九阴幽穴”之中，担心有他人趁机打鬼主意，届时岂不更糟，于是只有忍住怒气，冲着申公豹与喜媚离去的方向咧骂几声，这才飞身遁回到“九阴幽穴”之中。

苏妲己见耀阳怒气冲冲地回来，芳心大乱，丝毫不敢作声，用惊怖的眼神看着他。

耀阳搔头搔脑思忖了半晌，才红着脸道：“妲己……姑娘，对不起，刚才是我误会你了!”当下也不隐瞒，将他如何与九尾妖狐结怨，如何与之相斗的事说了一遍，只是隐去了昨晚与喜媚颠龙倒凤的事实，含含糊糊地说明他中计，以致于使她失身之事。

谁知苏妲己在听完以后，竟然摇头说她并不知道耀阳在说什么，尤其对他所说的九尾狐之事更是一无所知，耀阳细细询问之下，才知道妲己只知某一日在花园里散步，不知为何忽然头晕眼花，就此失去知觉。谁知一觉醒来，竟然会是现在这样子，她甚至根本不知道自己到底怎么了，怎会出现在“九阴幽穴”中。

耀阳心知定是九尾狐将她肉身占去，不知用何妖法将她元神禁锢，谁料鬼使神差，想不到在他与其交合后，妲己的元神竟然复苏了，不由在心里将九尾狐骂得狗血淋头，道：“苏姑娘，你千万莫要惊恐，你之所以会在这里出现，是因为你被一条九尾妖狐上了身，然后……”

耀阳说着便将妖狐妲己如何做上皇后娘娘与纣王荒淫无度，如何唆使纣王造炮烙之刑残害忠良等等事情一五一十地说了出来，凭他的口才自然将九尾狐的恶行说得淋漓尽致，极为传神。

苏妲己被耀阳的一席话说得惊惧不安，颤声道：“你是说，那妖狐还会回来找我?”

耀阳点了点头，道：“那妖狐即然占居你的身体这么多年，自然不肯善罢甘休，一定会想方设法再次夺回去的，而且说不定会因此残害你父母双亲!”

苏妲己想到其中可怕之处，登时被惊吓得再次低声啜泣起来。

耀阳看着她悲伤惊惧的样子，尤其是晶莹的泪水滑落在娇媚无比在脸庞上，心中一软，语气顿了顿，脑中再又不争气的想起方才欢好之际她那一身粉嫩柔滑的肌肤，以及……

耀阳抬头见苏妲己正哀求地看着他，老脸不由一红，索性做了决定道：“反正……你都是我的人了，不如干脆跟我去西岐吧，我现在大小都是一个虎贲将军，而且自信完全可以保护你!”说到这里，他心中却忖道：“他妈的！本公子真是命犯桃花，府里两个女人已经够让我头痛了，这回又多一个。不过……”他一想到自己占了九尾狐的肉身，多少都算是为从前报了仇。更何况，这苏妲己是冀州侯苏护的女儿，无论哪方面比起梅若冰与人儿，那都是丝毫也不遑多让的。

妲己玉面一红，犹豫再三道：“可是，那妖狐要是没找到我，会不会去害我的爹娘呢?”

耀阳早已想到答案，语气肯定地说道：“你放心，只要你没有出现在朝歌，或是揭穿她的身份，那妖狐便舍不得放弃娘娘的地位，所以她目前的身份还是冀州侯苏护之女苏妲己，也就是你！所以，她暂时是不会对你父母亲下手的，反而会帮你父亲。而现在最好的办法就是，你跟我去西岐躲一躲，等我除掉妖狐之后，再把你送回苏侯身边!”

妲己低头仔细想了想，目前的确没有更好的办法，虽然眼前这人凭空出现在她面前，甚至还对她做了那种事，但是耀阳总让她有一种很安全的感觉，加上贞节已经失于此人之手，她想了半天，终于通红着脸答应了。

耀阳大喜，当下用自己的衣物帮妲己的身体裹抱起来，然后让她伏在自己背上，妲己那一身仅仅罩了耀阳一件外衣的妙曼娇躯紧贴着耀阳的裸背，若有若无的摩擦触碰让他感到一种难以言喻的冲动感觉，这是他与梅若冰在一起的感觉完全不同。

妲己趴在耀阳背后，本已娇羞万分，这时又被耀阳强有力的大手紧紧将腰锢住，另一手则轻捧起了粉臀，初经人事的她不禁又羞又恼，加上耀阳不知有意还是无意的轻力揉捏，她忍不住娇嘤了一声，对这位有些滑头的小子，心中却也隐隐不知是欢喜还是认命。

耀阳见小动作得逞，不禁哈哈一笑，驾起“风遁”出了“九阴幽穴”，这时已近后半夜，满天的星光灿烂无比，耀阳稍一注目，便辨明方向，径直朝西岐方向飞去。

第五十五章　各自为政

遁至西岐城之时，天色已然大亮。

在遁飞经城门时，耀阳赫然发现北门外正张灯结彩，礼乐齐备，一众文武官员正将一群穿着皆为奇装异服的人迎接入城，不由感到有些好奇。但无奈身上背着妲己，且如果让人在大白天看到有人在天上遁飞，毕竟不是件好事，于是匆匆一瞥便没管什么，一会儿便飞到了自家将军府邸上空，落在院中。

耀阳将妲己放下，道："好了，已经到家了，你不用害怕，我立时让人给你换身衣服！"

妲己见耀阳的家竟然真是达官贵人才有的府邸，略感惊讶，再听耀阳这么说，再看看自己穿着耀阳的衣服，不由脸色再度泛起红潮，便点了点头。

耀阳正想招唤下人，便听得人儿的声音从大厅里传了出来："耀大哥，你回来啦?"跟着人便飞身而出，正想扑向耀阳跟前质问他一番，却猛然看见妲己竟然站在耀阳身边，大吃一惊，也来不及想，口中便喝骂道："大胆妖狐，竟敢来此生事！让你瞧瞧本公主的厉害——"

人儿双手灵诀挽就，发出十道诡丽万般的"幽冥剑气"，急射向妲己。耀阳还未说话，便见人儿突然向妲己出手，这才想起当年他与倚弦二人魂魄坠入冥域时，妖狐为追回二人魂魄曾经与牛使者及人儿交过手，人儿定是因此对她极为不满。后来再听他时常说起妖狐的种种恶行，更是对之痛恨入骨，这时必然将妲己当成九尾狐，以为她来此寻衅，所以才会痛下毒手。

妲己骤然受此一喝，再看到眼前劲气横飞，早已被吓得连惊呼都喊不出来了。

耀阳知道这当儿不是解释的时候，稍迟半刻，妲己便要丧命在人儿的“幽冥剑气”之下，忙运转体内元能，在妲己面前幻出一道异能结界，将人儿的“幽冥剑气”震开三丈之外，连带猝不及防的人儿也被他充盈的劲气元能震退了好几步。

耀阳这才松了口气，道：“人儿，你先别胡乱出手，且听我说，这位妲己姑娘……”

话还未完，人儿已经飞身过来，“啪”地一声，在耀阳脸上重重打了一巴掌，耀阳一不留神，给她带愤打了一巴掌，只觉脸上火辣辣的，哭笑不得的听人儿气愤道：“臭耀阳，你忘了这妖狐当初是怎么对你们兄弟的？你，你还要拦阻我杀她，你……”

耀阳抚着红肿的脸颊，只有苦笑，连忙道：“人儿，你听我说，她不是九尾狐！”

人儿看着耀阳认真的模样，半信半疑地转首望向惊慌未定的妲己。这时，府中的管家及下人们听到动静，都四散涌了出来，梅若冰也趁机赶了出来，在人群中惊讶地看着妲己。

耀阳忙挥散众人，叫过两个侍女先去服侍妲己梳洗，然后送到大堂中来，这才对人儿和梅若冰道：“我们进去再说吧！”

三人回到大堂坐下，耀阳这才一五一十将整个过程说出，想来在“青鸾楼”上的际遇与“九阴幽穴”中与苏妲己的欢好之事，自然是能省则省，能简则简，几句话含含糊糊一句话带过了。

梅若冰阴着脸听他说，却一言不发地看着耀阳，耀阳被她看得心中老大不舒服，心下不由直犯嘀咕，暗忖：“难不成她知道我和妲己……”猛然间，他发现自己竟然还是裸背，而且再一想到妲己方才的装束，梅若冰又不是瞎子，岂会看不出其中的蹊跷。想到这里，耀阳搔搔头，不好意思的干笑了两声。

人儿却哪里猜得到这个中隐情，她听完耀阳的叙述，这才明白整件事情的经过。她为人天真善良，虽然对九尾狐深恶痛绝，但对苏妲己本身却并没有什么偏见，便对耀阳嗔道："……都怪你，害得我差点伤了人家，早点说我就不会误打了嘛。"

耀阳有苦不好说，忖道："你一出来就动手，根本不等我把话说出口！"他正想说话之际，却见妲己在侍女的扶持下走进大堂来。

这时的苏妲己已经梳洗完毕，已然完全不像刚才那般憔悴不堪的模样，而且披在她身上的外衣也换成了一身雪白云裳。只见她甫一踏进大堂，略带娇羞的脸上浮现出一酡红晕，眉如远山，轻秀而英挺，一双眼睛眼波四溢，令人如饮醇酒，不知不觉中有种醺然欲醉的感觉，琼鼻高挺，青丝轻盘，整个人竟然散发出一种圣洁皎媚的光芒，让人一时之间不敢仰视。

不仅人儿与梅若冰心里都升起一股自愧不如的感觉，就连看过她赤身裸体后的耀阳，这时再看妲己，心里也不敢生出半丝亵渎的念头。

人儿天真洒脱，早已冲上前去，一把拉住苏妲己的手，道："苏姐姐，刚才对不起，我刚才以为你是那杀千刀的九尾妖狐，所以才会用剑气对付你的，真是对不起！"说着拉着她坐了下来，梅若冰也热情的跟她打招呼，样子好生亲热。

妲己微微含笑，应答得体而大方，却把疑惑地看向耀阳，耀阳先是微笑着将人儿跟梅若冰介绍一番，然后向她点了点头，道："苏姑娘，我已经把你的事情跟她们说了，你现在可以放心在这里住下来了。"说罢，耀阳顿了顿，对人儿道："人儿，我想借你的'界神镯'一用，不知可不可以？"

人儿点了点头，道："你是不是要用'界神镯'去找九尾狐算账，那我跟你一起去好了！"

耀阳摇头笑道："当然不是，九尾狐现在都不知道在哪儿？我只是想借用你的'界神镯'给苏姑娘防身！"

人儿与梅若冰有些惊讶，道："给她防身？"

耀阳颔首道："九尾狐失了肉身，肯定不会甘心，所以，妲己姑娘的处境不是很安全，虽然我把她带回府中，但又不能时时守护着她。所以，最好的办法就是暂时用你的'界神镯'给她护身，以免我不在的时候，九尾狐偷偷跑来，搞出什么诡异难测的事端来！”

人儿柳眉一竖，怒喝道：“哼，有我在，倒看那头妖狐还敢不敢来！”她回头见妲己脸上露出惊恐的神情，便对她道，“苏姐姐别怕，只要那妖狐敢来，我就让她没有好果子吃。我就将‘界神镯’借给你防身，这是我娘传我的冥域三宝之一，只要与本命元神相互契合，任是再厉害的妖怪一时半刻也奈何不了你。”

苏妲己见她真情流露，显然甚是喜欢自己，而且说话又天真可爱之极，便一口答应了。

人儿将手一挥，“界神镯”便自手腕上脱了出来，凝成一个金光灿灿的光圈浮在空中，约有两三尺方圆那么大，盘旋而上，耀出一线金身光芒，将整个苏妲己照在中间，然后便听得一声脆响，金光消散得无影无踪，“界神镯”不知何时戴到了妲己手腕上，且已经与她的本命元神相合。

妲己只觉心中一阵清凉，心中的惶恐难安早已去净，见人儿对她极为热情，梅若冰又温柔如水，心中甚至感动，来此之前的顾虑全部打消，与两人开始闲聊起来，而且越说越是起劲，而人儿与梅若冰也被妲己现出名门闺秀的气度所折服。

耀阳也不例外。

这时，梅若冰才告知耀阳道：“你出去这会儿功夫，伯邑考公子前来找过你！”

耀阳心中一凛，道：“他来做什么？”

梅若冰摇了摇头道：“不知道，但看他的样子似乎有些焦急，相隔不到一个时辰便连来了两次，每次都在追问你在不在府中，然后坐不了多久便走了，我想应该是有什么急事要找你！”

耀阳忖道：“伯邑考定是妲己所派来，难道妲己已经知道她肉身复苏的事情？”想了想，他也不清楚妲己为什么要找他，于是问道，“除此之外，还有其他人来找过我吗？”

人儿连忙回道：“刚才西伯侯派人来过，请你务必进宫与他一叙。”

“西伯侯？”耀阳眉头一皱，当下对人儿道，“人儿，冰儿，你们好好照顾苏姑娘，小心防备九尾狐，我先进宫去见西伯侯，看看他到底找我有什么事?”

人儿没好气的笑道：“我们倒是不怕那妖狐，只是你小心千万别被那真正的妖狐迷倒才好!”

耀阳哈哈大笑，走到府外，吩咐下人备了车马，便向西岐城中的王宫驰去。

甫入宫中大殿，传讯的宫奴便带了耀阳去了专门用来藏书的“文成殿”，西伯侯姬昌早已在殿内等了多时，此时见了耀阳，双目放光，关切的连声询问耀阳今日早朝哪里去了，是否身体不适之类的问题。

耀阳随便借了个理由推说不能早朝的原因，问道：“不知侯爷这么急找我，有什么要紧的事吗?”

姬昌挥了挥手，让侍立在两旁的宫奴都齐齐退下，这才叹了一口气道：“你也知道，本侯被囚朝歌之时，一众子嗣各自为政、不服教化，搞出各种事端。虽然此次本侯安然归国，西岐大势也不曾出现差错，但众子之间却已产生隔阂。唉，兄弟子嗣不合，此乃一朝一国最为不幸之事。”

耀阳听他又提起这事，不由大感头疼，道：“诸位公子虽然有矛盾，但侯爷也不必太过焦虑。”

姬昌叹道：“你今日不曾上朝，故而有所不知，今早群臣纷纷上奏，合力劝我从众子中立一子为世子储侯，结果众臣议论纷纷，各自推举自身所倚之人，一时间朝堂大乱，令本侯大是头痛。”

耀阳沉思半晌道：“看来如果不早立世子，这朝堂之上也不会有片刻安宁。”耀阳顿了顿，试探的问道，“不知侯爷想立谁为世子呢?”

姬昌摇了摇头，叹道：“孤王心中并无固定人选，只是这世子之位一日不落定，西岐城中便一日不得太平，本侯也休想有一日安宁。这不，才离早朝没多久时间，诸文武群臣的奏折便纷纷呈了上来，都认为立谁立谁最为妥当……”

耀阳知道姬昌在担忧什么，从昨天的一堆请柬便可以看出西伯侯子嗣之间的斗争是何等激烈，西伯侯若不立世子还好，如果一旦立下世子，万一此人的威望不足以压服众人，那便真是后患无穷了。

姬昌犹豫半响，终于对耀阳说道：“所以，孤王想让将军请一高人来相助西岐。”

耀阳愣了愣，问道：“不知侯爷要我请谁来助？”

姬昌道：“记得那日，将军救孤王出天牢之时，曾有一位仙人相助，据说还是那位梅姑娘的祖父，本侯看他似乎有通天彻地之能，不知将军能否请他来助孤一臂之力呢？”

耀阳一听姬昌要他去请梅清远来相助，不由大感为难，一来梅清远虽然是玄门中人，但为人脾气古怪，喜隐居山林，他没有多大把握可以请到梅清远答应来相助西岐；二来，此时他刚与九尾狐翻脸，苏妲己又在府中，万一九尾妖狐趁自己不在前来偷袭，人儿与梅若冰未必应付得过来。

想到这里，耀阳心中一恨，忖道：“即然与九尾妖狐翻了脸，干脆翻个彻底好了，而申公豹与喜媚在‘九阴幽穴’中暗算自己，让妖狐失却肉身，自然也是在与妲己作对，她忙着扶持伯邑考上位，未必有时间来对付自己，何况还有神玄二宗的人一直在追捕她。”

既然想到神玄二宗的人，耀阳猛然记起当初在朝歌时，“梅山七圣”的袁洪、朱子真与妲己见面时，曾提到玄门高手姜子牙也在西岐。想当初在朝歌，姜子牙也助过他们兄弟二人，并且火烧琵琶精，与妲己也是冤家对头，怎么自己到了西岐反而把他忘了，若把此人拖进来对付妲己的话，凡事岂不自在多了。

耀阳想到姜子牙，不由兴奋莫名，忙向姬昌说道：“请问侯爷，可知西岐附近有一名异人，姓姜名尚，字子牙？”

姬昌听耀阳如此慎重其事的问，想了一会儿，才好奇地问道：“姜子牙？孤王从未曾听过此人姓名，不知此人到底有何来头？”

耀阳煞有其事地道：“子牙先生乃玄门高人，其人法道高深，玄机妙算，乃真正的不世高人，我曾见过他一面，受其教诲多多，想来侯爷如果能得此人相助，西岐之危定然可解，只是我虽然知道他此时在西岐，却实在不知他身在何处。”他心中却忖道，“姜先生，想当初你也曾指点过我兄第二人，今日小子在此替你吹捧一番，也算是对得住你老人家了。”

姬昌沉疑道：“西岐有此等高人吗？我竟然不知道。”忙一击掌，道，“来人！”

一名宫奴侍者快步走进殿内，俯地行礼道：“主公有何旨意？”

姬昌肃然道：“传我旨意，速召‘文渊殿’的上大夫散宜生进宫。”

侍者去后不一会儿，门外便传来一阵喝唱声：“上大夫散宜生晋见。”

姬昌道：“让散大夫进来！”

耀阳陪同姬昌回西岐时，曾在城门外迎驾的群臣中见过上大夫散宜生，自是认识此人。此时见他走进殿中，忙点头跟他打了个招呼，散宜生回以注目礼，然后行至殿前，首先跪下行礼，道：“上大夫散宜生叩见主公，不知主公这么急着召臣过来，有何要事？”

姬昌皱眉问道：“散大夫，你可知我们西岐有一位名唤姜子牙的贤者能人么？”

散宜生一愣，望着西伯侯肃然等待的目光，沉吟了片刻，跪地请罪道：“臣不曾听闻此人名号。”

姬昌大失所望的叹了一口气，道：“散大夫，平身吧！”

耀阳愣住了，忙问散宜生道：“散大夫，你可曾听闻这西岐城内有什么知名的神算卜命之人？”

散宜生起身想了想，还是摇了摇头，道：“西岐臣民皆知，天下卜易之功莫过于主公的先天八卦之术，阴阳有准，福祸无差，故而西岐城中从来未曾有神算之人胆敢妄言替人卜算。”

姬昌虽然心头烦闷，但听臣下夸到他的先天之术，心头也不禁略为舒畅，道：“你先退下吧，孤王还有要事跟耀将军一并商量处理。”

散宜生听姬昌的话中意思，竟对耀阳如此器重，不由开始对这位西岐城最年轻的虎贲将军另眼相看。

耀阳看着散宜生依言退出大殿，便对姬昌道：“侯爷，耀阳看惟今之计，您不妨诈病，藉词休养以此拖住群臣，免得众臣纠缠不清，然后我们再见机行事，去寻访异人相助，如何？”

姬昌沉思片刻，果断地点了点头道：“将军此计大佳！且让孤卜上一卦，看看姜尚先生到底现在何方？”当即焚香净手，排下香案，取出筮箸，运转先天八卦之诀要，取方定位，诚心凝神，卜下一卦，再一细看卦象之时，不由立时变得面若死灰。

“怎么尽是一些如此厉害的高手，自己的运气实在是差到极点了。”倚弦不由苦笑连连，他感受到幻面人和神秘老者二人弥漫出有如实质的磅礴气势，深知仅凭自身之能绝对不可能在这两个绝世高手的合围中逃走，于是不敢妄动，只能随机应变。

“龙神”应龙含笑看了幻面人一眼，又转回目光对倚弦道：“小子，你手中的‘龙刃诛神’究竟是从何得来的？”随着老者的问题，一旁的紫菱公主也将惊疑的目光望向这个年纪与己相若的男子身上。

倚弦眼观鼻、鼻观心，淡然答道：“冰火轮回狱！”

应龙恍然轻咦了一声，道：“难怪消失了将近数千年这么久的时间，谁也不会想到这天地三界的万剑之尊——龙刃诛神居然会在冰火轮回狱。”

幻面人插话道：“老龙，你派个徒弟在蜀山剑宗潜伏这么多年，多半也是为了龙刃诛神吧！想不到最后也真有了结果，那‘乾元绫’倒让你弄到手了。”

应龙冷哼了一声，道：“彼此彼此，你不也想拿到这个吗？单有乾元绫，并无多大用处。”

幻面人明知故问道：“现在不是连龙刃诛神也在吗？”

应龙嘴角扯出一丝诡秘的笑容，道：“老陆的意思，难道是肯放弃它？”

幻面人仰天长笑，道：“老龙，你说可能吗？你应该知道陆某人绝非善长仁翁。”

应龙不动声色道：“我还以为，你潜心修炼这么些年，早就应该修身养性、与世无争了，哈哈……”

幻面人嗤道：“什么修身养性？得了吧，陆某从没想过要学神玄二宗那些愚蠢的家伙！”

倚弦看出两人看似平平常常的谈话，其实在他们之间却有着极其微妙的对抗。元都已经听出二人的疑虑，都在于对相互之间的顾忌，眼珠一转便拿定主意，道："师尊，弟子元都有一个提议，不知当不当说?"

应龙和幻面人同时停住话头，望向元都。应龙点头道："你有话直说，为师不会怪你的!"

元都得到应龙的肯定，忙沉声道："龙刃诛神与乾元绫本为一体，只有合璧才能找出其中所藏之秘，现在龙刃诛神既然出世，恐怕会引起不少不自量力的家伙觊觎，将来必有麻烦。师尊何不与陆老前辈强强联手合作，待两物一旦合璧，找出东西以后共同分享，如何?"

应龙和幻面人神情一愣，马上又相视而笑，显然都赞同这个建议。

几人说话，毫不将倚弦与幽云两人放在眼中，此时，幽云注意到邓玉婵与申公豹等人的目光齐齐注视两个老家伙那边，忙低头对倚弦道："看来他们绝不肯放过我们，现在倒不如搏一下，凭龙刃诛神配合你的元能威力，或许还能有一线生机突围而去，否则只能在这里等死。"

倚弦何尝不在想这个问题，思虑片刻，心中打定注意，反正左右是个死，何不搏上一把，当下微微倾身道："幽云仙子，小心了!"

倚弦下定决心，准备拼死冲出重围，掌中暗运剑诀，龙刃诛神微颤，正要发招突破众围之际，应龙和幻面人已然同时感应到他的异动，他们是何等高手，表面上虽然各说各话，但周遭数丈距离之内的一举一动无不尽收感应之中，更何况倚弦如此动作哪能瞒得过他们。

幻面人冷哼一声，也不见什么动作，强大的元能压力便潮涌般向倚弦迫去。几乎同时，应龙也挥手发出强大无匹的气势迫使倚弦根本动弹不得。

倚弦感觉在两人的压力下，别说是逃，就是想动一下身躯都难上加难，而且任体内元能如何抵抗都无法挣脱出应龙和幻面人这两大绝世高手的压制。现在的他可以说是砧板上的肉，只有任人宰割的份儿，类似如此险境几乎是从未有过的。

倚弦知道想在这两人手下逃生已是不可能，便放弃了抵抗的念头，撤去身际凝聚的元能异力，道："想来两位前辈高人，必定不会欺负晚辈吧?"

幻面人冷哼一声道："小子，有话直说?"

倚弦拍了拍背上惊诧的幽云，将她放了下来，道："我可以将龙刃诛神交出来，但是希望两位前辈不要为难幽云仙子，只要你们肯为她解去体内的毒，然后放她走，我便任由你们处置，是生是死，绝无怨言。”

申公豹嗤笑道：“小子，你死到临头，凭什么跟人谈条件？”

倚弦双目迸出恨不得生啖其肉的目光，元能抖身一振，“龙刃诛神”龙吟作响，盯着申公豹一字一顿道：“我便是即刻横尸当场，也自信可以拼着灵元俱灭将你一举击杀！”

申公豹面对倚弦咄咄逼人的剑中气势，立时觉得一股玄寒之气罩了过来，令他不由自主打了个寒战，再也不敢小窥眼前这名手持绝世神兵的不世少年。

应龙哈哈大笑数声，道：“看来你这小子还是个痴情种子，生死攸关的情况下还想着英雄救美，好！就看在你这份真情的份上，老夫绝不为难这位姑娘。老陆，你呢？”

幻面人冷笑连连，道：“既然老龙你都这么说了，陆某当然犯不着去为难一个晚辈。”

应龙挥了挥手，邓玉婵依言从怀中拿出解药，行前几步递给幽云。

幽云因应龙的话感到脸颊微微发烫，手中捧着解药，心中大受感动，对倚弦道：“你……别这么傻，师尊说过，你已经被龙刃诛神认作宿命之主，而他们想要得到龙刃诛神，除非你灵元俱灭，否则永不可能得逞，也就是说他们非将你置于死地不可，你何必为了我……”

倚弦不以为意地轻轻一笑，心中对生死似乎已经可以淡然处之，道：“生与死对我而言，其实已经并不是最重要的，只是一直以来，我对你都感到十分愧疚，毕竟当初都是因为我们兄弟才连累你……所以，我没有什么要求，仅只希望你能够原谅我们。”

“其实……其实我已经从来没有责怪过你们，像是我从前过得都是生不如死的生活，能有现在这般际遇，我已经很满足了，所以……”幽云急忙说道，“所以你别这样说，以前的事情都已过去，也不必追究谁对谁错，你做的已经够了。我之所以这样对你，只是一时间对你的身份……”

倚弦知道她是指他们兄弟被误以为是“魔星”的身份，当即长吁了一口气，道：“你终于肯原谅我了，就算是死我也甘心……不知有件事，你能不能帮我?"

幽云美眸中隐现泪光，应声答道："你说!"

倚弦眼中的目光掠向远方天际，脑中浮现出耀阳的身影与兄弟俩同甘共苦的往事，缓缓道："请你帮我带一句话给我的兄弟，就说……就说我对不住他，要先走一步去陪花子爷爷，再没有机会帮他建功立业了……"说话间，倚弦眼中的热泪潸然而下，这世间最让他舍不得的还是血浓于水的兄弟之情。

一直没说话的紫菱公主见到倚弦如此重情重义，不由感动得眼中莹光闪烁。就连应龙眼中也罕有的露出欣赏的神色，摇头直叹可惜可惜。

申公豹闻言却奇怪地注视倚弦良久，低头沉思，一副略有所觉的模样。

幽云知道此时任何反抗都已无用，只能抓紧时机通知师尊和玄冥帝君等人前来，才有可能救回倚弦，当下也不再劝他，只是低声嘱咐道："你千万要坚持到最后，我说过，你欠我的债还没有还清，你别想着借死脱身。"她的声音带有一丝难以察觉的哽咽声。

倚弦闻言微微一笑，点点头道："我明白，你自己小心一点!"

"就算是为了我，你一定要坚持住!"幽云一口服下解药，稍候片刻运转元能，果然已经无碍，依依不舍看了倚弦一眼，急急离开奇湖，火速朝蜀山遁飞而去。

倚弦听了幽云离去前的那句话，心中竟感到一丝甜意，看着幽云已经安全离去，便依照承诺散开周身结界，将掌中几可血脉相连的"龙刃诛神"放在了地上。放下神兵利器，倚弦抬起头傲然而立，也不说话，一副任他人处置的模样。

应龙见他神情如此坦然，忍不住夸奖道："没想到你小小年纪就有这份胆色，实在难得，想当初，我是你这般年纪的时候，倒也没你这样的魄力。"说到这里，他瞥了幻面人一眼，道，"不如这样吧，只要你肯拜我为师，自然无须担心现在这个状况……"

干咳声骤起，幻面人皱眉打断应龙的话，道："老龙，你这是什么意思?刚才明明已经说好，怎么这一刻就想着反悔了，这样的话我们还怎么合作下去?”

应龙嘿嘿冷笑两声，不再作声。

倚弦摇头轻笑道：“二位前辈想要龙刃诛神，就请尽管拿吧，至于拜师之类的体面话，就无须再说了，我高攀不上，免了吧。”

邓玉婵眼中露出惋惜的神情，申公豹紧张的情绪也随之疏缓。应龙也不生气，只是道：“果然是个硬骨头，既然这样就别怪老夫狠心了。老陆，为免夜长梦多，咱们出手吧。”

幻面人大笑点头答应，双袖一挥，与应龙一起发出浩大元能向倚弦压去，看样子正如幽云所说，他们的确是准备毁去倚弦的周身灵元。

两大绝世高手同时出击，可想而知，这股合击之力的威力有何等强大，倚弦只感到全身经脉被两人浩大的元能压得紧缩不堪，痛苦得难以名状。倚弦虽然明知将死，但也不甘示弱，强忍着巨大的痛楚，连哼也没哼一声，额头早已沁出一滴滴豆大的冷汗。

此时，倚弦却发现体脉内开始出现异常情况，他的身体虽然无法动弹，痛苦难忍，但随着压力越来越大，他体内的归元异能相反愈加快速运转起来，逐渐与冰晶火魄融合起来。

倚弦的身际突然几点亮光忽起，光点在刹那间自行连接起来，形成一个透明但却熠熠生辉的屏障。归元异能结合冰晶火魄竟然自行铸成一道至强无比的结界，将应龙与幻面人两大高手的元能威势尽数挡住。应龙和幻面人哪里想得到这种情况下对方竟还能布起连他们都难以攻破的强力结界，不由同时大吃一惊。

倚弦对此也甚为讶异，却突然感到脚下的土层一阵松动，立时知道有异，脑中心念一动，地上的龙刃诛神蓦地发出七色光华，转眼化成一条紫色光龙猛地窜起，与倚弦身际的超强结界完美无缝的结合一体，裹住倚弦的身躯趁着脚底土层松动，径直破土而下。

卦象乱不成像，根本无法从中推算任何音讯。

西伯侯姬昌原本对自身的先天八卦推算之术极为自信，但自从上次在渑池为耀阳推算倚弦下落未果，已经让他信心大减，孰料此次竟仍然推算不出姜子牙下落，以致他在这一刻几乎对自身所擅的先天之术产生怀疑。

耀阳在一旁见他脸色不对，知道肯定又没卜出姜子牙的下落，忙宽慰道："侯爷不必灰心，玄门中人道法高深，通常都会藏真匿形，所在才会卜算不出姜子牙的下落，并非先天之术不灵验的原因。"

姬昌听耀阳如此解释，这才松了口气，擦了擦脸上的汗，恳切地道："即然将军与姜先生有一面之缘，定然可以找到他，孤王把一切希望都寄托在将军身上了，一定要请到子牙先生，助我西岐过此难关。"

耀阳看着姬昌对他充满信心的脸，不由大感为难，就算找到姜子牙，姜子牙现在对自己的态度也不知是怎么样的，他可是被神玄二宗追捕的两位魔星之一，何况，他此时连姜子牙在哪里都不知道。

但姬昌此时的心情耀阳还是能理解的，一大群儿子在那里争权夺势，他自己也当局者迷，唯有找个旁人来替他解决，所以他只有硬起皮头道："侯爷放心，耀阳一定会找到子牙先生的！"

姬昌这才满意地点了点头，仿佛只要耀阳答应，天大的事情也不要紧一般，耀阳只有苦笑着告辞出殿。

走出殿门，耀阳心中暗自盘算起来，这一边与九尾妖狐翻了脸，而且申公豹与喜媚也不知是想对付妖狐呢，还是想对付自己，甚至两边都搞得一蹋糊涂，谁都要防着点，而另一边西伯侯要他去找鬼影儿也不知道在哪里的姜子牙，西伯侯的儿子们又在为抢世子的位子相互争斗。

想着想着，耀阳不由头痛万分，眼看宫门在望，他不禁松了口气。却在这时，他忽听得身后远处有人叫道："耀将军，且慢走！"

耀阳回过头去，却见一个宫女朝自己这边走来，只见她眉目高挑，罗裙拖地，耀阳认得她是圣祖母太姜最宠爱的一个侍女，记得姬昌当时还提过她的名字，好像叫简云。一看是大有来头的人物，耀阳忙顿住身形，笑问道："云姐姐叫我有什么事吗？"

简云白了他一眼，道："外头都传言耀将军贫嘴，今日一见果不其然。我只是来传圣祖母口谕，宣你入宫见驾，快随我来吧！"

耀阳吃了一惊，奇问道："圣祖母要见我？"

简云点头道："是的，你且随我来吧，我带你去拜见圣祖母！"

耀阳点头应声，跟在简云身后往后宫行去，边走边忖道：“圣祖母要见我？这老太婆难不成找我有什么事？他奶奶的！老子今儿就是倒十足的霉了，怎么谁都想找我，指不定又有什么棘手的事情……”

他随着简云在王宫里七拐八拐，越走越是僻静，耀阳不由心中疑窦大生，停步轻声喝问道：“喂，云姐姐，你到底要带我去哪儿？”

简云头也不回道：“圣祖母有谕旨，要我带你到太庙祖祠见她老人家!”

“太庙祖祠?”耀阳心中暗自嘀咕：“那不是姬姓列代祖先宗社神主摆放的所在地么？圣祖母为什么要我到那里去见她？这老、这老太婆有点古怪!”

第五十六章　乘龙脱困

“姬氏祖祠”位于西岐王宫的西边，正好建在“昆吾山”的低矮山脊上，乃是宫内禁地，百步之内不准有人擅自闯进，违者格杀勿论。外表上看起来整个太庙除了高大雄伟之外，一点也不富丽堂皇，只是显得古朴肃穆，让人不由望而生威。

简云往太庙门前一站，“吱嘎”一声，她推开庙门，回头对耀阳道：“耀将军，你请进去吧。”

耀阳疑惑的看了她一眼，道：“你不进去吗？”

简云面无表情地回答道：“圣祖母吩咐过了，只让你一个人进去见她老人家。”

耀阳“哦”了一声，满腹疑虑地迈步往庙里走去，甫入祠堂，耀阳的思感神识便不由自主一颤，异能感应到此地的与众不同，只见这西岐太庙高约七八丈，整体架构全部以乌木建造，里面的光线颇为黑暗，虽然与外间只是一步之隔，但这里面的气势便与外面完全不相同，诡魅的力量充盈其中，令人感受到某种厚实凝重的压力，竟有一种忍不住跪下来，膜拜一番的冲动。

耀阳的体内元能自然而然运行开来，异能导引五行玄能与那股压力相抗。

再往里走进数丈距离，过了一重小门，便见里面灯烛摇红，只见许多灵位竖在祠台之上，一层又一层，竟有四五层之多，每个灵位上都点着火烛，香烟缭绕，肃穆而庄严。

一个老妇人站在祠堂前，满头皓发，一脸庄严，正是圣祖主母太姜。

耀阳心中震惊非常，他记得甫入西岐之时便见过太姜，然而此时的太姜完全不是耀阳初见时那慈蔼详和、雍容华贵之态，代之的是另一种威仪。只见太姜站在祠台前，面对灵位烛火，面色沉肃，竟然大有王者之仪，帝者之威，令耀阳不禁愕然，连忙跪下行礼道："臣耀阳见过圣祖母!"

圣祖母太姜不但并未转身正眼看他，而且也没有按例宣他起身，只是沉声问道："耀将军，你可知这祠台之上摆放的都是什么人吗?"

耀阳大感愕然，他不知圣祖母此言究竟有何用意，呐呐答道："臣以为，这里摆放的应该都是主公的先辈祖先，西岐的开朝元勋!"

圣祖母太姜轻嗯了一声，道："不错，西岐能历数百年沧桑而有今日之盛，全赖这历代祖宗先辈的不懈努力。所以，本宫绝不能允许任何人动摇破坏我姬氏百年纲纪之根本!"

耀阳大惑不解，只能硬着头皮附和道："正是，正是!"

"既然耀将军也是这样认为，本宫就放心了!"太姜双目厉芒湛现，转身望定耀阳，语气蓦地一变道，"现在，耀将军应该可以如实告诉本宫，你到底是何来历了吧?"其语声威然，让人心悸。

耀阳一愣，道："臣不明白圣祖母的意思!"

太姜厉声道："本宫知道你身具异能，但又绝非神魔玄妖四大法宗的弟子，他日必定是惊天动地、有所作为之人，若是不安心帮我姬氏治天下，则必扰乱天下！但你今即在我西岐一日，便要忠心为我姬周效力，绝不可妄生异心，否则——"

耀阳听太姜语气一顿，立时感应到一股强劲无匹的莫名异力汹涌而至，那股力量仿佛与整座太庙的气势浑为一体，形成一个类似封印的巨大元能场，压得耀阳有种喘不过气的心悸，仿佛只要自己有任何异常举动，都将遭至决定性灭顶一击，耀阳倒抽一口冷气，再也不敢小窥眼前这位老太婆。

太姜见耀阳在自身元能与太庙威势的契合中服服帖帖，满意地颔首回身数步，缓缓续完话头道："否则，本宫必将取尔性命!"

耀阳正要答话，却顿觉周身压力一轻，太姜的话语又在耳边响起：

“不过，念在你救助我儿功不可没，本宫可以给你三天的考虑时间，如果愿意继续留在西岐，从此便要克尽职守对我姬家尽忠；如若存有异心另有所图，本宫还是要劝你快些离开西岐，莫要再让我见到你的出现!”

迈着沉重的步子，耀阳行出“姬氏祖祠”，不禁深叹了口气，回头望了望这座令他震慑莫名，给他无形压力的太庙祖祠，从圣祖母太姜的态度想到仍未有所动静的九尾狐，他忽然想到府中的苏妲己，不禁心中有些莫名的担心，忙出宫而去，策马赶回将军府。

耀阳回到府中，便直向妲己的厢房走去，人未到厢房时便听到自内传出一阵悦耳的琴声，耀阳此时无心欣赏仙乐，推门而入。

琴声戛然而止，只见苏妲己端坐于古琴后，纤纤玉手轻按琴弦，见耀阳忽然闯进也不责怪，反而展颜笑问道：“耀大哥，有什么事吗?”

耀阳见她一张秀美无瑕的脸庞巧笑倩兮，一颗提着的心总算放了下来，笑道：“没什么事，打扰你弹琴了。”

妲己笑道：“没关系，耀大哥要坐一会儿吗?”

耀阳想起那晚的荒唐事，心中仍然觉得愧疚难堪，哪还敢与她对面相坐，连忙摆手道：“不用了，你继续弹琴吧，我……还要出去一下。”

妲己轻点螓首道：“那好，你去忙吧。”

耀阳见到她妩媚之极的笑容，心中不由一荡，想起“九阴幽穴”中的一番翻云覆雨，不禁一阵心猿意马，忙告辞一声退出了厢房。耀阳一边向大厅走，心中一边思考着问题，不知为何，他心中仍是感觉到一种岌岌可危的忐忑，毕竟九尾狐不是省油的灯，以她的法力及奸诈，一定会想尽办法来对付自己。

正当他入神地想着如何应对九尾狐时，管家笑脸迎了过来，道：“将军，大公子伯邑考过府来找您!”

耀阳心中暗忖：“果然不如我所料，九尾狐又要玩诡计了。”口中却道：“你请他到客厅，我马上就来!”管家应了一声，急忙向外厅走去。

耀阳悠闲地坐在客厅中，品着香茗，不到片刻工夫，伯邑考急匆匆的快步走了进来，一脸怒色地看着他，道：“耀大将军，娘娘有请!”

耀阳听他话带讽刺，思索良久后，开口应道：“嗯，她在哪里?”

伯邑考大有深意地看了耀阳一眼，道：“娘娘仍然在‘青鸾楼’恭候你的大驾!”话音甫落，他便转身走了。

耀阳揣测九尾狐有可能的诡计，却始终不敢肯定，于是只能轻叹一声，心中忖道：“现在唯有走一步看一步，随机应变了。”想到这里，他起身走出府外，策马向城北“青鸾楼”方向行去。

此时已是华灯初上，西岐城内一片繁华热闹，耀阳却无心观看，心中思绪如潮涌起，杂乱纷纭。想到这么久以来发生在自己身上的种种事情，心中不禁又是一阵感慨莫名，西岐城中各种势力纷纷扰扰，他自身却形单影孤，直至此刻，他终于切实体会到“建功立业”的艰难。

他心中的思绪不由又想到从前的种种困难，想到那与自己出生入死，几经磨难的兄弟倚弦，想起那时做下奴时一起经受的困苦和非人生活，那种渴望一起打拼，面对万难，兄弟俩都置之玩笑之中的时候……

任思绪如潮叠涌，耀阳心中感慨万千，不禁抬头望向天际夜幕的初升新月，深深叹了口气，口中喃喃道：“小倚，你现在究竟在何处……”

耀阳依约踏足“青鸾楼”时，楼门应声而开，九尾狐早已等候多时，却仍然是俏生生的苏妲己模样，好一副娇笑嫣然的绝世容颜，只见她学着苏妲己娇俏大方与彬彬有礼的不俗气度将他迎进楼内，柔声道：“耀阳，你来了，可让奴家好等呀。”

耀阳见她如此动作，心中反是一怔，不知所措的被她拉着坐下，还亲自送上香茗，见她惟妙惟肖地学着苏妲己的名门闺秀风范，顿时呆立当场。

九尾狐见已经达到效果，旋又恢复原来冷艳妩媚的模样，玉手纤指轻抚过耀阳的脸颊，一张美艳绝伦的脸凑近他的耳旁，轻轻吐气若兰，销魂的幽香撩得耀阳心中一荡。

妲己在他耳旁轻声道：“冤家，你说妲己是真的好呢，还是假的妙?”

耀阳望着眼前妩媚动人，美艳不可方物的九尾狐，心中确实不知该如何应答，唯有无言以对，强行收敛心神，从九尾狐的温柔乡中醒过神来，硬起口气道："娘娘请耀阳来此，不知有什么目的？"

九尾狐媚眼如丝看着耀阳，然后正襟而坐，一副令人折服的妖后气度，开门见山道："耀大将军，本宫可以坦诚跟你说，我根本不在乎一个肉身。"

耀阳不得不承认以九尾狐的妖力，的确不必在乎一个凡人的肉身，却也不便说话，只听九尾狐继续说下去。

九尾狐冷目望定耀阳，道："但本宫记得你曾经说过，只要你得到妲己的一夜温存，就会助本宫将伯邑考登上伯侯王位，且不管过程如何，既然如今你已得偿所愿，就应该遵守当时的承诺。"

耀阳闻言心中唯有苦笑不已，一边盘算着九尾狐背后的阴谋，一边想到妲己的安全，心知如今若不答应她的要求，只恐自己将要面对更大的困难，犹豫片刻，脑中终于有了主意，于是一口答应道："只要是我答应过的事，自然一定会做到！但是娘娘玩弄在下的事却不能就此作罢，所以你必须再答应我一件事！"

应龙与幻面人根本想不到会有此异变，不禁大为震惊，几乎同时身躯一闪，循着倚弦遁去的身形追去。

当倚弦乘着龙刃剑气破土而下，甫入地底，紫色光龙立即回复化为刃形，一道人影从地底横窜而出，拉着倚弦掉头就自往前遁去，倚弦早已有所感应，救他之人正是一直消失不见的土行孙。

"多谢！"倚弦在急逃之余还是不忘向土行孙道谢。

土行孙一边急遁，一边不停埋怨道："我说过，只要遇到你肯定没好事。你看，现在又要陪你被那些死不了的老怪物追杀。"

倚弦只有苦笑，环顾四周，知道这是奇湖小筑的地下密室，不由想起以前的事，忙道："对了，这里有条路直通密室，我们走那条路比较快。"

土行孙怎会不知那条路的所在，两人听到身后异响连连，知道应龙和幻面人已经追来，于是不敢再有任何停滞，展开身形用最快的速度向前逃遁。

拐过密道抢入密室之中，两人终于看到了那块奇特的七星洞壁，望着七星石孔外的奇湖湖水，土行孙惨叫道："这会儿逃不掉了，早知如此就不救你了，现在还搭上自己这条命。"

倚弦没空理他，想起以前灵体可以破开这湖水结界，不知现在的肉身行不行，但已经没有时间再作考虑，倚弦掌中龙刃诛神凭空一振，运起全身元能，大吼一声，挥刃力斩在那块岩壁之上。

"轰……"巨响震空，碎石飞溅。

土行孙惊得目瞪口呆，倚弦这一击竟真的将浑若天成的岩壁打破，只见一涌而入的湖水猛地扑面而来，伴随着一股涌流入室的压力，将两人冲到另一面的洞中岩壁上。

湖水淹没密室，倚弦的体内元能自动运转，在湖水结界的浸体压力下，归元异能果然如同从前一般溢出体外，自然而然的形成一道水泡般的光影护界，足以容纳他们两人。

两人立即通过石壁的破洞遁入湖中，很快消失不见。

应龙与幻面人虽然及时赶到，但受蔓延而至的湖水阻拦，根本不可能再跟踪下去，只能一脸怒意，眼睁睁地看着两人消失在视线当中。

恼怒之余，幻面人奇道："真是奇怪，这两小子怎么可能不受湖水'水魔符'结界的压迫？"

"原来名震三界的奇湖结界是由魔门九大异灵符法之一的'水魔符'所凝而成，难怪，难怪！"应龙恍然明白过来，随之也道，"不过的确奇怪，这水中结界强劲如斯，连你我也不得不忌惮三分，那两个小家伙居然丝毫不受影响？"

幻面人喃喃道："难道是因为龙刃诛神的缘故？又或者是那小子身上还有什么秘宝不成？"不到片刻，幻面人又清醒过来，道，"现在不是追究这个的时候，我们还是快点将奇湖边界等处先行封住，别让他们趁机逃跑才好！"

应龙称好，二人避开被湖水灌满的密室，从地底破土而出，小筑中其他魔门众人见两人没带出倚弦，不由都吃惊不已，不敢相信倚弦竟能逃过当世两大绝顶高手的联合追击。

邓玉婵见他们出来，马上靠近幻面人告知兀官窬有可能是申公豹假扮一事。

幻面人不置可否地应了一声，道："这事你不用管，为师自会处理。"邓玉婵束手称是，退至一边。只有申公豹在一旁始终面色郁青，一副心事重重的样子。

应龙与幻面人齐齐点了点头，两人同时往相反方向飞出，各自在奇湖之上布下重重结界，只要倚弦等人触及结界，两人便会有所感应，立即知道其确切的行踪位置。

布成结界后，应龙与幻面人又回到小筑，幻面人客客气气地道："老龙，既然已经布下结界，你不如去小筑内的厢房稍作休息，我还有点私事要处理。"

应龙皮笑肉不笑地道："没事，我会自便，你去处理你的事情吧。"

"那就怠慢了！"幻面人回头对邓玉婵道，"玉婵，你帮为师招呼一下龙老前辈！"

"是！"邓玉婵遵命领着应龙与紫菱公主往小筑的内院厢房行去。

见邓玉婵安顿好应龙等人，幻面人环视筑门外那一帮魔门高手，又对申公豹道："官脔，你先招呼一下你带来的几位朋友，然后随为师过来，我有事跟你商量。"

申公豹遣散一众魔门高手，忐忑不安地跟着幻面人前往内院书房，他的心中已有惧意，但又知道自己面对这样的高手，就是想不战而逃也绝无任何生还的把握。

到了书房后，幻面人让申公豹将门关上，然后双眼如电地盯了他半天，突然喝道："你究竟是什么人，胆敢冒充我那官脔徒儿？如不从实招来，休怪老夫心狠手辣。"

申公豹一震，哪敢再有隐瞒，便将兀官脔被害之事全盘说出，不过凶手变成另有其人，而在他的申诉里自身却摇身一变，成了兀官脔在"冰火轮回狱"的拜把兄弟。

幻面人听后冷哼一声，登时让申公豹从脚底都感觉到冰凉，连忙道："小人如有半句虚言，便任由陆前辈处置，是杀是剐都毫无怨言。不过小人还有个天大的消息要告知陆老前辈！"

幻面人轻咦了一声，道："不知申长老所谓天大的消息究竟有多少斤两?"

申公豹知道这时关键时候，哪敢再有藏私，忙道："前辈取笑了，小人在您面前哪敢自称什么狗屁长老。不过这消息却是来得千真万确，您可知刚才持有龙刃诛神的小子就是被神玄二宗称为两大'魔星'之一的倚弦，他身上有将近一半归元壁的魔能力量。"

"归元魔壁?"以幻面人的镇定也不由浑身一震，相对于龙刃诛神与乾元绫来说，"归元魔壁"的诱惑力自是大得更多。幻面人在震惊过后陷入沉默之中，申公豹也不敢多嘴，乖乖地呆在一旁，眼神中透露出一种不安和恐惧。

"原来外界的传说竟是真有其事!"幻面人冷笑一声，然后双目厉芒湛现，盯视申公豹道，"你又是如何知晓此事的呢?"

申公豹连忙将蚩伯谋划妲己"归元魔壁"一事详细道出，此时却不曾有半点隐瞒。

幻面人闻言沉思良久，喃喃道："怪不得他们不怕湖水结界，看来是因为'归元魔壁'的原因。"随即，幻面人又看了申公豹一眼，缓缓道："你可知道，老夫为什么不杀你?"

"多谢陆老前辈宽宏大量!"申公豹毕恭毕敬地答道，"请恕申公豹愚昧，还望前辈明示。"

幻面人淡然道："一来因为你已经是九离族的长老，不论如何这都可以算作是你的一个优厚条件；二来老夫还需要你以兀官脔的身份去办一些事情；当然，这'归元魔壁'也是其中一个原因所在。"

申公豹知道自己性命无忧，欣喜不已，忙问道："不知前辈想要我做什么事？申公豹一定尽心尽力去办。"

幻面人却不明说，反而问道："申公豹，你可知道老夫的本来面目?"

申公豹惶恐地摇了摇头，道："小人不敢!"

幻面人哈哈一笑，沉声道："你且看着我!"

申公豹闻言顿时愣住了，只见幻面人周身元能一阵涌动，幻面淡彩渐渐褪去，逐渐露出申公豹穷极十世智慧都无法想到的容貌。

申公豹顿时间被惊呆了，“啪”的一声跪倒在地，完全无法置信地颤声道：“这……怎么……怎么可能？”

听耀阳将话说完，九尾狐妩媚一笑道：“你倒说说看！”

耀阳见她并不表露出责难，反而一副很大方的样子，心中不由开始揣度她的想法，但仍是将要说的话说了出来，道：“在下想请娘娘发一个本命誓，必须保证不得骚扰在下的家室，从此不再伤害她们分毫。”

九尾狐闻言大声娇笑连连，问道：“家室？耀将军指的可是你的妻小？”

耀阳生怕被她欺了文字漏洞，忙道：“是，只要是我身边的女人都可以算是我的家室，所以请娘娘发下本命誓，若娘娘不同意在下的这个小小要求，耀阳也不会遵守任何诺言。”

“想不到耀大将军还真是个多情种！”妲己一副不以为然的模样，道：“虽然你没有任何资格可以跟本宫讨价还价，但正所谓，多一事不如少一事；再则，就算强迫你答应我，你心有顾忌仍然不会全心全意替我办事。所以，本宫答应你便是。”言罢，九尾狐当耀阳的面施行咒，发下这个本命誓。

耀阳看到九尾狐如此爽快，一直悬着的心总算踏实下来，但还是对九尾狐不同以往的举动有所怀疑。

九尾狐大有深意地看了耀阳一眼，旋又无比深沉地问道：“难道耀阳的心中只有那群红粉知己，而不管你的好兄弟了？”

耀阳闻言心头剧震，踏前一步，一把拉住九尾狐的手臂，急问：“倚弦？你有倚弦的消息？他现在到底身在何处？过得怎么样了？”

“哎哟……”九尾狐故意装作被拉疼的样子，只等耀阳识趣的放开她的手臂，才万般风情地望着他，只笑不答，却又不顾耀阳的焦急，插开话题道：“三日之后，太姜与姬昌将举行一个“姬氏宗门典亲”，到时候，耀将军可一定要助伯邑考胜出才行！”

耀阳见她不答自己的话，反而说什么典亲，便不明其意地问道：“什么‘姬氏宗门典亲’？”

九尾狐微微一愣，白了他一眼道：“真不知道你这将军是怎么当的？”

随即也就详细告之——

原来自从西伯侯姬昌安然返回西岐后，所有临近的伯侯都知道龙入大海，便纷纷前来巴结，包括临近的鬼方国也用本国公主前来攀亲，太姜考虑到姬昌子嗣众多，而且世子之位一直空置未定，便决定举行此次“姬氏宗门典亲”的会试，决定让胜出者与鬼方国公主共结连理，成为鬼方驸马。其实胜出者也自然会因此受到圣祖母太姜的赏识，更有借势成为世子的机会。

耀阳听完后立时想起今晨看到那些奇装异服的人马，定然便是鬼方国的代表，但口中仍装做若无其事，轻松建议道：“娘娘何必这么麻烦，不如就用妖法将圣祖母太姜控制住，只要搞定了太姜那老太婆，直接让她宣布由伯邑考做世子不就行了。”

耀阳如此说法，其实也是想从九尾狐口中套出圣祖母太姜的底细。果然，九尾狐闻言也没多想，脸色神情肃穆地道：“耀将军，你太小看太姜了！”

耀阳假装轻咦了一声，趁机追问道：“哦？太姜不过是一个普通的老太婆，有什么了不起吗？”

九尾狐冷笑了一声道：“这太姜并非什么普通凡人，更不容小窥。”神情一肃后又道，“其实这姬氏一宗乃是轩辕黄帝之后，太姜虽非玄门中人，却自有一身家门独传的‘皇道法脉’之能，而具体此术有多厉害，本宫也不得而知，但仅从先天八卦卜算之法便可见一斑……”言罢，美眸中现出沉思之色。

耀阳听罢才知姬氏还有此等秘密，难怪自己去“姬氏祖祠”时可以感觉到那股浩然威势，他脑中念头急转，又道：“既然那老太婆如此厉害，我又能帮得了什么忙呢？看来此次‘姬氏宗门典亲’的会试，必须完全靠伯邑考自身的本领了？”

九尾狐大有深意的望了望耀阳，高深莫测地笑而不答，道：“这个你不必担心，到时自会知晓本宫用意，有什么事情，本宫自会找你商量。你先回去吧！”

耀阳急问道：“但是娘娘还未告知，关于我兄弟下落的消息？”

“他现在好得很，你尽管放心便是!”九尾狐妩媚一笑，道，“只要时候一到，本宫自会告知你想知道的一切!”

耀阳知她不会再多说什么，只得告辞走出“青鸾楼”，一路想着九尾狐的言中之意，又想那九尾狐是否真的有了倚弦的消息，如此左思右想，独自纳闷的回到府中。

甫一进府，便见人儿与妲己坐在厅内一边喝茶一边谈笑风生，相处得甚是融洽，就连平常醋意极大的梅若冰也态度平和，与她们坐成一桌，有说有笑。耀阳顿时将所有烦闷都抛到了九霄云外，一种坐享齐人之福的幸福感觉袭上心间，忙上前笑道：“你们在说些什么呢？这么开心!”

三人见耀阳回来皆是笑脸相迎，人儿笑道：“耀大哥，你回来了，我在给苏姐姐讲我在冥界做勾魂使者时候的趣事。”

“哦，那我也要参加。”耀阳一边坐下，一边取笑道，“来听听人儿究竟是如何勾引下界魂魄的!”

“勾引?”三女齐齐一愣，然后梅若冰与苏妲己明白过来，同时大笑起来。

人儿顿时羞红了脸，莲步轻迈来到耀阳面前，对着他又打又闹道：“好你个耀大哥，你倒是说说看，我到底勾引过谁了？难道勾引了你跟倚弦大哥不成?”

四人再度同声大笑起来，耀阳看着这一桌活色生香的妙人儿，满脸虽是欢欣无比的表情，心中却再也禁不住轻轻一叹，忖道：“小倚，我现在虽然前途艰险重重，但总也算过得有滋有味，而你呢……”

过了一会儿，丰盛的饭菜上桌，四人自是有说有笑的美美吃了一顿，处处充满了家的温馨与美满。

吃完晚饭，四人又坐了一桌，你一言我一语的直聊到深夜，妲己仍意犹未尽地拉着人儿要她继续说，人儿也说得兴起，于是二人便决定同睡一房，来个秉烛夜谈。

耀阳知道梅若冰这段时间常常吃醋，于是决意抚慰她，便趁机溜到她的房间与她颠龙倒凤，欢欲一晚。

第二日清晨，耀阳习惯性的起身准备早朝，却突然想起文王诈病的事，于是便来到府园中，独自揣摩起玄法来，他将《阴阳法要》、《玄法要诀》中的玄法与“轩辕图录”的玄理一一揣摩一番，然后再将已经熟练的几门法诀串联起来，顿时对本体元能又有了一番新的领悟。

正自修炼入神之际，忽听管家来报，原来是大夫散宜生前来颁诏。

耀阳忙去大厅接诏，见了散宜生，二人闲聊一番，散宜生才拿出诏文，宣读完毕，耀阳才知道原来是文王让他做此次“姬氏宗门典亲”会试的主考将军，耀阳连忙领命谢恩，起身之际骤然想起九尾狐昨晚所说的话，不禁被九尾狐的料事如神感到震惊。

散宜生宣完诏旨之后，笑对耀阳道：“耀将军此次得主公钦点，做今次‘姬氏宗门典亲’的主考将军，可见主公对耀将军的信任与宠爱，相信耀将军也必定不会令主公失望!”

“哪里，哪里!”耀阳连忙谦逊回道，“在下定不会辜负了文王的厚爱!”耀阳言语一顿，苦笑连连，说出心中的担忧道，“只是，在下向来涉世未深，今次得侯爷赏识才做得这虎贲将军，故而从未有过协办这类会试的经验，所以还想请散大夫多多指教一番，此事应当如何处置才能妥当，免得到时在下出丑倒还事小，若是因此失了西岐的颜面，就万万不妙了。”

散宜生见耀阳说话并不拿架，相反笑脸迎人极易相处，便笑道：“耀阳将军不必客气，其实关于会试的一切都由圣祖母一手安排，耀将军只管当日能做出公正严明的表率即可，想来一定不会出什么差错!”

耀阳一听太姜早有安排，便放下心来。

散宜生又道：“其实，依耀将军现在的身份，应该好好跟鬼方使节打打交道，如果能事先明白鬼方国的意思，日后万一出了什么状况，也好随机应变。毕竟主管督考的人现在有两个，一是便是耀将军你，一个则是鬼方使节蒙浩。”

耀阳大悟道：“散大夫所言极是，只是不知这使节蒙浩现在何处馆驿歇息呢?”

散宜生摇头神秘一笑，道：“如果耀将军想去馆驿寻人，怕是极难找到他?”

耀阳轻咦一声，问道："哪究竟在何处才可以寻到他呢？"

散宜生拍了拍耀阳的肩膀，哈哈一笑道："我若说了那个去处，怕是嫂夫人会责怪于我！"

耀阳更是觉得好奇，苦笑道："散大夫就不要再卖关子了，直说就好！"

散宜生这才如实以告道："鬼方国每隔三年便对西岐进贡一次，而使节蒙浩便是经常出入二地的使者，他生性豪爽，更是深具域外男子气慨，所以每次到西岐都会住在同一个地方，不是馆驿，也非他人府邸，而是住在有'西岐第一楼'之称的'艳香阁'之内。"

"'艳香阁'？"耀阳乍听着名字，便老觉得耳熟，然后仔细回味散宜生话里行间的暧昧意思，顿时明白过来，道，"原来散大夫所说的'艳香阁'原来是座青楼！"

"正是，正是！"

二人谈及这等天下所有男人都心领神会的调调，登时相对大笑起来。

"青楼？"梅若冰此时刚刚洗梳完毕，行出外厅，正好听到耀阳与散宜生最后的几句对话，好奇的朝二人问道，"刚刚我明明听到有人在说青楼什么的，是你们吗？"

散宜生忙上前行礼打了招呼，与耀阳识机的对视一眼，道："嫂夫人刚刚起身，定是耳懵听错了，我与耀将军正在谈一些军政要事，怎会涉及那些败雅不俗之事哩！"

语罢，散宜生笑着跟二人请辞而去。

梅若冰摇头寻思了一会儿，有些不敢肯定的愣住了。耀阳识机的扯东扯西，好不容易才将她的疑虑打消，心中便盘算着晚间定要去那个"艳香阁"看看。

白天，耀阳带着妲己、人儿及梅若冰三人在西岐城内好好逛了逛，看着西岐城比之朝歌犹有过之而无不及的吵嚷热闹与民众欢腾的氛围，耀阳真正体会到了西岐的繁荣及安定，百姓俱能安居乐业，无忧无虑。足见西伯侯姬昌高人一筹的治国之道。

晚间，耀阳随口找了个借口溜出了将军府，独自去西岐第一青楼"艳香阁”探访鬼方使节。

他一想到青楼便不由又想起从前做下奴的时候，每次与倚弦经过青楼，他都会朝青楼上的妖艳女子吹口哨调戏一番，然后跟小倚说同样的话：“有朝一日，我们一定能进去好好风光风光，而且会同时叫好几个漂亮女子服侍自己，嘿嘿，最好是乐上他奶奶的三天三夜……”

“艳香阁”确是好找，耀阳随便找了几个大老爷们一问，他们无不看出耀阳是外地人的身份，然后两眼发光，指着正大街的某处地方告诉他，只要见到某处楼阁红灯高挂，门内传来阵阵笙乐之音，门外又满是男人和浓装艳抹的女子暧昧进出的地方便是。

耀阳沿着指引，不费任何周折便寻到了“艳香阁”，行近楼前，他也不禁感叹了一声，这“艳香阁”果真不愧为西岐第一青楼，就单看外表的装饰便觉富丽堂皇，比之其他大小青楼竟大了三倍以上，难怪此处是西岐专门用来供达官贵人享乐的地方，平常人等只怕连门槛都进不去。

耀阳难得像今日这般有种吐气扬眉，大模大样刚一跨进阁门，便被一浓妆艳抹，像是唱戏的老鸨挡住了。

老鸨年纪约在四五十岁之间，长得倒还算得上风韵犹存，只是将脸上抹满了脂粉，生怕别人猜出自己年龄似的，只见她双手插腰，一副傲气十足、狗眼看人低的架势，冷冷将耀阳上下打量了一番，而后用鸭公般沙哑嗓门喝道：“喂，这位小爷，本阁近来有贵客临门，所以不做外客生意，小爷还是去别处找乐子吧。”

耀阳见她那略带鄙视目光，心中不禁冒起怒火，想起以前因为没钱没地位而被老鸨冷眼相待，甚至赶出青楼的旧事，怒火更盛，自怀中拿出一锭金铢在老鸨面前晃了晃，大声喝斥道：“如何？我可以进去了吗？”

哪知老鸨冷笑了一声，看了看他手中的金铢，有些嗤之以鼻地道：“我们‘艳香阁’并不是有钱就可以进来的！”言罢，老鸨又一声喝斥道，“阿三，出来！”

话音甫落，立时从内院走出来一群打手护院，仿佛凶神恶煞一般，为首一位长得贼眉鼠眼的中年壮汉应道：“老板娘，有什么事吗？”

老鸨没好气的笑骂道：“你的狗眼都去瞧院子里的姑娘了吗，赶紧把这个闲人赶出去，别扰了贵客!”

护院阿三嘻皮笑脸地应了一声，耀武扬威地走到耀阳面前，见耀阳没有随从，便一挥手带着一群护院立时将耀阳团团围住，准备要大打出手轰他出门。

耀阳冷笑连连，正欲发火，只听身后有人喝道：“大胆!”

倚弦与土行孙遁入湖水之后，四面水界登时挟万钧压力涌来，倚弦生怕体外的光影护界就此抵挡不了，连忙舞动体内归元异能凝幻成“绝龙壁”结界，谁知结界甫一放出，触及湖水就“砰”的一声化为无数碎片，然后蓦地消失了。

接踵而来的无匹压力将两人的体躯撞击得差点就此碎裂，但倚弦体内的异能护界再次如约而至，两人这才大大的嘘了口气，庆幸没被这湖底结界折腾死。

倚弦看着眼前熟悉的一切，想起上次也是因土行孙才会与耀阳沉入这奇湖水底，经历九死一生的劫难，而此时他居然与土行孙一起逃入这里，不由心下感叹命运的奇妙安排。但他们二人仍然不敢肯定应龙与那幻面人是否还在追赶，因此不敢大意浮上湖面，只能沿着湖底一路向前浮游而去。

不知不觉间，两人已经来到偌大奇湖的湖心之处，但见此处暗流翻涌，奔波不息，让两人身周的异能结界因抵受不住而被挤压变形，两人不明其故，依然继续向前行去。

过不多时，只见一道深不见底的湖底沟壑展现在两人面前，同时也将他们的去路完全封死，而且沟壑中的水流不住沿着一个固定的轨迹回涡旋动，隐含的撞击拉扯之力实非任何物体可以承受，两人惊疑不定地望着转旋得越来越猛烈的水流，不禁相顾失色。

倚弦思忖良久，咬牙道：“走吧！咱们如果不闯过此处，肯定会被那两个老恶棍追上……”说罢当先游去。

土行孙虽心有怯意，但因为身际护界的缘故，不得不跟从倚弦，苦笑道：“你小子走了，我岂不是要被水底结界给压扁了!”说着连忙急趋两步，赶上倚弦与他并肩向前。

两人甫一行至巨大沟壑的中央处，突觉光影护界一阵无来由的悸动，他们顿觉鼻息窒堵，气浪拍面，脚下踉跄不稳，紧接着就觉大地一阵轰然狂震，湖底突如沸水乍溅，波浪翻涌，巨浪滔滔，一道幽光吞吐的漩涡自脚下怒舞飞腾而起。

倚弦大骇，凝神望去，只见脚下的沟壑中心陡然出现一个漩涡，急旋攀升，越升越高，逐渐在水底形成了一个十余丈高的幽碧水柱。“轰轰……”闷响中，那巨大水柱飞速转动，随着水柱的奔行速度越来越决，浩浩湖水蓦地环绕盘旋，似乎拉动整个奇湖都开始急速旋转。

倚弦与土行孙两人面面相觑，相继惊呼一声就要拔身逃亡，哪知那水柱旋转猛地加速飞奔，发出刺耳而尖锐的“哔喀”怪声，巨大的吸力已经紧随而至，就此将陷入迷乱中的两人卷入其中……

第五十七章　诡异之湖

不知过了多久，两人觉得身际漩涡拉扯的巨力渐渐退去，他们自昏沉的噩梦中缓缓醒来。

睁目望去，二人只觉湖水冰冷，清澈透亮，完全不似奇湖先前的模样。土行孙从倚弦的光影护界中站起身来，嘟囔道："这是什么鬼地方，就知道跟你小子在一起不会遇到什么好事！"

倚弦并没有答话，他只感到体内异能在冥冥中有种奇怪的感应，似乎前方不远处有什么东西不停发出召唤讯息一般，吸引着他的好奇心，当下拉起唠唠叨叨的土行孙，翩然穿过水底飘摇的水草，向茫然未知的前方浮游行去。

土行孙心中又惊又喜，向来畏水的他，此刻竟能在水底深处这般自在穿行，实是犹如做梦一般，只见身际淡蓝透澈的水中，鱼群川流不息，碧绿水草在湖底岩石缝隙飘摇，耳边寂然无声，宁静悠闲仿若幽梦，原来水底竟是这般美丽。

越往前行，湖水逐渐浑浊起来，变得阴冷异常，冰寒彻骨。阵阵奇异的湖底暗浪一波一波地涌将而来，鱼群渐少，连水草也逐渐稀少起来，再行了数十丈，湖底已是一片荒凉的景象，灰蒙蒙的一片，空空荡荡，眼前霍然出现一幅奇景——

一个直径三丈，高近十丈的黑黝黝石台出现在他们面前，石台的根基是由无数块大小等同的花岗石块所砌成，按照一奇异诡魅的摆列顺序拖曳开去，迤逦蜿蜒，而且每块花石之上均有各类异种符咒篆刻其上，独特花纹闪电般陡然亮了起来，闪烁不已。

湖水波光，粼粼扑面，水质清寒，波纹状的水浪隔着光影护界隐隐扑来，土行孙双眼贼亮发光，忽然大呼道："奶奶的，依俺老土多年的探宝经验，此处肯定放有一样好宝贝！"

现今虽然身处湖底的莫名诡魅的空间之中，但是当倚弦听闻土行孙本性不改的财奴言语，仍是哑然失笑道："去你的，都什么时候了，你还在想这些！"嘴上虽然如此说着，但他心中却在猜测方才被卷入漩涡水柱后，所感觉到的那股莫名异力，到底与眼前的事物有何关联。

不多时，倚弦的神识思感之中生出清明无误的感应，让他可以觉知眼前的黝黑石台所蕴含的巨大潜能，令他不由自主震惊不已，于是他对土行孙说道："老土，我觉得奇湖水底的结界肯定与此有关……"

哪知他话未说完，土行孙就嚷道："那还等什么，咱们哥俩儿干脆将它破了！嘿，让奇湖小筑那群笨家伙也受点教训，再说一旦没有那层结界护持，他们得罪的人可不在少数哩……"

倚弦看着土行孙仿佛已经马到功成的模样，他笑了起来，不过他决定尝试着去破除这个结界，当然并不是为了出这口恶气，而是想到也许这是逃脱的唯一机会。

他首先交代土行孙不管发生何事，都要待在他身际的结界当中，绝不可踏出一步。土行孙依旧是那副要死不活的模样，虽然明知有些冒险，但是失去护界的保护则更加危险，于是只能点点头算是答应了。

倚弦这才举步开始向那石台走去，随着石台的接近，一股莫名压力应运而生，而且似乎越来越重。他不停鼓舞体内异能，附于体周抵抗压力，同时带着土行孙缓缓向石台上飘去。

不知是否因为归元异能傍身的缘故，他们居然毫无阻碍的进到石台中央之处。

望着脚下独特的石体符纹，倚弦抬眼望去，只见石台之上别无它物，只有正中央处有一个低矮的八边石台，呈八卦之形设于其上，而台上则放有一颗蓝芒吞吐、浑滑圆润、仿若拳头大小的一颗珠子。珠子底部仿佛还有什么东西放在那里，交织着丝丝金银交缠的芒光。

土行孙方一看到此物，立刻惊叫起来，一把冲上前去，兀自将珠子拿到手里细细端详起来。

倚弦眉头一皱，见他胡乱挪动东西，就要开口斥责，却听土行孙大声道："嘿，小倚，你可不知道这宝贝的用途可大了，它可是神宗十大名器之一的'异水元珠'，其威力不在龙族至宝'天一玄水珠'之下，足以操控天地三界万千水脉哩！"

他话音未落，倚弦就忽觉心神不定，感应到一阵异样的激荡，似有所感地向方才置放"异水元珠"的石台上望去，却见那里忽然暴起一股有如丝网般的巨大金色异芒，疾速向四周扩散开来，更有无数光线直直穿过两人身躯，然后异芒溅射的速度骤然变慢，甚至最后恍然一顿，颇为怪异。

土行孙也被眼前极为难见的怪异景象惊呆，两人瞠目结舌之际忽觉脚下石台一阵剧烈晃动，其中夹杂摄人心魄的轰隆低响。两人骇然惊望对方，感到十分不妥，当他们就要拔身逃跑之际，异变倏生——

身下巨大的石台蓦地崩暴碎裂，四下冲击开来，倚弦与土行孙身不由己的被一道凭空出现，劲力无匹的水柱重卷而起，四周莫名的压力顿使奇湖水域方圆数十里的生物一一死绝。

倚弦沉住一口气，丝毫不敢托大，鼓动全身所有能够运用的异能注入身际的护界之中，护身龙刃也从他胸口冲撞而出，紧紧环护两人，抵制住四周水界传来的浩大压力。

倚弦心中隐隐觉察到此水的殊异之处，知道他们不可能抵御很长时间。

幻面人缓缓褪去元能护持，隐藏在淡彩幻面之下的面容愈渐清晰起来，赫然便是被三界众生人所公知的无能昏君——

大商天子纣王！

就在申公豹震惊莫名之际，浩淼霸道的皇霸厉劲已然压顶而至，逼得他喘不过气来，他心中万般念头飞速转动，不由暗自推想，这"奇湖小筑"主人定是想将纣王取而代之。

谁知他心念甫动，就听幻面人道："自从孤王登基以来，已经在位十余载。朕，便是当今大商天子！"

申公豹闻言巨震，但心下仍有疑惑不解之处，小心翼翼地颤声问道：“大王既然在位十余年，以大王的法能神通广大，怎还容得那九尾妖狐妲己搅扰朝纲呢？”

纣王闻言兀自发出一阵冷笑，淡然道：“九尾狐每日以幻魔魅相迷惑于朕，朕怎能不知。但那又如何，区区一个人界天下的朝纲算得了什么，如果朕连一个小小的九尾狐狸也瞒不过，那还谈何称霸三界！”

申公豹立时露出心悦诚服的模样，恭声道：“大王圣明！”语罢，申公豹再又有所疑惑地问道，“听闻圣主诞西，而且西伯侯姬昌又重回西岐，会不会对大王的计划有所阻碍呢？”

纣王再度扬声大笑，道：“圣主诞西？不过是神玄二宗的谎言罢了，只是为了让西岐更具民心而已。至于西伯侯回归西岐，对朕的三界大计根本没什么影响，西岐根本不成什么气候，起码还有其他三大诸侯制约他。其实，西岐姬氏一族能有今日之盛，不过全仗神州龙脉地气之助！”

“不过……”纣王幽深的目光透出窗外，遥望西方长空无尽，兀自大笑连声，道，“他们可以倚仗龙脉地气的日子已经到了尽头，不足为虑了！”

“大王运筹帷幄，果然手段高明！”申公豹恍然大悟，然后恭敬道，“小人日后定然唯大王之命是从！”

哪知他话音未落，就听一声震天炸响轰然荡出，仿若海啸之音滔滔传来。

纣王有所感应，倏然一惊，长身而起，大呼道：“不好！”

申公豹也是浑身一震，转首想要询问纣王之时，却见纣王早已不在原处，只留下一抹残影慢慢消失，他连忙随后遁去。

申公豹紧追纣王来到奇湖岸边，只见奇湖水面上早已狂风飙卷，浪涛翻涌。纣王此时早已恢复幻面人的模样，双手急速舞动，口中念念有词，企图召唤“水魔符”，控制奇湖水势，哪知折腾了半响，却一点用途也没有。

申公豹望着滔天巨浪，瞠目结舌的颤声问道：“大……筑首，这究竟是怎么回事，奇湖之水不是一直都控制在‘水魔符’的威慑下吗？”

“想不到，你还有些见识！”纣王不知为何仰天怒骂一番，宣泄心中愤怒之后才道："你有所不知，这奇湖水底结界自上古之时就已经存在，我奇湖创始祖师无意间得到'水魔符'运用之法，是以才一直延传下来到我手中，这千数年来从未出过差错，哪知今日居然会有此异状……"

偏偏就在这时，远方天际忽然传来一声龙吟，啸声由远及近而来，正是应龙与紫菱公主、元都等人。

应龙脸色凝重，远远见了幻面人，扬声道："老陆啊，蜀山剑宗的洪钧老头与冥界的玄冥帝君已经带领神玄二宗弟子来到奇湖!"

听到有人帮忙打抱不平，耀阳转身一看，原来是那日迎西伯侯回西岐时见过的，西伯侯所有子嗣中排名在伯邑考之后的姬发，只见他一身盛装，后面带了一队随从，此时见了耀阳便微笑着打了一个招呼。

耀阳不慌不忙的回以礼貌性的一笑。

老鸨见了姬发，立时脸色一变，赶忙斥走护院阿三等人，然后快步笑脸迎上前去，嗲声嗲气地道："哟，原来是姬二公子来了……"

未等老鸨献媚完毕，姬发便脸色一沉，怒叱道："老板娘，你的胆子是越来越大了!"

老鸨一脸无辜地说道："姬公子，小的哪敢呀，就算老虎借小的个胆，小的也没什么胆呀。"

姬发对老鸨怒目而视，抬臂指向耀阳，叱道："你可知这位是谁？他便是救我父王回朝的大功臣——虎贲将军耀阳!"

老鸨一听，顿时脸色大变，心中暗骂自己看走了眼，见风转舵忙向耀阳道歉道："原来是大名鼎鼎的虎贲将军，您大人有大量，一定要原谅小的有眼不识泰山，小的实在不知将军的身份，小的这就给你道歉，还请将军大人不记小人过!"

老鸨见到耀阳一脸气愤难平的样子，一边说一边用手重重的抽打自己的脸，一副追悔莫及的样子。

耀阳也不理她，老鸨忙向姬发打着眼色，想要姬发帮着解围，姬发横了她一眼，上前搭住耀阳的肩头，笑道："耀将军，不必跟这狗奴才一般计较，来，我们一起进里面喝一杯!"

二人说笑着步入“艳香阁”，向楼里深处行去。

进了大门，绕过一面锦绣壁景，他们走入后园，经过一段小石铺成的小径，旁边布满景山芳花，耀阳只听前方数丈处的内阁中传来阵阵歌乐之声，以及阵阵男女调笑声，只闻其声便知里面定然是热闹非凡。姬发显然是轻车熟路，领着有些拘束的耀阳跨入内阁。

甫入内阁，第一次光顾青楼的耀阳顿时感觉眼前一亮，只见可容五十余桌的大厅早已是高朋满座，人声鼎沸。厅内装饰豪华，金碧辉煌，果然不愧为西岐第一青楼。

耀阳环顾一望，只见厅内打扮美艳的女子如蝴蝶穿花般行走于众人之间，环肥燕瘦，妩媚撩人，整个厅内除了男人们的高谈阔论之外，便是这一众青楼女子的吟吟笑语，厅中央的舞台上正一群坦胸露背的美艳女子在翩翩起舞，舞姿优美撩人，令人目不转睛，看得老少爷们个个浑身发热，遐想联翩。

整个内阁让人感觉除了欢愉还是欢愉，难怪男人们都说青楼就是寻欢作乐的地方，是没有烦恼的天堂。

姬发见耀阳看得着迷，心知他定是第一次进这纸醉金迷、灯红酒绿之地，暗笑一声，道：“耀将军，来，我帮你介绍一下我的一些兄弟与西岐的栋梁之臣。”

耀阳这才回过神来，注意到厅内的男人竟全是朝中重臣与众家公子。姬发一路不停为耀阳引见各位兄弟以及群臣，众人一听耀阳便是这次“姬氏宗门亲典”的主考将军，态度都变得殷勤有加，不停阿臾奉承起来，不但不停敬酒，而且更将手中美艳的歌妓往耀阳怀里塞。

耀阳经过那晚“会宾楼”一宴之后，早已学会如何笑面相对，在与众人客客气气的寒暄一番后，姬发领着他来到歌舞宴台最前沿的一桌席上。

只见一位穿着奇特服饰，身材矮小，长相猥琐的中年男子正左搂右抱，与身边穿着性感的美艳女子打情骂俏，玩得不亦乐乎。耀阳从他的古怪服饰就已经看出这男子便是鬼方国的使节蒙浩，看他一副色迷迷的模样及一脸因略显黄色的瘦脸上就已经看出此人定是个酒色之徒。

姬发先向那鬼方使节蒙浩抱拳行礼，然后客客气气地指向耀阳，说道："蒙大人，这位便是此次与您一起主考'宗门典亲会试'的虎贲将军，耀阳耀将军。"

那鬼方使节蒙浩静静看了一眼耀阳，礼貌性地点了点头。

耀阳还了一礼，姬发便大有深意的对耀阳道："耀将军，你就与使节同坐一席，使节远道而来，你不如就代我西岐众臣好好招待他吧。"

耀阳不好拒绝，只能点了点头道："好的。"

姬发环顾四周笑了笑，又道："耀将军自己也一定要好好玩一玩，这里的姑娘可是整个西岐城最棒的，个个美艳动人不说，尤其是精擅床第间的调调，哈哈……"言罢，他眼中闪过无限暧昧的神情，与耀阳心领神会的互相笑了笑，便回了自己的席中。

鬼方使节蒙浩客气地向侧坐了坐，随便塞了个女人给他，却自始至终都未和耀阳说过一句话。

耀阳见他不说话，心中不免有些气愤，但又不得不装出浑不在乎的样子。好在旁边的女人为他斟了一杯酒，并以无比迷人的笑容将酒杯送到耀阳嘴边，耀阳看着那纤纤玉手执着那美酒玉杯，尤其是恬美的笑容后面更有让耀阳垂涎欲滴的乳波臀浪，他张开嘴便一饮而尽，更对直冲他袭来的妙处绝不心慈手软。

酒是好酒，但身旁的女人更令这酒添色不少。

耀阳是第一次可以正大光明的逛青楼，对这里面的一切都感到好奇，虽然家中的人儿、梅若冰、苏妲己都是美艳不可方物的女子，但总感觉与这"艳香阁"里的女子相比，少了那么一股子轻快淋漓的意味，那一种爽快与偷尝禁果的刺激又是如此让人陶醉。

虽然"艳香阁"的一切都让耀阳感到新奇刺激，但他又岂是寻常意志不坚之人，他一边假意迎奉向他敬酒的各大公子及重臣，一边调笑着送上门的女子，还要留心注意四周的公子。

当他看到众公子与重臣纷纷向姬发敬酒，而且他们之间所表现出的气氛与热情，都令耀阳不由暗自吃惊不已，他直至此刻才发现，原来西岐中最有亲和力与威信的姬氏子嗣竟然便是那位姬二公子姬发。

过不多久，伯邑考走了进来，他先是向众公子和众臣一一打了个招呼，再一看到耀阳坐在鬼方使节蒙浩的身边，忙向他打出询问的眼色，耀阳微一摇头，回以什么都不明确的目光。

伯邑考走到鬼方使节席前，向蒙浩笑道："使节今晚可要好好尽兴地玩呀，莫要客气，所有开销都算在我伯邑考身上便是！"他一边说话，一边从袖中偷偷塞给他一包药，鬼方使节蒙浩似乎对其药极其喜爱，对伯邑考的态度显得亲睐有加。

鬼方使节蒙浩将药贴身藏好，用流利的中原话笑道："大公子太客气了。"

伯邑考接过一女子送上的酒杯与鬼方使节对饮了一杯，便回到自己席上。众人边看舞台上的表演，边各自高谈阔论，而且不间断的纷纷向鬼方使节敬酒，鬼方使节蒙浩来者不拒，喝得甚是开心，更时不时在身旁女子的身上捏上几把，玩得何止不亦乐乎。

酒过三巡，鬼方使节蒙浩趁着众人酒兴，起身大声道："各位——"

众人见他说话，皆停下一边的谈话，齐齐向他望去，蒙浩眯着小眼笑道："首先，多谢各位这几日的盛情款待，本使节玩得非常开心，如果只是如同往年一样，本使节或许只能致以谢意，也不能回报大家一点什么……"

众人忙纷纷道："使节无须客气！"

"话不能这么说！记得你们有句中原话说得好——"鬼方使节蒙浩摆摆手，向厅中疑惑的众人环顾一眼，继续道："那就是，礼尚往来！所以……今次本使节也带来了一众鬼方美女为大家祝兴，以答谢各位这么多年对本使节的盛情款待之情！"

众人闻言当然是大感兴趣，因为早就听说鬼方国女子美艳动人，更有着不同于中原女子的野性美，可惜一直未有机会尝试一番，今日听闻鬼方使节如此说，顿时纷纷拍掌起哄。

鬼方使节像是非常满意众人的反应，笑道："但是……"

众人一愣，不知这蒙浩葫芦里卖的是什么药，纷纷静了下来，听他继续说完。

蒙浩道："各位公子想要获得这些鬼方女子的芳心，与她们交欢的话，就必须要依照鬼方的规矩……"言罢，他又故意停了停，惹得众公子中有人大声叫道："使节大人，快点说说到底是什么规矩呀，我们等都等不及了！"

众人又是一阵哄笑，只听鬼方使节蒙浩缓缓道："鬼方的规矩与中原不同，鬼方规矩是由女挑男，凡是被鬼方女子看中的公子，才有机会与之共度一夜春宵！"

众人一听之下，都甚觉新奇，纷纷来了兴致，连耀阳也受了气氛的熏陶跟着从中起哄。但他的定力又岂是寻常人可及，举目四顾之下，便发现在这种气氛下，满座公子中仅有三人举止如常，依次是伯邑考，与姬昌次子姬发、三子姬旦，另二人的性情他不是太清楚，但假伯邑考的举止神态能达到这种仿若心境止水、镇定自若的程度，不由让他对九尾狐调教人的能力大为佩服。

鬼方使节蒙浩识机地拍了拍手，顿时数十名脸蒙轻纱的胡服女子从内室鱼贯而出，就其妙曼绝佳的惹火身材，加上一身玲珑别致、开合有度的异族服饰，便足以令人浮想联翩。胡服女子串入众人之间大行挑逗放荡之事，令众人感受到异域风情的热情如火，心神随之一荡，纷纷沉迷其中。

就连耀阳也看得忍不住心驰神摇，被其异域风情所迷。

当众人均不由自主不能自拔之际，一阵悠扬的胡琴声骤然响起，一名脸蒙白纱、身材高挑，身着华美胡服的女子出现在台上，虽然仅能看见一双眼眸，但那风情万种的明眸宛若一泓秋水，闪烁着幽蓝色的迷人光芒，修长而白皙的纤指轻轻拨动着手中的胡琴，优美动听的弦音飘荡而出，绝美的娇躯配合大捭大阖的异族舞姿，翩然而动的惊艳绝色，令得满座皆惊。

耀阳顿时被那大异于中原女子的火辣身材以及扑朔迷离的双眸、时热时冷的刺激挑起心中无限的原始欲望，再四下环顾一番，就连开始一副坐怀不乱的伯邑考也恢复了本性好色的神情，而姬发与姬旦也不由双目发光，显然为之动容不已。

正在众人皆沉迷于异族舞蹈与异域琴乐之中，乐声骤然而止。

众胡服女子回到台上，而那抚琴跳舞的胡服女子立于正中，摆出一副众女之首的排场。鬼方使节蒙浩见众人皆迷，禁不住露出一脸得意之色，忙闪身拦住一众行为失控，意欲冲上台来的公子们。

为首的胡服女子竟说得一口非常动听的中原话，柔声道："各位公子若想得到众女子及我一夜相陪的话，那么就一定要来玩一个游戏，只有胜出者才可得偿所愿。"

众公子听到如此悦耳的声音，立时有了男女床第之间的联想，登时有种乐于听从的冲动，克制着急欲冲上台的冲动，倒要听听这女子要玩什么有趣的游戏。

那女子旋又笑道："不知公子们是否愿意一起来玩这个游戏？若有不愿参加的，可以现在弃权。"

此话一出，众公子一致同意，包括姬发、姬旦等顾全气度的公子也都没有提出说要弃权，耀阳见状心中暗笑，忖道："猫儿终究还是要吃腥的。"

众人不禁对那女子提出的游戏甚感兴趣，纷纷问道："快说到底是什么游戏啊？"

"也是你们中原最常玩耍的玩意——"那女子美眸扫了众人一眼，轻描淡写的道，"掷骰子！"

此话一出，众人皆是一愣，本以为那女子会出什么难题，却不料竟是这么简单容易的事，在场众人谁没有玩过掷骰子，甚至有几位更是赌场高手。

却听那女子不以为是的继续说道："在场各公子二人一组，胜出者才有资格继续下一轮游戏，直到人数能与台上女子数目相匹配为止，然后便可以开始挑选大家喜欢的女人，而想要我作陪的公子，那就必须继续胜了其他有此想法的人，再胜了我之后，才能得到我的一夜相陪。"

众人听罢哗然一片，觉得一切竟是如此简单，于是便有些迫不及待地摆开战局，身着胡服的鬼方女子们将早已准备好的骰子一一摆好，众人便拿起骰子开始相互争斗拼杀起来。

耀阳心中暗自揣测，却实在想不通那女子怎会想到这个办法，这游戏看起来似乎也太过简单了。虽然不明其意，但他心中又怎肯轻易认输，立时也加入了战圈。

这群公子爷们皆是五毒齐全的人，对于掷骰子这种赌博的物事那是再熟悉不过了，很快便有率先分出胜负的人相继胜出。

耀阳恰巧与公子姬华对擂，姬华也是个吃喝嫖赌样样精通的人，对于掷骰子更是有不凡的造诣。因为采用的是三局二胜制，姬华首先以大点数胜了一局，然而他以内劲控制点数的方法却被耀阳的异能感应出来，当姬华再次暗力控制骰粒时，耀阳嘿嘿冷笑了一声。

姬华在赌技上确实比耀阳强之太多，但如果说到元能充沛运用的程度，他与体内归元异能附灵、五行玄能造身的耀阳相比，实在是小巫见大巫。耀阳手触台面，只是轻轻一抬手指，玄能透体而出，立时将姬华的暗劲化得一干二净。

看着桌面骰子的点数，姬华莫名其妙到极点。

耀阳则双手握住骰子，随手掷出，估摸着姬华的暗劲运作方法，他暗运五行玄能控制骰子的点数，第一次运用虽有些小小误差，但比之姬华的点数还是大了几点，耀阳见此法真的能将骰子控制住，更是信心倍增。

第三局比试下来，耀阳不但再次令姬华暗劲走偏，而且已经可以准确地把握到掷出骰子的点数，由于初次学会以元能控制外物的能力，耀阳的心中不免窃喜不已。姬华如被斗败的公鸡有些不甘心地败下阵去，耀阳凭着这一手过五关斩六将，屡试不爽。

看着势力雄厚的姬发、伯邑考及姬旦都在争那为首的胡女，众公子心知不会胜出，便都不再抱有更多想法，纷纷挑走了台上的其他女子。最后只剩下姬发、姬旦、伯邑考及耀阳四人进行最后的游戏战局。

伯邑考与姬发对阵，他心中打着如意算盘，只要耀阳可以搞定姬旦，他便可稳得美人归。伯邑考对于跟姬发的赌局充满了信心，他乃是梅山七怪之一的兔精，试想以他的妖力对付一个凡人，自是不在话下，于是与姬发对决起来。

姬发仍然彬彬有礼的样子，请了一礼道：“兄长，你先掷吧！”

伯邑考也不客气，自信地笑了笑，随意控制骰子掷了一把，然后轮到姬发掷一把，谁知点数竟比伯邑考掷的还大，就这样姬发赢下首局。姬发甚至还礼貌地笑道："兄长承让了！"

伯邑考表面还礼道："没什么，没什么。"心中却在暗责自己太过轻敌，只道姬发是凭运气才胜了一局。第二局开始时便略施妖术，准备以妖能控制着骰子达到最大的点数，哪知他刚一发出妖能，便感觉到另一股元能隔空而至，顺时间便将他的妖能化去，这令他万分惊讶，不敢相信地看着面前的姬发。

姬发对他却仍然是笑面相向，似是不知发生了什么事一般。

伯邑考想那姬发不过是凡夫俗子，这股莫名元能定不是他所发的，而是他有高人相助的缘故，不由开始注意四周，试图找出到底是谁发出的元能。轮到姬发掷骰子，伯邑考暗施妖能，正准备控制他的骰子点数，哪知当他甫一发出妖能，便愕然感觉到另有一股元能骤然而起，将他的妖能尽数化去，而且终于发现那股元能竟真是由姬发所发出，顿时心中震惊莫名。

结果最后又让姬发再胜一局，在三局二胜的对决中败下阵来，伯邑考心中再也没了胜负的念头，只是无比震惊地暗忖道："这姬发绝非常人……"

另一边的耀阳与姬旦对阵，看着平素一贯温文尔雅的姬旦，刚刚学会元能御物的耀阳不禁生出轻敌之意。

姬旦向他礼貌地一笑，抬臂请礼道："耀将军，请先掷骰子！"

不到片刻功夫，奇湖小筑的半空中骤然风起，许多飘浮于虚空的人影倏地飞来，洪钧老祖与玄冥帝君终于领着弟子和冥界兵众跃空而至，霍地落入奇湖小筑的范围之中。

神玄二宗的众人落地后，都不由感到惊讶，他们均想不到，这千余年来，没有任何人可以破解的奇湖结界怎么会忽然散去？

然而就在他们赶到奇湖小筑的时候，应龙已经带着紫菱公主离去。

看到洪钧老祖和玄冥帝君同时出现，幻面人知道结界屏障已失，此时根本不宜动手，却还是镇定得很，笑道："怎么，两位圣君、老祖这么如此有空大驾光临奇湖呢？"

想不到真的是他！

但洪钧老祖与玄冥帝君见到幻面人，他们都忍不住震惊莫名，想到这个消失了五百多年才再次出现的家伙绝对是真的，只因这种气势和风度绝不是他人可以模仿的，只是藏了这么多年的老家伙怎么会又出现了呢？不过这两人也是人老成精，心中固然明白，但脸上却丝毫没有表现出来。

洪钧老祖开门见山的淡笑，道："很久不见了，听说我剑宗的一个朋友被你扣押，特意来讨个人情。"

幻面人早知他们来此所为何事，笑了一下，道："你说是那个年轻人啊，他已经离开奇湖了。"

幽云从洪钧老祖身后走出来，冷冷道："那倒是奇怪了，我走的时候，你们好像不是这样说的，你是前辈高人，欺瞒我这个小辈，是不是显得太过有失身份？"

幻面人也不恼怒，只是负手背后，冷哼道："既然你也知道陆某是什么身份，又岂会骗你？"

洪钧老祖阻了幽云进一步说话，道："陆兄何必与小辈一般见识，我等过来，只是有些事情想要弄清楚而已。"

"什么事情？"幻面人眼神幽邃，让人根本摸不透他在想什么。

此时，洪钧老祖和玄冥帝君暗中早已施法，试图通过感应龙刃诛神和乾元绫来确认倚弦的存在，只是毫无所获，而幽云也感觉不出倚弦的去向，所以众人前来奇湖兴师问罪，根本是死无对证。

玄冥帝君与洪钧老祖对视一眼，既然没有证据正面追查，那只能旁敲侧击，从其他方面着手了，玄冥帝君沉声道："轮回集想来在我冥界管辖范围之内，自古就是自由之所，本帝君为了让三界四宗有个交流之地，故而不加管制。但近些年来，你们奇湖小筑在轮回集欺行霸市，完全破坏了规矩，不知陆兄是否有意想捣乱我三界平衡呢。"

幻面人丝毫都不慌张，随口说道："轮回集本是是非之地，'奇湖小筑'这么做不过也是为了保护自己而已，怎么可以说成是欺行霸市？虽然近来陆某已经不大管事，但是此事陆某并不想推卸责任。欺行霸市？难道奇湖小筑做点小生意维持生计也不行吗？"

玄冥帝君冷道："做点小生意需要搞风搞雨吗？"

幻面人哑然失笑道："搞风搞雨？用不着这么夸大其词，我们这就算搞风搞雨，那你们未经允许就擅自闯入我奇湖小筑，请问所为何事？是欺负陆某多年不出现还是自以为是轮回集之主呢？"他的语气平淡，却丝毫没有退让的余地。

邓玉婵在旁不忘插口道："难道就像上次你们冥狱使者到'冥月楼'闹事，我们也丝毫不管吗？"

见他们这样说，无论是洪钧老祖还是玄冥帝君都一时为之语塞，毕竟人和物都找不到，而且轮回集千百年来的规矩，确实不是他们所能插手干预和管束的。

"希望你好自为之！"实在没有什么办法，洪钧老祖和玄冥帝君只能打道回府，"我们走！"

出了奇湖小筑，幽云道："师尊，徒儿担心易公子可能会遇到危险，想留下来直到找到他为止，所以恳请师尊能够答应。"

洪钧老祖也知道事情绝非表面这么简单，于是点头道："那你小心点，同时也注意乾元绫的下落！"

桓冲立即自告奋勇道："师尊，小师妹一人留在此地，恐怕有些危险，弟子愿意留下助她一臂之力。"

洪钧老祖想想也是，便点头同意，幽云见是师尊同意，自是不好拒绝。

玄冥帝君皱眉道："洪钧道兄，此事事关重大，我们应该回一趟天庭，及时向天帝禀报整件事情。"

洪钧老祖点头应允，玄冥帝君便留下一众冥兵冥将任幽云与桓冲调动。然后二人同时驾云而起，径直去往天庭。

看着满目的水浪逐涌，感受到迫体而入的强大力量，土行孙讶道："难道这里便是奇湖的源头所在？"

倚弦勉力撑住水势的压力，吃力地点头道："看来也许是所谓的源头了，不过究竟是什么水道，竟有如此威猛的水势呢？"

"这个倒是听爷爷曾经提过！"土行孙答道，"魔族有一本记录四大法宗万千秘法的卷籍，名唤《幻殇法录》，上面便有关于'奇湖'的记载。

说原本并没有什么奇湖，只是后来不知是谁打通了一条经过这边的上古水道，以此接通了四海之水，因此才有了此处方圆百余里的奇湖。”

“哦!”倚弦颇觉有趣的道，“是谁会想着去接通上古水道，这样做究竟是为了什么?”

“不知道，不过听说发生这件事的时候，正是人界当年大禹治水的时候。”土行孙现在关心的却不是这个，急道，“我们先别瞎扯，先想办法离开这里吧。”

倚弦首先从土行孙手中收了那颗“异水元珠”回来，沉吟片刻，好奇问道：“你不是说这珠子可以控制三界水脉，不知可不可以将这股水势止住?”

土行孙苦笑道：“大哥，我说说而已，就算传说真的可以，我们现在临时又去哪里学会使用法诀呢?”

倚弦闻言只有将“异水元珠”收入腰间的小囊中，想到应龙与幻面人的手段，苦笑道：“此时湖面的景况肯定很危险，所以现在不能就这里上去。”

二人正说话间，他们发现脚下石台被越来越大的水势冲得支离破碎，原来的石台被一个巨大的黑洞所替代，绵延不断的水势从中滚滚泄出，虽然他们不再有那种被强劲水势逼使的难受感觉，但是看着这源源不断的水道口越来越大，也感到自身所闯的祸有多大了。

倚弦指着黑黝黝的水道入口，忽而灵机一动道：“倒是这条水道看样子是条生路，或许能够从此遁出水底，逃出生天。老土，你认为如何?”

土行孙无奈道：“没办法，现在也只能照你说的做了!”

两人当即逆水游入水道之中，摸索着不断前行，此时，他们才发现本来没有任何光源的水道竟然慢慢有了变化，一种忽明忽暗的奇光始终伴随着二人前行，不过两人已经没时间去追查这个了。

在不断前进的过程中，倚弦突然身形一顿，后面的土行孙停顿不及便一下撞在他的背后。土行孙摸了摸痛得发酸的鼻子，埋怨道：“你干什么突然停下？快点走啊。”

倚弦神色凝重道：“我有一种很奇怪的感觉，仿佛这水道之中有什么危险似的，让人感到心惊肉跳。”

“什么?”土行孙吓了一跳，脸色大变，畏畏缩缩地四面张望，颤声道，“你别吓我，哪有什么危险?”

倚弦摇头道：“不知道是什么，但总是有种奇怪的感应。”

土行孙拉着倚弦拔腿前游，嚷道：“那还不快走!”

倚弦无奈一笑，只能跟着前进。

两人沿着水道继续遁离，过不了许久之后，他们就见到头顶的不远处有亮光隐现，土行孙大喜道：“看到了吗？那里应该可以上岸了，快点!”

两人不断潜游上升，终于爬上了水岸。

甫一上岸，光影护界自行散去，土行孙立即深深呼吸了几口气，高兴道：“终于重出生天了，这里不知是在哪里?”

倚弦四顾查看，冰晶火魄铸就的肉身竟能视黑夜如白昼，原来二人身处在一处三面封闭的岩壁暗河中，不由讶道：“这里应该是山腹之中。”

“山腹?”土行孙也是一愣，疑道，“奇怪，如果是山腹之中，方才怎么会有亮光出现呢?”但事实摆在眼前，他们的确是在一座不知名的山腹之中。

这是一处空心山腹，头顶上的山缝龟裂，不时有水滴落下，他们面前各种类似的山洞纵横蜿蜒，让人分不清那条会是出路，当然也或许没有出路，但是有熟知奇门土遁法术的土行孙在，想要找到出路这倒难不到他们。

好不容易摸清了可以出洞的路径，二人基本脱离险境，土行孙愍着小眼睛终于松了口气，朝倚弦不住嘟囔道：“都说过了，跟你在一起总没好事。”

倚弦习惯性的淡然一笑，沉吟道：“不知我们现在有没有离开轮回集，还是先走出这个山洞再说吧。”

两人沿着山洞摸索着前进，走了一会儿，土行孙不忘回头炫耀一番，笑道：“对于找出路之类的活儿，我向来易如反掌，你看，很快就可以出去了……”

“嘘!”倚弦突然示意土行孙闭嘴安静下来。

土行孙以为有什么危险，连忙闭上嘴，胆小却机警地四处张望，半天看不出什么状况，气道：“你干什么？吓了我一跳。”

倚弦心有所感，皱眉道：“奇怪，我似乎听到有惨叫声传来？”

土行孙睁大了小眼睛，取笑道：“什么耳朵，怎么可能会有……”然而并没有等他把话说下去，隐隐约约的惨叫声果然传了过来。

倚弦眼中一亮，伸手指了指声音传来的方向，道：“应该是这边！”

土行孙登时来了兴趣，低声道：“咱们快去看看！”

看着这素来胆小的土行孙偏爱凑热闹，撒腿就跑了过去，倚弦不由苦笑，不过他并没有阻拦，因为他也想去看个究竟。就当二人快要靠近传来惨叫的洞穴之时，倚弦突然心中一动，因为他听到一个无比熟悉的声音：

“快说，刑天氏的族地之秘究竟是怎么回事？”

第五十八章　胡女思春

是婥婥的声音？

倚弦疑心大起，向土行孙打了个手势，两人轻步接近。土行孙用手指了指旁近的洞壁，倚弦凑近看去，却是几个钟乳滴穿的小孔。

两人对视一笑，凑上前仔细看去。

透过小孔可以看到，另一边洞穴里有三个人面壁而立，除了婥婥和姮姮姐妹俩之外，竟然还有一人，赫然是倚弦所认识的人，原来是冰火轮回狱中见过的范湘，但见原本凶神恶煞的他此时无力地依靠在洞壁之上，面无血色，双目迸出骇人厉芒，恨恨地望着两姐妹。

看那范湘虽然全身并无伤痕，但倚弦自从经历冰火轮回狱之后，便知道魔门折磨人的手段高明得很，尽管表面上看不出什么，但很有可能范湘已经受了惨无人道的折磨。

再看婥婥逼问范湘所谓刑天氏族地之秘的模样，足见魔门五族内部的争斗越演越烈，已到难以转圜的地步。

此时，婥婥素手轻挥，冷哼道："说吧，刑天氏的族地究竟在哪里？否则还有更大的苦头给你吃。"

原来这范湘本是防风氏的弟子，后来被遣去刑天氏族中卧底，哪知最后被揭穿身份，惨遭数百年冰火炼狱之苦，而防风氏族中却无一人来救，他早已心灰意冷，没想到防风氏仍不肯放过自己，此时在婥婥两姐妹的手段下又受尽折磨，不由怒极反笑。

姮姮微皱眉头，纤手一挥，一股诡异殊异的元能随即罩在范湘的身上。

范湘顿觉周身一紧，仿若被万把尖刀缓缓割入皮肤之中，一次次将肌肉经脉尽数分割，任谁能忍受这种疼痛，他不由再次惨叫起来。

姮姮收回元能，淡淡地问道：“怎么样，还不肯说吗?”

倚弦一眼见到姮姮如此心狠手辣，尤其是在那张如花容颜上绽放的淡漠神情，让他再也无法将她跟那日陈塘关总兵府柴房中的软弱女子联系起来，他在心中不免暗叹了一口气。

此际，范湘大笑过后，意料之外地说道：“我的确是知道一个秘密，不过不是关于刑天氏的，而是防风氏一个不足为外人道的秘密，一个关于你们姐妹俩的秘密!”

“秘密?”婥婥和姮姮不由对望一眼，眼中充满无限疑问的注视着范湘。

范湘面带嘲笑，缓缓说道：“你们姐妹不过只是被人耍弄于股掌之间的俗世儿女罢了，亏你们还时常妄自以圣宗防风氏传人自居，实在是愚蠢之极……”

婥婥登时大怒，不容他说完，素手翻转之间已然赏他数十记耳光，娇叱道：“莫要以为我们姐妹会被你所骗，你最好将一切如实说来!”

范湘丝毫不为婥婥的杀意所骇，兀自继续说道：“……风魔女的命格象数殊为异常，你母亲就是因为生下你，最后难产而死，羿姬当时恰巧经过那处，发现你的命格竟身负宿世情怨，是最为适合修炼灭情道的法道魔种，是以将你的父亲杀死，把你带回了防风氏……”

姮姮与婥婥俩人听到此处，早已冷笑连连，显然不信，满脸讥讽之意。

倚弦却是隐隐觉得此人所说颇有可能，相反土行孙一听秘密，立时两眼发光，更加聚精会神开始聆听。

范湘不屑地瞥了两人一眼，最后盯着姮姮，说道：“……你以为你与风魔女真的是两姐妹吗?哈，真正的月魔女早已在三岁稚龄时就死了，你不过是用风魔女神识中的一魂四魄种魔而成。羿姬也只不过拿你们做工具罢了，你们本体神识之间妙不可言的灵应，以及突飞猛进的魔能修炼，都是合体修炼魔能的必然效果……”

姐妹俩哪会相信他的话，只道他临死挑拨他们师徒之间的关系，婥婥更是无法容忍此人亵渎师尊，“柔月丝绫”含愤一击，却已将范湘浑身骨骼尽数震碎。

倚弦看着范湘受此惨刑，想着毕竟曾在冰火炼狱有过一面之缘，顿时大觉不忍，想要出去阻止，但碍于他与婥婥、媗媗三人间的暧昧情缘实在说不清、道不明，所以只能苦苦忍住。

只听媗媗冷冷道："你不要以为自己知晓我们姐妹是一体双修的圣身，就可以借此挑拨离间！"

范湘脸上的肌肉痛苦的抽搐着，豆大汗滴滚滚直下，却仍然咬牙发出一阵断续而肆意的讥笑，道："你们两个倒是宁愿自欺欺人，也不乐意接受真相。你们既然是防风氏的掌令双娇，自然知道族里有一门密法，专有封魂裂魄之效，可以将残缺不全的魂魄以魔元灵根接驳成正常的三魂七魄，不但本人完全感应不到，而且还会迅速提升自身的魔功修为，我就不信你们不知道……"

婥婥、媗媗脸色立时变的煞白，想要反驳范湘的话，却又实在觉得无话可驳。

倚弦想起曾在琅寰洞天见过阐述这门法诀的典籍，不由更加相信范湘的话中意思。他深感她们的可怜，顿觉心中一阵酸痛，毕竟这两姐妹与他也有宿世情缘。何况此时就连土行孙这等好事之人，在旁也是连连摇头做唏嘘状，暗叹两名美女命苦。

沉默半响，婥婥忽然一声娇吒，对范湘怒道："你说的是不是事实？"

范湘闻言冷冷盯着姐妹两人，摇头道："忠言逆耳，执迷不悟，悲哉，悲哉……"哪知他话音未落，就见银芒暴闪，滋滋数声过后，范湘惨叫都未曾发出就已身亡，落得灵元俱灭的下场。婥婥回头见是媗媗出手，不免愣了愣。

媗媗一脸冷漠，道："如此嚣张放肆，岂能再给他胡言乱语的机会？"

倚弦根本未曾想到媗媗居然会下手杀了范湘，心中莫名一痛，想要阻止却已不及。

婥婥在旁，一脸茫然地向媗媗问道："姐姐，你说范湘所言是真的吗？"

媗媗黛眉紧蹙，凄楚神情溢于面上，半响后才摇头叹道："师尊于我们姐妹有数百年养育栽培之恩，他说的真又如何，假又如何？"

倚弦叹了一口气，心中忖道："好一句真又如何，假又如何！"甫一想到此处，他思感深处蓦地一惊，目光往姐妹俩身后的洞口处望去。

一道旋风平地而起，旋缠搅卷，一道高挑身影就此显现出来，只看雍容华贵、凤目含威的赫赫仪容，正是魔族防风氏的一宗之主、婥婥与姮姮姐妹二人之师——羿姬。

倚弦与土行孙俩人看清来人是羿姬，吓得大气都不敢喘上一口，土行孙更是冷汗淋淋，生怕一个不小心被羿姬发现，后果就不堪设想了。

羿姬面上的表情复杂，望了姐妹俩好一会儿，负手行出几步，深深叹了一口气，忽然出言问道："如果他说的都是真的，你们还会不会认我这个师尊？"

姮姮、婥婥两人皆是娇躯一震，望着师尊仿佛骤然间苍老了许多的模样，想起这么多年的舐犊情深，明眸中刹那布满一层雾气，眼泪不自主地流溢而出，均难以自已地点了点头。

羿姬看到二人情深意动的表现，似是也颇有感触，摇头苦笑一声，上前搂住二姐妹，好半晌未说一语，默默地安慰着怀中两名梨花带雨般的娇弱弟子。过了好一会儿，姐妹俩才相继停止抽泣。

羿姬对俩人慈颜一笑，正容道："听闻这次奇湖之变乃是有炎氏两名弟子所为，他们不但拿去异水元珠，而且他们其中一人更身怀名震三界的上古神兵——龙刃诛神。所以，你们俩一定要想办法追查到那两人的行踪，绝对不能让他们落入其他族的手中……"

姮姮与婥婥听闻龙刃诛神与倚弦有关，心中喜忧参半，忐忑不安，对望一眼没有答话。

羿姬继续说道："而且应龙与陆压那两个老不死的已经准备出手，我们防风氏这次绝对不可落于人后！为师此次应刑天灭等人之邀赶来奇湖，估计他们也是因为这个缘故才会召集五族商议的，为师先行一步，你们暂且等候我们商议的结果出来，再作进一步行动吧！"说罢轻拍了拍姐妹俩，身形拔空而起，就此平空消失，隐遁而去。

婥婥与姮姮见羿姬离去，回首望了望死去多时的范湘，再相互对视一眼，腾身遁离洞去。

土行孙早已在洞中憋了好半天，此时见羿姬师徒相继远去，立刻从岩缝中跳了出来，破口大骂羿姬老奸巨猾，没有人性之类的话，一副为婥婥与姮姮姐妹俩打抱不平的正义凛然模样。

倚弦看着土行孙的滑稽模样，却是一点也笑不出来，心中有种说不出的阴郁，悲怜死去的范湘，又愧疚没曾能够救他，摇头叹息一番，挥手击出元能，在洞中打出一穴，上前将范湘的尸身放入其中，将其掩埋起来。却在无意间眼中厉芒闪过，搬动尸身时发现范湘紧握的手掌心有一片雪白之物露出。

他好奇之下将他手掌翻开却是半片石匙，倚弦立时想起元象兄弟曾经告知他有关刑天族地之秘的事情，心中不由一动，不露声色地将石钥收在身上，将范湘的尸体草草掩埋起来。

看着翻身跌落土穴中的范湘尸身，倚弦将手中的尘土一把把挥洒出去，心中顿觉感慨万千，独立于三界六道之外的神、玄、妖、魔四大法宗，最后都难免会落得如此凄惨悲哀的下场，比起那些终日惶惶难安、忧心生老病死的俗世凡人，又有什么区别呢?

耀阳见他谦让，也不作虚伪的推辞，握住三颗骰子一把掷下，却并未施展体内的五行玄能相助，哪知竟撒出十七点的大赢面，围看的众公子不禁为之一阵鼓掌。

姬旦神情丝毫不变，淡然以待，并跟着众公子一道鼓起掌来，然后拿起骰子随手掷出，骰子在碗中滚动，耀阳正聚精会神观看点数之际，思感却骤然一动，立时感觉到姬旦正发出一股元能控制骰子的滚动，果然骰子定住时，三个六，比耀阳掷出的点数大出一点，险胜了耀阳第一局。

耀阳怎也没想到表面文弱的姬旦竟也会法能玄术，不禁开始对其另眼相看，感觉到此人深藏不露的能力。第二局时便不敢再大意，掷出骰子时暗施五行玄能控制住骰子转动，姬旦似是感应到耀阳发出的元能，眼中惊愕的神色一闪而逝。

耀阳掷出三个六的最大赢面，姬旦仍是一副稳若泰山的神情，握着骰子再度掷出，耀阳怎会给他试图扳平点数的机会，当然更是有心试试姬旦的本体元能到底有多厉害，便也随之发出五行玄能。

骰子滚入碗中，两股元能也各自施力，相互对峙交缠在一起，骰子随着两股元能的牵引，一直急速旋转一阵后才定下来，比之耀阳的十八点明显少了两点。

耀阳扳回一局。

姬旦不禁心中暗惊，当耀阳第三局掷出骰子时，他开始发出元能扰乱耀阳的五行玄能，可令他怎也无法想象的是，耀阳竟施出了归元异能，随意将骰子定为两个五点，一个六点。

姬旦暗暗吸了口气，掷出最后一把，体内元能提至最高。耀阳冷笑连连，随之而出的五行玄能加之归元异能合而为一，三股元能如交战般纠缠不休，姬旦的体内元能渐已不支，而耀阳的归元异能与五行玄能却如涛般汹涌而出，源源不断令姬旦倍感压力。

骰子落定，又是耀阳以最小的赢面赢了第三局。

众人一阵欢呼，姬旦暗自调整着体内的元能，被耀阳如此强劲的元能所震慑。

一直对耀阳不理不睬的胡服女子与鬼方使节蒙浩也不禁感到有些意外，齐齐望定耀阳，蒙浩附耳过去，将耀阳的身份告知胡服女子，似是打算重新看清这位虎贲将军。

耀阳与姬旦礼貌性的相视一笑，耀阳道："姬公子，承让了！"他心中有些诧异地忖道："奇怪，姬旦的元能为何会给我一种非常熟悉的感觉……"

那胡服女子美眸自耀阳身上移开，扬声宣布道："好，如今只剩下耀将军和姬发公子二人，两位比试最后一局，便可分出胜负。胜者再与我比试一场，那么就可以分出谁是今晚最大的赢家了！"

姬发微笑着向耀阳走了过去，耀阳正准备与姬发做最后的比试，却听姬发大笑数声，道："英雄配美人，我觉得耀将军与这鬼方美人倒是非常般配，所以在下愿意弃权。"

语罢，姬发走近来低声对耀阳笑道："耀将军，可要好好享受这异族美人，哈……"说完，他走到席间又开始与其他群臣及公子继续喝酒笑谈。

耀阳颇感意外地看了看姬发，他绝没想到姬发会临场弃权，给足他面子，不禁大是刮目相看，心中更对他好感大增。

众人见姬发竟然自动认输，都大感诧异，连姬旦也深深看了他这个二哥一眼，姬发却旁若无人，与众人把酒言欢，洒脱自在，众人不禁大为钦服，却又都羡慕耀阳艳运当头，都盼望看着他怎么与这艳色逼人的胡服女子分个高下，赌他能否一亲芳泽。

耀阳心里也自得意非常，盯着胡服女子，口中半开玩笑地道："美人儿准备好了么，我这可要来了，别提防不着，让我给吃了！本将军的胃口可是大得很哩！"

见到他故意装出的一副色迷迷、想将对方生吞活剥的急色样，不由让在场众人都哄堂大笑起来，齐齐吆喝助威，只有鬼方使者蒙浩冷着脸，不经意间轻蔑地哼了一声。

胡服女子始终不动声色，轻盈一笑，大有深意地说道："只要将军赢了我，爱怎么吃就怎么吃……"

耀阳心痒难当的哈哈一笑，道："那就请姑娘先掷吧。"

胡服女子不慌不忙道："不过，我要与将军定个小小的规矩。"

耀阳有些惊讶，问道："什么规距？"

胡服女子展了展衣袖，宛然一笑，虽然看不到整体脸面，但眉目间的神态百媚横生，令众人又是一阵心驰神荡，只听胡服女子道："我和将军赌三局，将军只要赢了两局，那将军想怎么吃便怎么吃，而且就算将军赢了一局，再和一局，那也算将军胜，如何？"

众人见她说话时声音柔媚，如在耳边低声款款而语，而且开出的规矩更是如此轻巧，不由一个个都觉心痒难搔。就连耀阳听在耳中也有着说不出的舒服，但他刚才牛刀小试以元能移物，易如反掌的击退所有人，自信正是极具膨胀之时，哪里会怕这个，当即道："既然姑娘这么爽快，那我耀阳就恭敬不如从命了。"

战局开始，由胡服女子先掷，哪知耀阳看到她出手时，不由哑然失笑，只见那胡服女子抓起骰子，随手轻轻掷下，不但一点手法也没有，而且也并无感应到任何元能异力，但看那三粒骰子，两粒是四点朝上，一粒是三点朝上，共十一点，赢面并不大。

耀阳大大咧咧地抓过骰子，轻掷了下去，然后习惯性的无声无形催动元能，去控制骰子的转动，第一粒骰子，他轻而易举的使之四点朝天，第二粒，也四点朝天，他想将最好一粒骰子控制在四点，这样的话，既可以不露痕迹的比胡服女子多上一点，而且也好借此取笑她一番。

谁知就当耀阳以玄能控制第三粒正在转动的骰子时，一丝元能突如其来，控制住了最后一粒骰子，耀阳一惊，立时感应到那股元能来自对面的胡服女子，耀阳念头还未反应过来，那丝元能倏然又消失得无影无踪，耀阳正自一愣，抬头看向胡服女子时，那魅异莫测的元能又倏然出现，在耀阳猝不及防之下，控制住那粒骰子。

耀阳急运玄能反攻，已是迟了，那粒骰子已经停止转动，定了下来，恰好是二点朝上，三个骰子的点数相加比胡服女子的点数整整少了一点。

众人伸长脖子看着两人对博，见胡服女子赢了第一局，不由大声叫好，他们都没能拔到头筹，再看到耀阳输了第一局，自然免不了暗爽一番。

胡服女子朝耀阳微微一笑，道："耀将军，承让了，这第一局小女子可占先了!"

耀阳深吸了口气，没想到这女子竟然还有一手，她那元能出现得魅异莫测，令他一时之间无法捉摸，竟然无法阻拦而输了第一局，看来这女子非同小可，不可小视。当下耀阳心中起了戒心，不再大意，口中笑道："美人儿果然好身手，我倒小看你了。"

胡服女子见他的笑容气度不凡，对眼前的输赢并不放在身上，芳心也不由略诧，对耀阳看法又大有改观，第一局既然是她胜，第二局便依然是她先出手掷骰子，当下随手掷下，掷出了个十五点。

耀阳知道她第一手掷什么点数并不重要，重要的是后来搞他的鬼，于是也跟着掷了骰子。果不其然，他刚运转五行玄能去控制骰子时，那魅异莫测的元能再次出现，试图切断他的五行玄能，但这次耀阳不敢大意，紧紧盯着她，使出了全身解数。

谁知胡服女子的元能着实匪夷所思，虽然细如丝缕，却绵韧无比，最令人头疼的是倏忽无踪，倏忽出现，耀阳虽然将五行玄能齐齐运转，但那元能竟然仿佛丝毫不惧，耀阳几次险些着道。

当下两股元能纠缠不清的时间，在骰子转动来看却是刹那时的工夫，众人见耀阳掷下的骰子最后一粒竟然转个不停，不由个个踮起脚尖，想看看这最后的结果。

耀阳见胡服女子恍若无事地看着他，心下暗暗有气，五行玄能不免运行有碍，华服女子的元能立时攻过来，耀阳好胜心起，忖道："他奶奶的，老子要是不露一手，你还不知道我耀阳是谁！"当下运起"牵机引玄法诀"，倏然之间将那股元能引入地下，胡服女子没想到耀阳会另出奇招，口中轻轻低"啊"了一声，已是不及，耀阳早将骰子落定，刚好大过胡服女子一点，胜了一局。

胡服女子见耀阳扳回一局，不由心中一震，耀阳却觉得胡服女子大是不可轻与之辈，当下收拾起全副心神，准备全力以赴与胡服女子大战第三局，肃然道："此局是我侥幸胜了，请姑娘开第三局吧。"

哪知胡服女子看了耀阳一眼，又看了在场众人一眼，轻启朱唇道："小女子认输了，今晚就陪将军吧。"

此言一出，不由让所有人都吃了一惊，没想到她这么轻易就认输了，望着这个绝艳美色，对耀阳的羡慕之情油然而生，想到今晚耀阳将与这么一个美人共度良宵，被翻红浪，心中都不由想入非非，馋涎欲滴。

鬼方使者蒙浩正搂着一名美女在那里狂饮美酒，这时听得胡服女子的话，手中的酒杯猛地一停，推开搭在他身际的美女，眼中射出精芒，直视胡服女子，张口欲言。

胡服女子盯视了他一眼，微微摇头，鬼方使者蒙浩的眼中光芒这才收敛起来。

耀阳见自己与胡服女子才打成平手，对方就认输了，以她的能力，第三局鹿死谁手还说不定，却居然在这种时候就轻言认输，不由大感不解。

既然胜负已定，这宴会自然也就到头了，众人各抱着一名美女尽欢离去，当然，对耀阳能留下来与胡服女子颠倒龙凤，多少都带着嫉妒的兴奋，只有伯邑考、姬发几人向他微笑示意，然后各携美女离去。

鬼方使者也在胡服女子的示意下缓缓离去。

胡服女子站起身来，道："耀将军，随我来吧。"说着转身向"艳香阁"后园阁房行去。

耀阳艳福当头，心中却有些忐忑不安，毕竟是第一次在青楼做这荒唐事，但看到身前数尺外的妙曼身影，想到床笫间的旖旎风情，心中哪还有什么顾虑，随着胡服女子来至她的住处。

这是一处相当精致的雅舍，里面纤尘不染，胡服女子首先请耀阳在椅子上坐下，然后关上房门，走到衣架前，自顾自将外衣脱下来，露出两条赤裸的玉臂，雪似的白，在灯光下诱人无比，耀阳暗吞几口谗涎，情不自禁上前几步，便想去抱那女子。

谁知胡服女子忽地转过身，笑道："我答应将军，只要输了就陪将军过夜，但只是陪着将军，可不是说将军可以对我做其他事情哦。"

耀阳一愣，没想到她会来这种文字游戏，当即嬉皮笑脸道："那姑娘刚才答应我，赢了就让我吃……"

"将军误会了!"胡服女子故作不解之色，娇笑连连道："我只是说如果将军掷的骰子大，那么将军的骰子尽可以吃了我的骰子，怎么，将军没听清楚吗?"

耀阳如被泼了一头冷水，苦笑一声，忖道："原来这陪夜是这么个陪法，他奶奶的，上当了!"当下说道："即然这陪是如此陪法，那在下只有告辞了。"说着，耀阳转身欲行。

哪知胡服女子又自伸臂一拦，不紧不慢道："将军，且慢!"

耀阳看着面前雪白粉嫩的藕臂，苦笑道："怎么，姑娘还有什么事吗?"

胡服女子道："我即然答应，输了就陪将军过夜，那自然是真要陪将军过夜的，所以希望将军也应遵守诺言，允许我陪你过夜才是。"说着，笑盈盈地拦在耀阳面前，不让他走出门去。

耀阳见她这么副秀色可餐的娇俏玲珑身躯，心中食指大动，忖道："他奶奶的，陪夜是这般陪法，可真是要命之极，老子可受不了。"却面对可人儿的娇躯，他也不便推卸，只有坐了下来。

胡服女子见耀阳不走，端起桌上金酒壶，给耀阳满满斟了一杯酒，道："长夜难熬，将军请尝尝我鬼方的'碧罗松酒'，看看比西岐之酒如何？”

耀阳见那酒色如碧玉，芳香扑鼻，他虽不嗜饮，但闻到了也不禁有醺然之状，暗道：“谅你也不敢对我下毒。”当下端起酒杯，一饮而尽，只觉一条冰线直入肚中，清冽过后却生出一片暖意，烘得五脏六腑十分舒畅，不由大叹道：“好酒！”

胡服女子见他一饮而尽，也颇为欢喜，连给他斟了三杯，边斟边似有意似无意地问道：“西岐圣人降世，以致八方来附，连我鬼方远在域外，也跋山涉水而来，看来这天下人心已然三分有二归了西周，只是不知将军可知这几日除了我鬼方外，还有什么人前来归附吗？”

耀阳自身的事忙得要死，哪里知道这些事，摇头道：“不知。”

胡服女子又再问道：“那将军可知西岐众将中有什么能人异士？”

耀阳一愣，摇头道：“不知。”

胡服女子连问数句，耀阳都回“不知”，胡服女子不由微感失望，也不清楚对方究竟是真糊涂还是假糊涂，心中想着用“移魂法”一试，希望可以探出真话，但想到对方在对赌时显露出来的元能高深莫测，连自己的“真一诀”也无法阻挡，所以生怕对方不为所制，自己反受其乱，一时犹豫不定。

耀阳却一个劲地不停喝酒，毕竟面对如此撩人的异域尤物，心中欲火熊熊，偏不能碰触一下，却又不能离开，若是“艳香阁”主人知道自己半夜离开胡服女子的房，不用一日功夫，这西岐城恐怕就传遍了，其中对自己所说之词怕是连自己也难以想象的，于是只有忍着有苦难言、大感吃亏的心情，苦熬心中欲火，将那“碧罗松酒”一个劲猛灌，趁机借醉问道：“姑娘的芳名在酒宴之上一直不肯告诉他人，现在不知可否告诉我呢？”

胡服女子微一迟疑，道：“我有一个中原名，唤作玉璇。”

耀阳嬉笑道：“玉璇，真是好名字！配上姑娘更是相得益彰了。”玉旋听他说得好听，而且见他颇有洒脱之样，心头不禁微喜，却又听得耀阳问道，“玉璇姑娘的法道修为如此精湛，不知是拜哪位高人为师？连我也自觉不是敌手！”

玉璇深深看了他一眼，只好装迷糊道：“我不明白将军说什么法道修为。”

耀阳见她不承认，也不多问，转头看到短几上放着一张色彩斑斓的琴，便笑道：“看来玉姑娘不只胡琴造诣极高，对琴道一门定然也有所研究，而我对琴技向来大有兴趣，玉姑娘何不弹上一曲，为我解困如何?”

玉璇见耀阳死皮赖脸要她弹琴，也无法可施，只有站起身，谁知她才站起身，便觉一阵微风扑面而来，心中暗道不好，耀阳那张嬉笑的帅脸已经与她面对面，而她脸上蒙着的面纱不知何时竟然已经到了耀阳手中。

耀阳借口听琴，寻机揭开玉璇的面纱，本来有几分挑衅的意思，谁知面纱揭下来后，显现在他面前的却是一绝美迥异的容颜，两条细弱英挺的秀眉，秋水剪瞳的美眸，琼鼻似玉，嘴唇如血，比人儿多几分媚意，比梅花又多几分天真，比苏妲已却又多出几分撩人风姿，让由耀阳不由怦然心动。

玉璇虽然被耀阳看她的神情震呆了一会儿，但立刻便想推开耀阳，就在这时，不知从何处忽然飘来一阵幽香，笼罩住整个房间，玉旋只觉气息一窒，然后整个人暖洋洋的不着劲，便往耀阳身上靠去，两只丝缕不着的玉臂自然而然搂住耀阳的脖子，下身生起一股热意，意乱情迷之下，樱唇便往耀阳嘴上吻去。

耀阳见玉璇忽然之间行为失常，颠三倒四，不但不阻止自己轻薄，反而自动送上门来，心中大感诧异，但有美人自愿投怀送抱，如此良机怎能放过。便一把抱紧玉璇，迎合着她，吻住了她那两瓣薄唇，恣意亲热起来，一双手也不老实地伸进了本不多衣衫的玉体内，掠过肚兜，竟轻轻一握便擒住了她的玉乳。

玉璇哪曾受过此等挑逗，立时不由自主轻声嘤吟起来，虽然她的思感神识觉察出自身变化，知道着了他人的道，但抱着耀阳完美的五行之躯，闻着他身上散发出来的男子气味，虽然她未经人事还是处子之身，但此时哪里控制得住自己的行为，心里想极力脱离耀阳的怀抱，但实际上却反而更紧紧抱住了耀阳，发出低低的呻吟声，任耀阳的双手十指在玉体上为所欲为……

倚弦和土行孙终于出了山洞，土行孙矮小的身子伸了伸懒腰，欣然道："终于出来了，真舒服。"

倚弦四下了望一番，皱眉道："看来我们还在轮回集的范围之内，你看那边——"

土行孙顺着倚弦手指的方位向南面看去，翻过一个崖头，房屋林立之处，正是轮回集。原来他们此时正置身于轮回集北面的山崖上，站在其上俯视轮回集可以说是一览无遗。

倚弦想到申公豹在奇湖小筑后来看他的神情有些古怪，揣测到其人很有可能会知道他的身份，再一想到方才羿姬所说关于魔门五族为了龙刃诛神联合起来的消息，立即做出决定，肃容道："老土，看样子，我们必须马上离开轮回集。"

不想土行孙断然否决道："不行，你说过会替我制丹药解除本命禁制。而现在轮回集内的'玉春堂'是三界中最大的药号，里面各种药草应有尽有，一旦错过这家，其他地方未必有你要的材料。不如我们先把那丹药的炼制材料配齐，那时再走不迟。"

倚弦苦笑道："什么？你怎么不早说，那几日待在奇湖小筑的时候怎么不说？"

"这……"土行孙老脸一红，尴尬地道，"那时没有想到，嘿嘿……"

看他神色，倚弦如何能不明白，讽刺道："看来你还真是痴情种子，为了那个邓玉婵，居然连这么重要的事情都会不记得！"

"哼，你还不也是一样，为了那个什么幽云仙子就忘了我姐的嘱托！"土行孙恼羞成怒，索性懊恼道，"你究竟肯不肯帮我有炎氏？"

倚弦想想也是，当时他心中只有幽云，根本没有想到其他任何事情，不由一时语塞，这时还能说什么呢，看土行孙不住念叨着素柔的名字，倚弦心中愧疚难当，此时就算舍命也只好陪君子了。

他们岂会不知轮回集现在的局势异常紧张，两人当然不能这样大摇大摆的进进出出，倚弦只能首次使出揣摩已久却从未用过的《玄法要诀》上"术字部"中的"幻面术"，试图改变两人的容貌，不过他使出的"幻面术"只能改变面部容貌，却无法改变两人的本命身形。

两人只要走在一起，以他们现在在轮回集的响亮名头，还是容易被人认出是倚弦与土行孙，最后为了避人耳目，两人决定分开走。

“我先过去了！”土行孙倒是脚快，从倚弦手中拿了药方，便借自己擅长的土遁术先行了一步。

倚弦随后步行前进，翻过崖头，沿途小心翼翼地观察四周，发现神魔二宗到处正大光明的找寻他与土行孙的下落，而且一路下来，集市内大部分的人都在谈论“奇湖结界”消逝的事情，显然对这事关注得很。倚弦心知肚明，结界消逝的原因是因为他拿走了“异水元珠”。

望着轮回集的中心，倚弦向前赶去，却在不经意间见到一个翩翩纤影在远处晃过，倚弦竟然看到了正在四处找他的幽云，心中大是高兴，刚要过去表明身份，却见她身旁竟然还有一人——桓冲。

倚弦的心中顿感一阵失落，不过马上又回复正常，不知是因为调整了心绪，还是看到幽云对桓冲依然一副冷淡表情的缘故。即使这样，倚弦也不敢随便把身份表露出来，为了他与土行孙的安全，也为了幽云不再跟着自己被麻烦缠身，倚弦只有忍住诱人的想法继续赶往“玉春堂”。

随便找人打听了“玉春堂”的具体位置，很快倚弦就找到了“玉春堂”的所在。

“玉春堂”果然不愧为三界药行之首，金色牌匾上的三个大字浑圆扎实，高两丈、宽三丈的大门门框没有任何特意的雕琢，古朴无奇的门面建筑却显得气派非凡。

土行孙已经进去多时，不过因为买药的人多，需要排队，所以只能慢慢的在队伍中等待。倚弦见还没有轮到土行孙，于是也不性急，索性装作随便逛逛的客人，在厅内四处闲逛。

此时，只见排在前面的两个少年忽然跟店伙计急着嚷了起来，其中一名少年一时性急，不但毛手毛脚的将手头的药打翻了，还直说“玉春堂”给的药材太差，嚷着让众人评理。

伙计却冷冷道：“没钱还想买好药，那些珍品是你们能买得起的吗?”

一名少年急了，道：“你说什么？你现在给的药有什么效用，至少要能见点效吧。”

伙计眼睛一瞪，喝道："你胡说什么？三界之中谁不知道我们'玉春堂'的药草货真价实，怎么可能没有效用，只是你本钱不够，只能买到药效稍次一点的药材罢了。"

两个少年一脸要赖皮的模样，摆出不服理的样子，坚持要换好药。

土行孙一心想抓药然后快点离开"轮回集"，此时见他们在前面纠缠不清，忍不住插口说道："这两位小兄弟，人家是做生意的，当然是一分货一分价，你们没钱就只能将就一点买差一些的，那也是没办法的事情，何必还要在这里为难伙计？而且让我们这些在后面排队的人跟着吃亏呢？"

不说还好，土行孙这一说倒好，两个少年正恼火无法从伙计那里拿到好药，此时刚好找到了出气筒。一个少年立即喝道："什么小兄弟？没规矩，看你这三寸丁还想倚老卖老，也不看看自己是什么东西，长得像是老鼠一样，也敢出来做和事佬，丢人现眼！"

另一个少年也道："小老鼠多大了？嘿嘿，是不是你妈生出你的时候断了奶，才把你饿成这样子的？"

土行孙哪想得到他只是随口一句话，就被他们辱骂至此，气得浑身发抖，他可不是什么有修养的人，立即反口骂道："我只是说了两句公道话，你们两个小鬼就骂得这么恶毒。妈的，谁是你们的父母，哦，不好意思，这么没有他妈的教养，估计早把爹娘气死了。不过也是，教出像你们这种败类，早该将你们宰了喂猪，以免贻害三界。"

两个少年更是气不打一处来，挽起袖子一副不甘示弱的模样，三人立即对骂起来。

三人正闹得不可开交，一个病恹恹的少女匆匆走了过来，咳嗽着喝斥道："小千，小风，你们别吵了！"声音轻弱，面色苍白，一看便知是非常虚弱的病人模样。

那两个少年立即脸现惊色，顾不得跟土行孙吵闹，忙齐声道："小仙，你过来干什么？"

倚弦见土行孙与人争吵，原本想过来阻止，却意外认出这名病少女正是从前在蚩伯"东玄别院"的婢女桃儿，他当然不晓得桃儿其实名叫小仙，那两个少年自然便是用"幻面术"转换过容貌的小风与小千，三人离开耀阳后，不知何故却来到了这轮回集。

倚弦想到往事，暗想那桃儿可能是魔宗之人，为了不将事情搞大，他正要上去劝阻土行孙，哪知一阵嘈杂过后，他们几人已经尽数被店里的伙计们赶出了“玉春堂”。

土行孙是个很识时务的家伙，一见他们人多自然收声不再争吵，见了倚弦便躲到倚弦身后，想着让他为自己撑腰，搞得倚弦有些哭笑不得。

只是小千和小风得势不饶人，仍是骂骂咧咧不停，等小仙再度厉声阻止他们时，已经引来集内众人的围观。

小仙不想这两个家伙这么傻兮兮的惹事，也是因为心中有所顾忌，毕竟他们因为跟随耀阳，仇家也惹了不少，便对土行孙道：“这位公子，对不起，这两个小家伙不懂事，得罪之处还请公子原谅！”

土行孙见倚弦不肯出手帮忙，也不敢太过嚣张，何况小仙即使病了，也还算得上是一个标致少女，他哪会没风度再纠缠下去，当下打了哈哈，装作大方地道：“没事就好，我看他们年纪小，不跟他们计较便是。”

“谢谢公子！”小仙赔罪过后，就拉着两家伙急急离开。小千和小风哼了一声，也不敢忤逆小仙的意思，跟在她身后走了。

土行孙望着他们，哼哼道：“这两个小鬼，如果不是我看他们年纪小的份上，定要好好教训他们一下！”他口上这么说，却怎么也想不到小千与小风的师父竟是倚弦的兄弟——耀阳。

倚弦也是一样，只是感到几人斗嘴实在好笑，正当他与土行孙欲返身回去买药之际，却感到远处有三个人的目光死死盯住小仙他们三人，俨然凶神恶煞一般，不由心中充满了好奇心。

第五十九章　鬼方毒计

小仙三人匆匆而走，怎知已被人盯上。

小千毕竟眼尖，眼光猛然瞥到身后一人，不由大惊，跟小仙和小风使了个眼色，三人都认得那个家伙就是“梅山七妖”中的“猪头三”朱子真，而另外两人獐头鼠目的样子，不用问自然是他的兄弟。

三人暗暗叫糟，转身就逃。

可是朱子真如何肯放过害他上次在“梦冢”受辱的人，哪会对他们客气，掠身便追了上去，转眼间就已追到，探手抓出，三人根本不及反抗，就被他们几个齐齐抓住。“猪头三”朱子真冷笑着把他们抓到一个阴森冷僻的小巷，他的两个兄弟不但视若未见，而且还在一旁做出一副护法的样子。

朱子真看看周围没人，一把就把他们扔在地上。

“啊哟!”小千和小风还好，但小仙毕竟是女性体弱，加上一身病态，立时摔倒在地。

小千和小风忙把小仙扶起来，对“猪头三”怒目而视，喝道：“你这个死猪头，你想干什么?”

朱子真大怒，伸出肥胖的手就给了两人一人一巴掌，哼道：“臭小子，不想活了是吧？死到临头还敢嘴硬。”

小仙急忙挺身而出，拦住挨过巴掌而愤怒急欲拼命的小千与小风，道：“你想干什么?”

朱子真涎笑着道：“你说呢?”说着，两个小眼色眯眯地向小仙的全身乱瞄，肥手向小仙的下巴摸去。

“滚开，死猪头。”小千和小风大骂，挡在小仙前面，各自手中的“炎诀”与“寒诀”立发而出。

朱子真根本看都不看他们一眼，双掌中的结界已然将小千与小风的咒诀元能团团罩住，怒道：“两个臭小子，活得不耐烦了？本大爷就成全你们，上次有人救你们，不知这次还会有哪个不长眼的敢来多管闲事？”

话声甫落，一股浩大元能异力隔空袭至，朱子真大骇，惊得立时倒退三步，大喝道：“谁？”

果然，有人接口道：“多管闲事的人！”

朱子真兄弟几人顺着声音来源处骇然看去，只见倚弦在几丈外负手而立，强劲的元能劲气吹起他的衣衫飘扬，虽然脸面幻化，无法呈现出俊雅不凡的容颜，但长身玉立的不世气势已经潇洒不凡之极。

矮小的土行孙在旁一脸不爽，他劝阻过倚弦，但倚弦看小仙受人欺辱，想到她可能不是魔宗的人，而且小千与小风使用咒诀时所用的“七真妙法指”，他岂能不识，所以当下根本无法顾忌太多，已经挺身而出。

小仙三人虽然不知道使了幻术的倚弦是谁，但看有人来救自是大喜。

朱子真冷哼道：“小子，你是谁？竟敢管你家‘梅山七圣’朱三爷的事？”

倚弦听他搬出所谓的名头，不由觉得一阵好笑，道：“路见不平，拔刀相助而已。这位猪头兄也应该知道，什么叫作‘得饶人处且饶人’，再说人家不过几个小家伙，你大人不计小人过，不如就此作罢，如何？”

土行孙这时在旁索性加了一句，道：“你说这么多有什么用，我看这只猪头虽然有了人形，但肯定仍是笨得像猪一样，你说了这么多废话，他怎么听得懂哩。”他见倚弦不肯听劝，心中郁闷，一想既然有倚弦做靠山，便把气出在“猪头三”身上。

倚弦的话能否听懂暂且不说，但土行孙的话，朱子真却肯定听得懂。他生平最恨别人骂他猪头猪脑，顿时大怒，双手一扬，随即幻出两个巨大的獠牙短戈，扑向土行孙刺去。

土行孙急忙后躲，倚弦爽朗一笑，长袖随手飞舞，“七真妙法指”随意击出，充盈冰晶火魄之能的指气横飞而出，向着“猪头三”激射袭去。

倚弦虽然没用“傲寒诀”之类的咒诀，但朱子真如何是如今倚弦的对手，顿感指风凌厉，遍布小巷内外，让他徒然生出无处可躲的惊怖，大惊失色之下，他手中的獠牙短戈左右狂舞，将袭向要害的指气勉强尽数挡住，但却是狼狈不堪，最后身际衣衫仍被剩余的劲气击得孔洞四处。

小千与小风在旁大声叫好，只有小仙看着倚弦所用的“七真妙法指”，陷入沉思之中。

朱子真的另两个兄弟哪想到倚弦这么厉害，见此情形，不由一起掏出兵器扑了上来。

三人在狭小的小巷内疯狂围攻倚弦，倚弦将“绝龙壁”和“寒星变”双双齐用，只见寒气强猛四激，助得元能劲气更加凌厉，似乎是在一片强劲狂舞的冰寒雾气中。朱子真三兄弟将指气挡住之余，各兵器向倚弦凶猛砸下。倚弦低吟一声，斜身躲开两把兵器，双手拍出击在“猪头三”的獠牙短戈上，元能奔浪般迫出，将他震退。但马上另两把兵器已经加身，倚弦只能急急后退。

一时间，小巷之内寒气逼人，劲气横飞，厉光闪烁，甚是激烈。

倚弦的法能修为虽然已有所成，但毕竟经验尚浅，再则受巷子狭小的影响，躲避稍显困难，而且朱子真等人一向习惯联手夹击，此时自然人尽其用，令倚弦空手之下难以应付这各持兵器的三人联击。

倚弦迫于无奈，只能暗哼一声，双眼精光炯然，额头现出青色阴鱼符号，伸手一召，豁然亮起光芒耀眼，龙光闪耀，强力出击，“龙刃诛神”一出，已然立即将对方三人的连绵攻势化解。

朱子真三人大惊后退，见倚弦手持“龙刃诛神”，光彩环身，神威摄人，都禁不住骇然失色。朱子真震惊了一下，喝道：“别怕，咱们三人难道还怕他一个小子吗?”三人壮起胆子，吆喝着再向倚弦狂猛攻去。

倚弦淡淡一笑，若非怕暴露身份，他并未全展龙刃诛神之威，否则就刚才一击，便可以将他们尽数击退。此时的龙刃诛神随意挥出，光芒四射，剑气向三人压顶劈去，惊起气浪滔天，元能剑气未至，三人的发须衣衫已被吹得尽数激扬，身子也站立不稳，面对如此强悍的异能剑气，他们自问根本无法抵挡，不由骇然欲退，又发现后路被封，难以退却，三人无不骇得魂飞魄散。

就在倚弦想再次出剑之时，蓦地心中一震，警觉立生，急忙闪身收剑后击，只见剑身划过一条裂光，“铮”的一声，龙刃诛神击在一双突然偷袭而至的铁袖之上，发出金铁交鸣之声。

倚弦和那偷袭之人甫一对击，两人便同时后退。

倚弦警戒地看向那个偷袭者，却是一个看不清面目的黑衣人。朱子真等人因倚弦收剑压力大减，勉强挡住，此时见到黑衣人大喜，立即恭敬地喊道：“见过教主！”

黑衣人没想到倚弦年纪轻轻竟会强悍如斯，随口应了朱子真一声，然后又嘿嘿两声舞起双袖，挥得狂风怒作，浩大元能直击倚弦。

倚弦与黑衣人互拼一招，知道对方之强悍，不敢有丝毫大意，暗掂“灵悟剑诀”，手腕一转，龙型光芒环绕，龙刃诛神幻出紫色厉光，疾速破向黑衣人上中下三路要害部分。

黑衣人又岂是容易对付的角色，只见他双袖交叉，强大的元能交汇，双袖无视剑气阻碍，反向倚弦包围，元能左右合起再袭。龙刃诛神急转，凌厉无比的剑气纵横，将黑衣人入侵的元能劲气斩散，倚弦反手持剑快如迅雷地斩出十数剑气，风卷而去。

黑衣人低喝出声，左袖一推，右袖旋挥，元能旋转着飙出，激起一阵强烈的旋风，倚弦的十数剑气尽数被撕得支离破碎。黑衣人是个绝顶高手，交手之下，倚弦立即被迫于下风。此时，朱子真三个兄弟见倚弦被黑衣人镇住，也就一起围了上来。

在黑衣人袖风如罡的狂舞和三人不时的见机偷袭之下，倚弦尽管依仗龙刃诛神也只能堪堪抵住，被逼在巷子尾部，根本再无还手之力。

土行孙在一旁看得大急，但又无能为力，小仙他们更不用说了。

黑衣人和三人的合击，就像在轰天巨浪中隐藏了三个潜在的危险，在应付比自己更强的攻击之余还得小心戒备那三人，倚弦再强也抵挡不住，不由步步后退，形势岌岌可危。不久倚弦竟被逼到了墙角，此时对黑衣人从四面八方袭来的惊涛袖风根本连躲都躲不开。

形势极其危急，倚弦已经顾不得再隐藏身份，叱喝一声，元能狂逼，龙刃诛神在刹那间惊起震天龙吟，倚弦被一条巨大紫色光龙旋绕，万丈光芒冲天而上，龙刃诛神的强烈气劲勃然激发。四射光芒如巨龙翻跃，朱子真等三人的手中兵器遇到这龙形光影，立即像极端害怕似地狂猛颤抖，最后终于铮然兵碎。

耀阳已经除去玉璇所有外身衣物，正寻思解除她紧身肚兜之时，便猛听得院外有女子大声怒骂之声传来："死耀阳，臭耀阳，你给我滚出来!"

听到这叫骂声，本来情欲高涨的耀阳，欲火立时熄了一半，那正是梅若冰的声音，也不知她怎么便找着了这里，耀阳深深一叹，知道自己如果现在不离去，那自己以后就不用回自己的将军府邸，所以只有放弃眼前这个惹火的尤物，身形一晃，化成一缕清风，依依不舍地离开了艳香阁后院。

玉璇看着耀阳离去，终于舒了口气，闭目调息好半晌，才浑身香汗淋漓的睁开美目，勉强穿好衣物，抿嘴吹出一阵无声的啸音，片刻过后，鬼方使者蒙浩立刻出现在她面前，躬身道："不知圣女有何嘱咐?"

玉璇吸了一口气，恢复平静道："我刚才中了暗算，被人下了'催情香'之类的迷药，此时要运功将其逼除，你现在就在外面给我护法!"

鬼方使者蒙浩吃了一惊道："什么人这么大胆，难道是那个什么耀将军，圣女你不要紧吧?"

"应该不是他!"玉璇摆了摆手道："你退下吧。"

鬼方使者蒙浩应了一声，无声无息地消失在房中。

玉璇这才盘膝坐于床上，守神摄元，调动内息来逼出自己体内的迷香，但不知怎么，整个人就是安不下心来，虽说逃出了耀阳的虎口，但心中却总也感到一股说不出的空虚感，一想到耀阳雄躯蛮横的压力，脸上不由飞满红霞……

过了好半晌，她才努力将体内的迷香成分压制下去，开始凝神入境，尝试清除体内余毒。

耀阳一飞出"艳香阁"，果然看到梅若冰在那里冷冷地看着他，一见他就大声臭骂一顿，耀阳硬着头皮，顶着她的骂声回到府中。没想到一回府中，人儿与妲己还未睡，看见耀阳进来都一脸关切的样子，问他是不是出了什么事，耀阳心中不禁一阵感动。

谁知梅若冰却当着两人的面将他在艳香阁的丑事一五一十说了出来，耀阳见人儿与妲己越听脸色越黑，便知情况不妙，于是只有口灿莲花，巧妙遮掩，将事情全推在伯邑考与姬发等人身上，说完后又怕众女不放过他，干脆一把搂住妲己与人儿笑道："你们既然这么关心我，那么今晚我陪你们睡觉，好好补偿你们一番，怎么样？"

人儿与妲己不由一阵脸红，两人齐齐"呸"了耀阳一口，各自回到房里，关上门便熄灯睡了。

耀阳惹了个无趣，见梅若冰笑迷迷地看着他，连忙跟在她身后，想进她的房中，谁知梅若冰丢了一句："以后若再敢胡来，看我们姐妹怎么收拾你，哼！"语罢，只听"咣"地一声，她也关上了房门。

耀阳碰了一鼻子灰，不由苦笑连连，道："他奶奶的，今天老子一定是撞到门神了，而且还是一堆女门神！"

好不容易熬到了第二日一大早，谁知"艳香阁"竟然派人送来贴身衣物一件，正是耀阳昨晚拉下的，惹得众女对耀阳又是一阵唾弃，纷纷指责耀阳昨晚做的好事，耀阳窘困之极，赶紧借口早朝，溜出了府邸。

谁知才出门，便在门口听得一人笑道："耀将军，好早啊。"

耀阳回头看时，却是散宜生，不由脸上一红，也不知他有没有看到刚才三女赶他出门的丑态，忙道："散大夫，找我有什么事么？"

散宜生笑道："主公命我来请你进宫，商议会试之事。"

耀阳这才想起，明日便是众公子会试之日，西伯侯此时召他进宫，必然是有些事要早做安排。当下两人一齐赶往王宫。此时的王宫内外到处张灯结彩，显然是在为"姬氏宗门典亲"会试做准备。

耀阳与散宜生在"文成殿"见到西伯侯姬昌，姬昌正与圣祖母太姜在一起，耀阳与散宜生忙跪下行礼，太姜令二人起身，太姜大有深意地望着耀阳，缓缓道："耀将军，你来了！"

耀阳知道她是在提醒自己在太庙里答应过她的话，心领神会的恭敬应声道："是!"

圣祖母太姜这才心满意足地交待了一番，在侍女简云的扶持下回了后宫。

君臣几人最后来到"西凤阁"落座，宫奴侍女们送上茶点，便一一退下。姬昌便道："宜生，你向耀将军介绍一下宗门典亲的过程安排及方式。"

"遵旨!"散宜生点了点头，转过头向耀阳道，"耀将军，宗门典亲，乃我大周为在姬氏众公子中选出一名杰出者，作为鬼方驸马而设，所以，典亲会试的比试共分三种，分别为文道、武道与王道。"

耀阳知道其实举行这个宗门典亲，明是为了找个驸马出来，实际上是选个杰出人选来当世子，故而姬昌与太姜都异常重视，便问道："文道是什么?"

散宜生道："所谓文道，就是指三坟五典、经史方略等等这些上古典籍，想来耀将军文武双全，自然是都不在话下了。"

耀阳脸面一红，忖道："他奶奶的，老子连经史方略是什么都不知道，你还夸我文武双全，那不是当着面骂我吗?"但又不便说出自己的弱点，又问道："那么武道呢?"

散宜生笑道："武道么，自然是行军打仗、阵法布兵、骑射武技之类，耀将军身为虎贲将军，这些更是不在话下的了。"

耀阳厚着脸皮嘿嘿一笑，他心中却想到姬昌诸子中颇有几个厉害高手，一身元能修为绝不低，如果一旦比斗武技，恐怕不是那么简单便能搞定，当下也不说破，继续问道："那王道呢?"

这次解说的是姬昌，他道："所谓王道，就是考他们治国之策、御人之术以及对天下时事利弊的分析能力。"

再听散宜生从旁稍加指引，耀阳顿时明白了许多，道："请侯爷放心，耀阳一定竭尽全力不负所托，找出一位最优秀的公子，成为鬼方驸马!"

姬昌闻言满意地点了点头。

从王宫里出来，耀阳不由愁眉苦脸，心中暗暗叫糟，由他主持的"姬氏宗门典亲"会试，所考文道、武道、王道三项，除了武道，或许自己凭借一身法能还能有所显露，镇得住众人之外，文道、王道两项却是他从未接触过，一窍不通倒也罢了，但若是让人知道主考的虎贲将军居然什么都不懂，那真是无论如何都丢不起的脸。

随他一道出来的散宜生将耀阳的垂头丧气看在眼里，岂会不知他的忧虑，笑道："耀将军，其实，主公这次为了方便鬼方使者认出哪个才是众公子中最杰出的人才，所以除了武道一门之外，王道与文道的试题早已事先备好的答案。"

耀阳故作轻咦一声，心里暗暗松了口气，忖道："他奶奶的，没想到西伯侯也作弊！早说嘛，吓了一跳。"但口中仍装作不解的问道："那散大夫可知考题是什么?"

散宜生神秘的一笑，道："考题早已拟定，但具体是哪些题目，那就不是下官所能知道的了。"

耀阳明白不好多问，行出宫门便与散宜生行礼告别，各自上了马车，往自家府邸驰去。

耀阳坐在马车上，闭着眼睛小憩，猛地心中一动，睁开眼时，发现一双妖媚的眼睛已出现在自己面前，正自笑盈盈地看着自己，正是九尾狐，她边上还有一人，却是假扮伯邑考的"梅山七圣"谷菟。

"娘娘吓我一跳!"耀阳涎着脸故作好色状，拦手横抱过去，妲己有意无意、欲拒还迎之间已然躲开耀阳的轻薄，媚笑道："我们'姬氏宗门典亲会试'的主考耀大将军，会试的题目出来了没有?"

耀阳横了她一眼，这才收回玩笑之意，一本正经的如实把散宜生刚才的话说了，伯邑考听说他也不知道考题，不由大失所望，道："那在会试之上岂不是没有胜算可言了?"

耀阳瞄了他一眼，看向妲己道："要不，娘娘干脆施展神通，把那考题偷出来算了，只不过，没有人知道姬昌与太姜把试题藏在哪里，不知娘娘有没有本领能找到?"

九尾狐沉思了一会儿，道："据本宫揣测，试题一定藏在'姬氏祖祠太庙'之中。"

耀阳道："即然娘娘知道试题所在，何不去把它盗来，这么一来，'伯邑考’公子岂不轻而易举便可在典亲会试上一举获胜，而不费一丝一毫的周折?”

九尾狐冷哼一声，道：“你知道什么，岐山位居龙脉宝地‘九龙冲天’之首，姬昌的整个王宫便建在昆吾山龙脉的首尾相顾处，这九龙回首，互相攒簇，无隙可觅，而整条龙脉最厉害的所在——‘龙回头’，便是那座太庙所在。”

耀阳听得瞠目结舌，却还是有所不解，问道：“那又如何？难道还能难住娘娘不成?”

九尾狐又恨又怒道：“如果有这么简单，当然拦不住本宫，可恨太姜那死老太婆，不知以什么法术，借气移阳，凭着龙脉地气，竟然在那处结成一道极为霸气的封印，那封印借天地之灵气而成，绝非人力可以抵抗，所以，就算知道那里藏有什么绝世宝物或者试题，也断然不会有人可以取得出来。”

耀阳听她说是如此慎重，不由倒吸一口凉气，这才知道为什么当日初进太庙时，会感应到那么强烈的气势，原来圣祖母太姜在那里结了一道强绝封印。

伯邑考听九尾狐说得这么严重，便道：“娘娘，难道我们真的无法可施?”

九尾狐摇头道：“如果试题真的藏在太庙里，那想也不用想，只有另想他法。”说着向耀阳道：“我们先行一步，有事会与你再联系，不过，有一件事本宫要提醒你一下!”

耀阳忙道：“娘娘有什么吩咐?”

九尾狐看了他一眼，忽然笑道：“其实也没有什么，只是艳香阁中那个从鬼方来的美人，你得多加小心，小心大河大浪里没翻过船，反而在小小阴沟中栽个大跟斗。”

耀阳听了心中也自一惊，那玉璇的元能的确让他感到深不可测，对九尾狐的这句话便听了进去，口中却不肯示弱，道：“哪里，我除了在娘娘手里翻过船外，几时在别人手里栽过跟斗，只是不知娘娘可知那美人的法道渊源，到底是神玄妖魔四大法宗中哪一派的?”

九尾狐沉思片刻，道："据我所知，他们鬼方一脉所习之术，均是大异于常，乃是鬼方拜火圣教的法术，其他的我也不大清楚，你自己好自为之吧。"

耀阳若有所思的点了点头，九尾狐与伯邑考随即幻化成一片光华，消失在马车中。感应到二人的离去，耀阳叹了一口气，闭上眼睛把最近遇到的所有问题都想了一遍。忽然之间，马车停了下来，耀阳隔着车厢问道："老于头，怎么啦?"

驾车的老于应道："嗯，将军大人，小人尿急，一定是今儿个水喝得多了，所以想向将军请个假方便一下。"

耀阳笑着啐了一口，道："滚你的，快点!"

老于连声应着，下车走到一边，过了一会儿，便又回来跳上车辕，手中长鞭一挥，赶着马车继续往前赶路。

耀阳继续闭着眼睛想问题。这几日发生的事情太多，让他都有些无头无绪的混乱，一时是那鬼方女子的诡异，一时又是九尾狐无头无尾的心机，一时又是太姜那威严的恐吓，如此想了一会儿，耀阳猛地一惊，本来，照路程与时间，他早就应该在自己府中了，怎么这个时候马车还在驶个不停。

当下连忙伸手打开车帘，喝道："老于头，怎么回事，你晕头啦，难道不记得回府的路了?"却见驾车的人理也不理他，拼命驾车狂奔，耀阳定睛一看，但见此人五大三粗，腰圆膀阔，自然再不是干瘦瘦的老于头，耀阳这才知道自己的车夫不知何时叫人给替换了，现在自己被人带到哪里去都不知道了。

耀阳环视四周，竟已到了郊外，不由怒火中烧，暴喝一声，便伸手去抓那人，谁知马车忽然停住了，那人已然先一步下车，耀阳身形微动，已然到了车外。

这时天色已晚，耀阳发现马车停在一个山洞外面，当他下车之际，一女子从洞中行了出来，对他道："耀将军，我家姑娘有请!"

耀阳脑中念头电转，认得此女是当晚"艳香阁"跳舞的胡女之一，便问道："是玉璇姑娘吗？她怎么会约我到这里见面?"

那女子却不答他，只是径直进洞而去，耀阳心中好奇，再则仗着艺高胆大，见女子不答也不多说，跟随入洞，行过一段幽暗的洞道，来到内洞中，原来里面竟有许多人，借着洞壁上方的火把亮光，正是鬼方使者以及那胡服女子玉璇，他们后面便是那一众跳舞的胡女。

但耀阳吃惊的还是在场的梅若冰、人儿、妲己三人，只见她们都紧闭着眼睛，被一众舞女挟持着，也不知是死是活。一见如此形状，耀阳生平难得像今时今日享受这般幸福温馨，所以最恨有人胁迫家室女人，不由急怒攻心，恨不得立时出手将一众人等杀得一个不留，但偏又投鼠忌器，咬牙切齿道："你们将她三人怎么了？"

胡服女子玉璇的一张绝美容颜在洞中焰火衬托下，显得格外妩媚动人，笑道："看来耀将军对她们三人还不是一般的关心嘛。"

耀阳眼露精光，体内五行玄能蒸腾透体而出，狠狠地盯着她道："如果她们三人出了什么事，我耀阳发誓，你们这些人今天全别想活着离开这些！"

鬼方使者蒙浩虽然感应出对方的强劲元能，但仍是冷哼一声，白他一眼道："好大的口气！"

玉璇挥手阻止蒙浩说话，不知为何，心中却隐隐升起一股说不出的妒意，向耀阳道："耀将军放心，我们没有对她们三人动任何法术，再说，她们当中也有法力极为出众之人，所以最好的方法自然是用迷药将她们迷晕，才带到了这里。"

耀阳见蒙浩竟对玉璇言听计从，不由暗自揣测此女的身份，但心中还是松了口气，叱道："你们这么做，竟是想要怎么样？"

玉璇一副满不在乎的模样，道："也没什么，只是想要耀将军为我们做一件事而已。"

耀阳冷声道："要是我不答应呢？"

玉璇轻笑一声，一指梅若冰三人，道："他们三人还在我们手中，从刚才我们就可以看出，你对她们十分重视，我想你不会不顾她们吧？"

耀阳叹了一口气，知道玉璇早就查清自己底细了，但这些人到底有何意图，他却怎么也想不通，只好道："你究竟想要我怎么样？"

玉璇道："其实也没什么大事，我昨日见你身手不错，修为非凡，因此想请你助我一臂之力，去探视姬氏祖祠罢了。"

"什么?"耀阳一惊，忖道："她也要去探姬氏祖祠?"心中念头百转，却不知玉璇为什么要去探姬氏祖祠，"她总不会是与九尾狐一样想去偷试题吧?"

玉璇不答他的话，反问道："我只问将军，答应与否?"

耀阳眼见梅若冰三女在她手中，不答应也难，何况经九尾狐一说，他对姬氏祖祠也充满了极大的好奇心，却故意装作思索了半晌，这才咬牙点头答应："你必须现在将她们先放了再说，我答应的事情便不会反悔!"

蒙浩冷笑一声，道："我们只讲手段，不想跟你谈什么诚信!"

玉璇挥挥手，道："耀将军无须担心，只要你帮我们这个小忙，我们必然会放了你的家室女人！我们这就去吧，如果一切顺利的话，将军应该可以在天黑之前见到她们活泼可爱的容颜!"

耀阳眼见梅若冰三女仍然昏迷不醒的模样，心中一痛，回过头狠声道："走吧!"

玉璇点头，向鬼方使者蒙浩点了点头，蒙浩领会她的意思，低头领命率着一众跳舞女子押着梅若冰、妲己与人儿三女隐入内洞。

耀阳与玉璇两人这才双双出了洞，径直施展遁法朝西岐王宫奔去，耀阳偏头望着身边一直紧跟自己不放的妙人儿，不由心中震惊非常，原来玉璇的御气飞行遁法居然不下于他的风遁术。

不一会儿到了王宫，凭着两人的身手，自然不会惊动任何人便潜入内宫之中，玉璇对王宫地势的熟悉程度显然比耀阳高许多，根本不用耀阳领路，已然轻而易举找到了姬氏祖祠。

耀阳心中暗忖："她们今日此举，必是策划许久，只是今次竟将我一起连累进来了!"

玉璇轻轻推开祖祠大门，两人同时感应到那股逼人的压力，各自提起元能抵抗，闪身进了里面。

这时的祖祠里一个人都没有，耀阳却不敢大意，因为他也不敢确认那个深不可测的圣祖母太姜何时会出现，但玉璇却没有这方面的担心，言下之意似乎对太姜的作息时间非常清楚。

当二人潜入内祠，发现此时只有一个宫女正在为诸多牌位一一上香。

玉璇躲在暗处，趁那宫女低头点香之际，一指虚空探出，“真一诀”元能激射而出，射在宫女后背心要穴之上，那宫女连哼都没哼一声，便晕了过去，软软瘫倒在地。

玉璇立时拉着耀阳窜了出来，一把扶住地上宫女，把她拖到内祠的供桌下，然后娇躯一扭，霍然腾空而起，到了众多灵位的上空，俯身便要去触碰那些灵位。

耀阳吃了一惊，刚想喝问她要做什么，玉璇遍布元能搜寻一番，已经将姬氏第一代祖先的某个灵位触动，并将之左转三下，又右转三下，然后又接二连三地转动其他灵位，最后飘然而下。

耀阳看不明白她在做什么，正想低声询问，忽听得一阵轻微的机关扎扎声，祠堂中心位置忽然出现一个极大的洞口，耀阳还来不及震惊之际，洞中一股热气忽地蒸腾而上，紧接着一股火红脉气冲空而上，整个姬氏祖祠中，仿佛有一条若隐若现的巨龙在盘旋。

黑衣人的强劲袖风元能亦被龙刃诛神的剑气消融，消失得无影无踪。

倚弦长啸一声，龙刃诛神挥出，剑光如虹，顿时晃若银河倾泻的惊天剑气向黑衣人狂压而去。黑衣人低哼出声，双手张扬，全身元能运起，整个人仿佛都鼓涨起来。双袖合起仰天一托，劲气倏地集起形成一团，又立即爆发，气劲像是火山喷射一般向天狂冲，竟将倚弦惊人的龙刃剑气尽数挡住。

这一交击强悍之极，光芒万丈暴射，耀眼的程度竟如同实质，激发的余劲已冲得四周土飞石激，周围房舍一片狼藉。幸好土行孙等人机警，已经见机躲远，才免受了池鱼之殃。而朱子真等人在黑衣人的庇护下虽然满头飞灰，却没受什么伤。

半晌过后，倚弦突然闷哼一声，背后的墙壁被元能潜劲崩然震飞，再次扬起烟尘满天。

很明显还是黑衣人略胜一筹。

黑衣人虽然占了上风，却仍是吃了一惊。即使龙刃诛神再强，主人修为如果不到家，也发挥不了多大的威力，此时对方竟能劈出方才这一剑，令他不得不鼓起九成元能才可抵御，这是近五百年来都不曾遇到的事情，可见这少年的修为超卓已经超出他的想象。

黑衣人感到因倚弦而带来的威胁，心中杀机大盛，正要加快行动杀了倚弦，突然神色一动，冷哼一声对朱子真道："我们走！"言罢转身带着众妖飘然遁去。

剩下的小千、小风、小仙与土行孙愣住了，不明白对方为何会就此退走，还以为是倚弦骇走了敌人，都兴奋的向倚弦围拢过去。

黑衣人等前脚刚走，一众人影就已经赶到，为首的正是翩然若仙的幽云和高傲的桓冲。他们是感应到龙刃诛神的剑气威力而赶来的。

倚弦看着强敌远遁，心中紧紧支撑的意念顿时土崩瓦解，身上隐蕴的伤势再也压抑不住，顿时发作起来，直立的身躯就此软倒下去，正好偎在飞驰而来的幽云娇躯之上。

幽云俏颜一红，随即素眉一蹙，她看清倚弦脸上死灰般的虚弱面色后，立时将倚弦抱在怀中，焦急紧张的神情尽现无疑。

桓冲却在见到幽云对倚弦关切的神情后，嫉妒不已，重重地冷哼一声。

小仙终于看到了幻术褪去后倚弦的原来面目，辨认半响，终于恍然惊觉，如不是及时掩住一张樱桃小口，只怕惊呼之声早已脱口而出。她连忙唤来小千与小风，示意他们附耳过来，两个宝贝讶然对望一眼，以为有何好事，你争我抢的凑过大头，却听小仙道："你们两个知道救我们的人是谁吗？他便是你们师父时常挂在嘴边，在朝歌四处找寻的兄弟——倚弦师叔！"说着纤指指向已经陷入昏迷中的倚弦。

小千与小风对望一眼，震惊当场，连忙跑到幽云身边，护在倚弦身侧。

桓冲此时正暗自恼火，见到两人凑过来，立时喝道："你们两个是谁？干嘛跑到这面来！"

小千与小风两人立刻笑嘻嘻地指着倚弦异口同声道："他是我们的师叔，所以是来保护师叔的。"两人看出他的醋意，一起向他做个鬼脸，调笑道，"免得某些人'谋情害命'！"

小仙听后立时娇笑连连，桓冲俊脸气的煞白，就要上前去教训两人，却听幽云道："桓冲师兄，算了，别跟小孩家一般见识，我想方才那人该是妖宗的不世高手'通天教主'，倚……易公子此时身受重伤，我们不宜久留此地，还是尽快赶回蜀山，师兄觉得如何？"

桓冲当然不会对幽云的话作出质疑，连忙笑道："师妹所说甚是，我们立刻赶回蜀山。"但是心下仍然对她将倚弦带回蜀山感到大为不满。

幽云招呼本宗弟子做了一副简单的担床，然后将倚弦交与土行孙、小千与小风三人，与桓冲带领一干剑宗弟子紧随其后。

一行人正要施法启程向轮回集外遁去，哪知异变倏生——

七彩斑斓的浩浩元能如海潮一般从四面八方涌荡而来，十数名隐去本来面貌的法道高手蓦然出现，将众人团团围住，片语不吐便立时发动猛烈攻击。

蜀山剑宗众弟子猝不及防，登时已有两人受伤，幽云与桓冲由他们本体汹涌的元能看出，这一众围攻之人均是魔宗之人，立刻想到他们定是为倚弦手中龙刃诛神而来，娇叱一声，吩咐蜀山弟子围列剑阵阻挡来敌。众弟子闻言齐齐祭出各自剑器，分行错位，各色玄芒闪烁间，名闻三界的"昊天无极剑阵"已然成形，熟练的法阵威势暂时阻住来敌，不至有太大伤亡。

魔宗中人哪会就此干休，各施绝招，以期速战速决。一时间，双方相互紧攻死守，各色元能汹涌澎湃，四散激飞，"砰砰……"、"哧哧……"等劲爆之声不绝于耳。虽然蜀山弟子人数不多，且修为不如对方，但依靠紧密无间的剑阵配合，勉强缓住了对方的第一轮的如潮攻势，不过伤亡损失颇大。

魔宗众人有数名宗主级数的绝顶高手牵制剑阵走向，令才一交手不到几个回合，蜀山弟子与幽云、桓冲等人逐渐感到不支，魔宗众人却越战越猛，小千、小风与小仙三人守在倚弦身侧，虽然被护在阵心，但却焦急不已，忐忑不安，更不用说土行孙了。

此时，忽然远方一声震天笑声传来，一把雄浑声音隔空传来道："吾乃玄冥帝君麾下秦广王是也，魔宗奸邪胆敢在冥界地域逞凶么!"随着声音远远传来，一名气宇轩昂的金甲男子领着一队冥兵急急飞掠而至。

魔宗众人闻听此声，立刻默契的分出八九人迎上秦广王与他手下的冥兵，将其拦住。

幽云、桓冲两人与一众蜀山弟子大喜望外，尽管他们见有人来援分去魔宗多半的攻击力量，但他们想要反击，却怎奈已心有余而力不足，情况虽未危急起来，但苦于伤亡过多，能否继续撑下去实在是未知之数，而秦广王也被魔宗众人苦苦拦住，困在结界之外一时半刻脱身不得。

不多时，又有两名剑宗弟子死伤，剑阵抵御的威力登时大减，形势岌岌可危。

当是时，一声震天嘶鸣骤然响起。

水浪滔天、翻涌难平的奇湖水面，忽然卷扬起比往常更狂猛数倍的浪涛，如沸水之湖，滋滋崩暴，浪花连天。奇湖小筑七彩流离的防护结界轰然合璧，在风浪之中飘摇不定，若隐若现。滔天水浪波波冲击着环绕轮回集的结界，轮回集中老老少少，形形色色的妖魔鬼怪齐齐涌出，目瞪口呆地望着业已平静千数年，此时却声威骇人的奇湖……

第六十章　姬氏之脉

倏地，漫天银浪之中，又一声清越孤高的兽吟声清晰传来，其声直似九天凤鸣。

紧随其声，澎湃的水浪中一头身长数十余丈，顶冠七色彩翎的异兽，带着赫赫威势，破浪而出，咆哮吟鸣，骤然出现在众人眼前。此兽形似丹雀，头顶彩翎，全身蓄满鲜红翎羽，红芒流转，仿若跳跃的火苗。爪利喙尖，巨目宛若红晶，巨翅呼扇间，焚天焰火呼啸而出，将它身周水浪化为烟雾。

众人惊呆，魔宗众人中倒有几名老一辈宗师级数的高手，认出此乃上古四大异兽之一——朱雀异兽，情知大事不妙，再看随着朱雀的出现，而不断从湖底冲涌上涨的水势，相互对望一眼，一声呼啸，与魔宗众人纷纷隐去身形，一哄而散。

幽云、桓冲与一干剑宗弟子这才得以脱身，纷纷就地打坐疗伤。

此时的倚弦长长吁出一口气，睁开了眼睛，原来在体内冰晶与火魄相互转环相生之下，他的伤势已经好了六七分，挣扎着从担床上立起身来，土行孙、小仙、小千与小风见到他仿佛无事一般，都佩服得无以复加。

倚弦从担床上下来，看着远处奇湖中凭空出现的朱雀异兽，不由想起不久前取走的那颗“异水元珠”，暗道：“莫非那颗‘异水元珠’就是镇压异兽之物，被我取走才让它得以解脱，那我岂不是闯下大祸?”想到此处，他不由冷汗沁背，深深的自责起来。

幽云与桓冲等人此时醒转，见倚弦已经仿若无事一般，都不免惊讶再三。

倚弦知道方才若非幽云他们及时赶到，那个黑衣人恐怕不会善罢甘休，忙躬身向一众蜀山弟子行致谢礼，幽云当着一众剑宗弟子，自是不便表露出过分关切的神情，只是略作询问伤势之类，然后留下一个大有深意的眼神，才迎上急趋而来的秦广王。

未等众人行礼，就听秦广王急急道："轮回集看来不保，相信帝君业已感知此事，你等还是先随本王上山，一切待帝君来到，再作打算吧!"说罢，领着众冥兵当先拔起身形，飞掠遁空。

桓冲等人紧随而去，幽云转头对倚弦轻点螓首，倚弦立知其意，携着土行孙、小仙、小千与小风衔尾追去。几人到了轮回集南面的山崖之上，远远俯望下去，只见奇湖水势澎湃激荡，随着朱雀异兽的巨大身躯搅腾不安，湖水猛烈地冲撞着轮回集。

那朱雀异兽振翅飞上空中，睥睨傲视众人一周，蓦地发出一声欢鸣，巨大身躯骤然后仰，摔入水中荡起滔天巨浪，又忽然向前扑出砸入水中，掀起漫天浪潮。

奇湖湖水被它这样左冲右撞，肆意玩耍扑腾，水势愈漫愈烈，伴着奇湖湖底汹涌喷出的水柱直欲将轮回集淹没。一众集内的民众听闻此兽乃是上古异兽朱雀，均惊恐莫名，哪敢再作停留，纷纷四散奔逃，一时间轮回集中嘈杂纷乱已极。

崖上，桓冲对身边的秦广王不解问道："秦广王，难道我们就此坐视朱雀嚣张，而不去阻止?"

"你不明白!"秦广王摇头道，"此兽位居上古四大异兽之一，不但灵力、异能强横霸道，而且生性顽劣，据说当年穷尽神玄二宗之力也不曾将其驯服，只能封印镇压于某处，想不到今日却出在此处，唉……"

幽云蹙眉道："轮回集正处于纷乱飘摇之际，又添此变数，无异于雪上加霜。"

倚弦在一旁听了后，心下更感愧疚，望向土行孙，却见那厮好整以暇，昂首睥睨地站在那里，得意洋洋，丝毫没想眼前壮观场面很有可能就是由他一手造成。倚弦旋又想到此子却也从未如此风光，与秦广王这等神宗大人物并排而立，摇摇头觉得有些哑口无言。

他随即想起一个问题，对秦广王拱手道："请教秦广王，小子有一疑问，既然上古异兽有四头之多，那其他三头都在何处呢？"

此问恐怕也只有像秦广王之类的老一辈高手才能回答，所以引起了在场所有人的注意，齐齐望向秦广王，等待他的答案。

秦广王转首望向倚弦，不由倏然一惊，方才他并没有注意到倚弦，仅是匆匆一瞥，此时细细看来，却见倚弦卓立一侧，身形逸立不凡，全身上下透出一股坚韧的异能隐隐环护，却显然不是蓄意而为，一派不世高手的风范，难得的是眉宇间正气凛然，又如此年轻。

秦广王稍微一怔，道："四头上古异兽依次分名为青龙、玄武、朱雀、白虎，青龙与白虎均被我神玄二宗驯服，成为天庭、冥府二界的守护神兽。玄武异兽向来只闻其名，千数年来却少有人能见到，唯独这头朱雀孽兽生性顽虐，当年玩转八荒，傲视六合，造下不少孽障……"

桓冲听到此处，蓦地冷哼道："我却不信这朱雀真有那等能耐，难以驯服？就看今日我收了这火鸟！"说着未等众人阻拦，业已化作一道流光直冲朱雀而去。

众蜀山弟子纷纷惊呼出声，幽云暗怪桓冲太过好强，刚愎自用，但眼见同门有难，她怎能坐视不理，当下吩咐蜀山弟子不可擅离此山，就要上前救助桓冲。

秦广王连忙出声喝止道："幽云仙子万万不可任意行事，朱雀绝对不是易与之辈，而且魔宗妖孽恐怕未曾走远，一切要以大局为重啊！"

幽云本来见他阻拦，心下不悦，但听到后来也是暗自一凛，退了回来。

倚弦与众人一样，目不转睛望向奇湖水面。

只见桓冲业已仗剑飞至朱雀异兽面前，英姿勃发地在空中站定身形，对朱雀傲然道："妖兽，你在此为非作歹，惹得天怒人怨，吾乃蜀山剑宗首席弟子桓冲是也，切勿忘记你是死于我手！"说罢持剑冲向早已静了下来仿佛凝神听他说教的朱雀。

朱雀见他冲来，首先发出一声欢鸣，巨目之中兴奋的光芒大作，张开巨嘴便吐出一个鲜红浑圆的光球，飘忽忽的径直迎向桓冲。

桓冲冷笑一声，暗道："果然是一只没有脑子的火鸟，如此慢速的攻击，难道还怕小爷解决不了……”他自顾嘲笑着朱雀，提聚本身浩荡玄能将手中金光璀璨的离尘剑高高举起，做了一个自认潇洒的动作，挥洒出数十道剑气直劈光球而去——

哪知离尘剑骤然劈中光球，光球并未像他想象一般发出巨响，化作片片碎芒，而是倏地裂开一条狭长缝隙，让他连剑带人顺势落入球体之内。

桓冲心中一惊，暗道不好，隔着光球望向欢鸣不已的朱雀，却见那厮正兴奋地直打跌，还一面嘲笑地盯着他。桓冲登时大怒，挥起手中宝剑对着光壁一阵猛砍乱劈，光球只是一阵抖动却未曾损伤丝毫，桓冲更怒，没命地催动元能劈刺光壁。

好一会儿，他才觉得累了，气喘吁吁地停了下来，愤恨的望向光球外的朱雀。

朱雀此时也正巧望向他来，一双红晶巨目满是疑惑，忽然飞到空中模仿着桓冲方才动作，叽叽喳喳一番嘶鸣，似乎在示意他可以继续。

桓冲怔怔愣在那里，傻傻地看着朱雀，暗自推想道：“这……这是什么怪物?”

朱雀见桓冲半响未曾理睬于它，似乎十分恼怒，探爪抓住光球将其抛起，挥舞一双巨翅相互拍打起来。光球也十分合作，极具弹性地被朱雀敲来打去，桓冲身在球中，只觉眼冒金星，头晕脑胀，强烈的呕吐感时时折磨着他，其中妙味自是只可意会，不可言传也。

而这幅场景早已惊得所见众人瞠目结舌，而土行孙与小千、小风几个小家伙早已笑得打跌，在山地上滚做一团，还不时交流着自己的看法——

“那小子方才豪言壮语不知跑那儿去了……”小千笑着捂了肚子，双手夸张拍地直呼笑到肚痛。

“他哪里顾得上那些，只怕早已经晕头转向了……”小风已经两腿乱蹬一气。

土行孙却坐正身体，正色道：“你们两个怎可如此，人家已经落得如此尴尬境地，你们还……唉，不过他恐怕已经后悔得要钻回娘肚子里了，哈……”说罢又兀自倒地大笑不止。

玉璇拉着耀阳来到洞穴边上，伸头往下看去，只见那洞穴深不见底，红光缭绕，紫气蒸腾，同时散发出一股极为寻常的气势，虽然极为柔和，却能迫得人震惊莫名。

耀阳正自观看，玉璇一把拉住耀阳的手，纵身往里一跳。耀阳还未反应过来，哪里想跳了，刚想出口抗议，却已不及，整个人已经往下掉去，不由心中将玉璇的十八代祖宗一一招呼个遍。

那个大洞自二人跳入之后，很快便已合上，地面上一丝痕迹也没有，整个姬氏祖祠仿佛从未有过变化一般。

耀阳与胡女甫一走入地穴之中，便感觉到被一股无比玄异的脉气所笼罩，予人一种难以言语的压迫感觉，更甚至能感觉到无形脉气的纵横捭阖。

地穴中虽无灯火，却散漫着一种火红色的异芒，将整个地穴照得火红朦胧一片，充满怪异神奇的氛围。

地穴通道直向里沿伸着，前方火红色的一片，令人看不到尽头，令人心中不由泛起一种茫然而恐怖的心理。看着眼前的一切怪异景象，玉璇心中震惊万分，丝毫不敢大意，谨慎地跟在耀阳身后慢慢前行。

耀阳也惊奇万分地看着这地穴的一切，他虽然听九尾狐说过龙脉所在，却想不到这“姬氏祖祠”内竟别有洞天，有这么一处神奇的地穴，却不知里面到底是些什么？而且更怪的是这鬼方胡女玉璇又怎会知道“姬氏祖祠”中有此地穴，她想在这地穴中找什么？诸多事情令耀阳心中也不禁有些好奇起来。

但有一件非常奇怪的事令他更觉此地的魅异，便是这地穴内的地脉之气非但未给他任何的压力和不安，反而让他感觉特别舒服，体内异能竟也活跃起来，就像是人在沐浴时所感觉的那种畅快舒适。

二人行不多远，耀阳心中思感骤然一动，猛地一拉跟在身后的玉璇，道：“小心！”

话音甫落，跟在侧旁的玉璇一脚已踏在左侧的一块石板上，石板微一凹下，立时自左右两侧的石壁上射出数道白色的异芒，射在对面石壁上顿时出现数个深达数寸的小洞。好在玉璇被耀阳向前拉了一把，否则定会被那白色异芒击中，毙命当场。

玉璇惊得脸色苍白，暗叹了声好险，向耀阳投去感激的目光，问道：“耀将军，怎会知道这地穴内的机关在何处的?”

耀阳笑了笑道：“我也不知道，只是……感觉到的。”心中不禁也忖道：“自一进这地穴开始，身体就感觉特别的舒服，不知是否一身异能感应到脉气的原因，所以变得异常敏锐，似乎对于机关之类的也多有所感应。”

玉璇有些诧异的看了看耀阳，心中暗赞自己果然没有找错人。

二人继续前行，玉璇再不敢擅自乱走，跟在耀阳身后小心向前。

走在前方的耀阳骤然思感再动，感应到机关的所在，身体一顿立足不前，跟在身后的玉璇一时反应不及，娇躯直撞在耀阳的虎背上，耀阳顿时感觉到那柔软而极富弹性的酥胸撞在后背的波涛汹涌，心中不由一荡，想起昨晚的一番胡为，顿时不由食指大动，遐想联翩。

带领玉璇躲过机关，继续前行，耀阳却一路上有意无意地忽然立足不前，令玉璇动辄撞个满怀，令他颇为享受那动人的感觉。玉璇经几番如此感觉到耀阳充满男子气息的虎躯，也不禁想起昨晚的种种，脑中思绪紊乱，顿时羞红满腮，好在地穴中满是红色，还不易被耀阳所察觉。

二人都各怀心思慢慢前行，前方的耀阳忽然又立足不前，玉璇的娇躯又撞了上去，不由略显羞怒地嗔道：“你有完没完呀!”

耀阳心中当然明白她的话中之意，暗自笑了笑，转身道：“不是我没完，而是前面确实有些古怪。”

玉璇脸上一红，向前看去，只见前方通道突然分岔出四个通道，玉璇见状脸上骤然一变，神情变得严肃郑重，凝神沉思起来，过了一会儿才道：“这是一种玄门阵法，分东青龙、西白虎、南朱雀、北玄武四方四象，从而形成一副龙行四方的格局，是一种衍生龙脉地气的法阵……”

耀阳闻言心中微震，想不到这地穴内除了重重机关外，还有这等玄奥的玄门阵法。若不是他的异能感觉到地穴内的机关所在，只怕他们连在地穴中走出三丈，都会觉得异常困难，甚至还有毙命当场的危险。

玉璇伸出纤细玉指掐算起来，然后道：“此‘龙行四方大阵’威力无穷，若是有一步踏错，都有可能被浩龙地气交缠不休，最后难免毙命于此，所以我们一定要小心，请耀将军向左走出一步，踏乾位。”

耀阳依言而行，玉璇也随之而行。一路上玉璇不停掐算，与耀阳一起踏足不同的玄奥方位，一直向阵心行去。耀阳虽然不明所以，但心中也渐猜到了些端倪，原来这鬼方胡女玉璇此次威胁他一起进地穴，应该是与姬氏一族的龙脉有关。

二人小心翼翼地向前行着，玉璇一路掐算指点，终于穿过通道来到阵心，只觉眼前豁然一亮。

二人来到一片宽敞的洞穴中，面前一堵龙麟般的山壁霍然竖立。

龙麟山壁表面如龙麟，光滑而细腻，让人看上去感觉石壁竟如有生命一般。龙麟山壁的前面是一个造型精致的回形水池，弯弯曲曲成蛇行状，盘旋至二人面前，更令二人震惊的是，那池心赫然有一条真龙畅游其间，全身金麟闪闪，仰首吐须，似乎极其欢畅，而池中水来自龙麟山壁的渗透，从池中顺延而出，到了地穴中竟化成一股火红的脉气，衍生笼罩整个地穴，当真神奇至极。

耀阳难以置信地看着眼前的一切，这才真正相信此处便是传说中的龙脉所在。

那玉璇却一脸兴奋莫名的神情，心中欣喜若狂，拿出一样钵状的法器，当即捏动“拜火圣教”的“焚天圣诀”布下法阵施起法来。

只见钵体中升起一团黑气，映照出此时玉璇闭目施法的狰狞面孔，她驱使黑气宛若一张巨大的黑网一般，向着龙麟山壁吞噬过去

耀阳见状大惊，喝道：“你做什么?”心中这才明白玉璇千方百计的进入这“姬氏祖祠”地穴，原来是想破了姬氏龙脉，当下上前夺过她手中的法器。

黑气失去钵体的依附，顿时消失得无影无踪，玉璇脸色一阴，怒道：“将法器还给我!”

耀阳退后一步，毫不相让地道：“你休想，想不到你们鬼方国表面上是来西岐结亲，背地里却原来是为了千方百计地进入祖祠地穴，破坏姬氏龙脉，果真是居心叵测。”

玉璇冷冷地笑道："西岐国之所以能国盛民强，无非是靠这得天独厚的龙脉相助，我鬼方国若得此龙脉也定会国富民强，将来更会有机会一统天下，如若不能拥有自然就应毁去龙脉，让任何一方都休想独得此脉。"

耀阳不禁嘲讽地看着她道："的确，拥有龙脉相助确能起到一定作用，但你有否想过，若你国国主不懂治国之道，那就算给你十个龙脉也是无用，若你国主懂得治国之道，就算不借用什么龙脉也同样能国盛民强。"

玉璇闻言神色一黯，似是被耀阳的话震慑住了一般，旋又冷笑一声道："少说废话，你快将法器还给我，否则你的那三个红粉知己只怕就要吃苦头了。"

耀阳见她威胁自己，心中不由更是怒不可遏，但他思忖片刻后，心中又不愿就此拿妲己三人的性命开玩笑，正犹豫再三之际，手中钵体一滑，已然被玉璇夺了过去。

玉璇接过法器，再次捏定"焚天圣诀"，法器顿时耀起一团黑芒，愈加阴盛起来。

便在此时，地穴上空忽然有个苍老的声音传来——

"姑娘，姬氏一族向来勤政爱民，广施善缘，再则天降瑞兆，预示圣主诞西，此是天意！你真的要破坏龙脉，做出这等违逆天命的事吗？"

玉璇忽闻人声，立时收敛法术，冷笑道："龙脉乃姬氏一族的命脉，我早猜到此番不会如此轻易破坏龙脉，请阁下现身吧，我倒想看看是哪位高人能拦住本姑娘破坏龙脉。"

耀阳心知鬼方之人以妲己三人的性命为要胁，自己实在无法阻止这玉璇破坏姬氏一族的龙脉，正担心她会轻易就将姬氏龙脉毁去，现在见有人出面阻碍，他心中也不禁松了口气。

"哈哈，姑娘要见老夫吗？我老夫可有好久没见过人了。"那声音笑道。

耀阳与玉璇这才发现那说话人的声音来自龙脉地穴上方，抬头望去，只见一个长得干瘦，面上毫无血色的侏儒老者被锁链紧紧锁贴在岩壁上，一身破烂不堪的黑袍，散披着乱发。

耀阳还以为此人是被囚禁于此，不禁问道："老人家，你是因为犯了什么错才被囚禁于此的？"

那干瘦老者从刚才他抢玉璇法器，阻止玉璇破坏龙脉看出他是被玉璇所迫，又听他方才一番龙脉国运的见解，心中对他倒是极有好感，笑着回答道："小兄弟，老夫并非被人囚禁于此，而是老夫当年因修炼一门无上法道，由于种种原因，最后差点走火入魔险遭死厄，好在太姜夫人慈悲为怀救了老夫，还让老夫在这龙脉地穴中借脉气缓住本体经脉石化。"

耀阳闻言点头道："原来如此!"他看着老者被锁在岩壁，似是无法动弹的模样，心中毫无来由的为之黯然。

玉璇急于破坏龙脉，见耀阳竟与那老者闲话起家常，怒叱道："耀将军，你给我拦住那老家伙!"言罢又轻声在他耳旁说道，"别忘了你的三位美人姑娘正等你回去见她们。"

耀阳见她又以此来威胁自己，不由怒目而向，却又无可奈何，一时不由左右为难起来。玉璇似是知道耀阳不会这么爽快地同意，趁他左右为难分神之际，突然自怀中取出一道魔符印在耀阳背后。

那侏儒老者见玉璇掐诀驱动魔符之法，立时惊呼道："摄傀符!"

原来这"摄傀符"乃魔门九大灵异符法之一，与金傀符有着异曲同工之妙，虽不能控制人的神识，却能控制受制之人的行为。

可惜耀阳发现危险时，已是为时过晚，那魔符已化成一道绿芒隐入他的体内。玉璇念动咒诀，耀阳身体不受控制地上前数步，体内元能汹涌而出，手捏"七真妙法指"，"乾天炎龙诀"化作一团烈焰径直向老者击去。

那侏儒老者右手暗捏一法诀，顿时至强的魔能透体而出，不慌不忙的于身前布下一道魔能结界，烈焰击中结界顿时爆散而开，结界如波一荡，随即卸去化为无形。

耀阳无奈地叫道："老人家，你注意防守了，我现在根本无法控制自己的行为……"

话未说完，他体内元能再汹涌而至，"乾天炎龙诀"立时又再发出，五道五行玄能由五指散发而出，化作五道烈焰元能，在空中划出道道玄异的轨迹直向那老者袭去。

一旁的玉璇一边操控耀阳，一边念动咒诀，手持法器布下法阵施起法来，手中钵器耀起一团黑芒，化作一条黑龙直向龙麟山壁击去。只见那条黑龙甫一接近龙麟山壁，龙麟山壁立时自行结成一个金光结界，玉璇暗再施力，黑龙怒喝一声，张牙舞爪直向结界撞去。

那侏儒老者见耀阳再次身不由己的发出元能攻击自己，体内魔元异能也随之再次迸发，在体外形成一个更为强大的元能结界将耀阳所发五道玄能烈元尽数卸去，而结界竟也因那五道玄能的强大而立时分崩离析，化为无形。

老者心中不由暗暗震惊："这年轻人年纪轻轻，没想到法道修为竟会如此高深，难得……"

未等他再做多想，耀阳又已发出一道更为强厉的烈焰玄能，直向他袭至。老者面上微是一讶，体内魔能运转不息，已然如海涛般汹涌而发。

趁着这瞬息间的工夫，玉璇所施法的黑龙已渐占了上风，将龙麟山壁所发之结界撞破，张嘴咬住山壁，开始不断吸收山壁所流之水，龙麟山壁如有灵性一般，开始颤抖起来。玉璇见成功在望，不禁喜上心头，再次加强法力，定要将这龙麟山壁的流水吸干，令这龙脉再无生气就此毁去。

耀阳一边身不由己地向那老者攻击，一边却也注意到玉璇那边的进展，见山壁颤动甚而出现一条条裂逢，龙脉之气喷之而出，心中也是大急，却又感无能为力。

便在这千钧一发之际，耀阳体内的"归元异能"在魔符强行驱动之中骤然觉醒，身形曳然一顿，一时间脱开了玉璇的控制，那老者的魔灵异心立时感应到他的变化，忙腾身而起，运体内无匹魔能贯入耀阳头顶，耀阳顿觉到那股强大魔能在体内寻经导脉，知道是那老者想要助自己破除"摄傀符"的控制。

他忙运转五行玄能随魔能而行，两股强大的元能立时发生作用，只见隐入体内的"摄傀符"被老者及他的体内异能齐齐驱出了体外，身体顿时感觉一松。却不再多想，"乾天炎龙诀"骤然发动，无匹异能化成一条火龙直向玉璇施法所放之黑龙袭去，黑龙立时被击得支离破碎，化成黑色粉芒散落无形，及时地制住玉璇意欲破壁涸水的举动。

玉璇大怒，还未及敛法之际，老者已飞身将她制住，令她动弹不得，呆立当场，只是怨恨地瞪着耀阳，竟再也说不出半句话来。

虽然阻止了玉璇破壁涸水的举动，但龙脉之气却已溢出，池中真龙感应到不平常的危险气息，早已在池中焦急而慌乱地流动，忽地发出一声龙吟飞腾欲出。

耀阳见状急道："老人家，龙脉已经破损，不知可有解救之法?"

侏儒老者见状也是着急，道："年轻人，唯今之计只有你依我之法去做，也许……还能挽救龙脉……"言罢指引耀阳以身为本，运转体内异能飞至龙麟山壁，双手撑住整块岌岌可危的龙壁。

耀阳依言而为，体内元能倾尽而发，飞身扶持着整块龙壁，但扑腾而出的龙脉之气何其强悍，令耀阳呼吸几乎为之一窒，但他抵着强大莫名的压力拼死扶着龙壁。喷之而出的龙脉之气实是太过强悍，耀阳虽拼尽全力却仍是渐渐不支。

被制住的玉璇见此心中大喜，只要毁了龙脉，她此行的目的就已达到。

老者焦急万分地看着耀阳，却见耀阳脸上露出豆大的汗珠，浑身竟开始颤抖起来，应是无法再抵抗强悍的龙脉之气，眼看便扶持不住欲毁的龙壁，心中顿时升起绝望的念头，想不到姬氏数百年的龙脉竟会就此毁于一旦。

就在耀阳也以为龙壁难保之际，体内的"归元异能"如梦忽醒般活动起来，如涛般汹涌而起，五行化一，那种予养于战的元能运行之法自行运转开来，耀阳立时全身耀出玄异紫芒，那异芒在体外循环而行，引导着龙脉之气遁一诡异的轨迹运转不息。

耀阳体内的"五行玄能"被牵引立时也迸发而出，与"归元异能"一起导引着龙脉之气先是流入体内再又缓缓逸入耀阳脚下的龙池，此情此景直令人震惊莫名，叹为观止。

池内本欲飞腾而去的真龙再次感应到龙脉之气的柔和，如鱼得水般恢复原状不再躁动，欢快地又在池中欢腾游曳起来。龙壁在龙脉之气回归之际，也在短短时间内自行修复起来，逐渐变得如初时一般完美。

剑宗众弟子对地上三位活宝自是怒目以对，冥界兵将却个个面色古怪，只有幽云与秦广王面露忧虑之色。

倚弦尴尬地对众剑宗弟子笑了笑，猛对地上三个不知检点的家伙打了个眼色，那三人却对他不理不睬。倚弦无趣地摸摸鼻子，望着奇湖水中玩的不亦乐乎的朱雀异兽，忖道："这个大鸟看来并无伤人之心哩，不过玩腻了就难说了，还是尽快想个办法为好。"

偏偏就在这时，一条黑影骤然腾空而起，出现在朱雀身侧，澎湃汹涌的元能激荡而出，直袭朱雀。

朱雀怎会感应不到，挥翅便将他的妖能悉数格开，又挥翅将装了桓冲的光球弹出，直看着桓冲在轮回集撞倒两所民居，光球才破裂开来，朱雀这才转过头来，仿佛发现新鲜玩具一般兴奋，盯着黑衣人左瞅右瞅。

蜀山剑宗弟子之中立刻飞出两人，进轮回集将桓冲救起，架回山上。

倚弦、幽云却都在盯视着朱雀与黑衣人的举动，倚弦瞧出这人正是方才与自己交手的黑衣人。

秦广王在旁面色凝重，喃喃自语道："他想激怒朱雀，无非会引发洪灾，水漫轮回集而已，这对他来说有何好处，难道还有什么企图不成……"想到此处，他不由向轮转山方向望去，顿时想到一种让他惊骇莫名的可能性，令他浑身巨震，大呼道："不好，难道他意在驱使异兽捣毁轮回六道!"

他此言一出，顿时震惊全场，众人都不敢预料轮回道被毁将会引发怎样的可怕后果。

但为时已晚，朱雀果然被黑衣人拼着两败俱伤的方法击伤，震天嘶鸣冲天而起，其中饱含的怒意摄人心神，而黑衣人业已负伤逃遁。

朱雀振翅掀起漫天水浪，袭向轮回集，如此折腾一阵，轮回集的结界业已被浪涛轰然撞破，房屋倒塌，人群拥乱。朱雀又自发出一阵吟鸣，蓦地钻入水中消逝不见，倚弦站在山顶，与一众人面面相觑，均不知这朱雀下一步会做出什么可怕的举动。

果然，奇湖湖底喷出的水柱倏地变大，四处喷射崩暴，直将四周礁石冲碎，又直奔轮回集而去。水浪骤然掀起，冲天激射，漫天红芒射出，朱雀破浪而出，仰天怒鸣一番，振翅落到轮回集，抬足肆意践踏，每次拍翅举足均扫倒一片房舍。

而这时早已隐去的魔宗众人，纷纷现身，袭击朱雀。

远处观望的神玄二宗众人暗自诧异，暗道："这些奸邪妖孽这次怎会如此好心？"

土行孙、小千与小风三人却齐齐欢呼道："这次好玩了，咱们不用出手，只管看他们狗咬狗好了！"

倚弦却知事情肯定并非如此简单，他脑中念头未定，就听秦广王不以为然地凝重道："非也，他们并非存有好心，而是志在引朱雀前往轮回道！"

众人极目望去，果如秦广王所料，魔宗人边打边退，正蓄意将朱雀引往轮转山方向，众人相继骇然之时，秦广王又道："幽云仙子，你与剑宗弟子前去阻止魔宗中人，本王去将朱雀引开。"

众人也不多话，依言而行，兵分两路直扑轮回集。

由于此事极为凶险，倚弦吩咐小仙三人与土行孙留在此处，然后才紧跟幽云身侧而去。

此次情况危急，倚弦再不隐瞒实力，未到人前，已经唤出龙刃诛神，直劈魔宗众人其中一人而去，意欲一招败敌，那人也感觉到倚弦剑上所附浩浩异能，不敢大意，举起手中兵刃全力还击。

双方短兵交接，尘土飞扬。

劲道旋风骤起，轰然发出一声巨响，暴出青蓝光芒，耀射漫天，风消尘散后，对方露出一副倚弦极为熟悉的面孔，正是共工氏后起之秀——淳于琰！

倚弦瞧得他真面目，更加不会留手，冷笑一声抬剑狂猛攻击。淳于琰被其凛冽气势以及浑厚元能所骇，一招受制，先机尽失，只得挥动姹女魔杖，护住周身，疾风般奔走，觅机反击。

就在这时，一直不离他左右的四象魔顾不得隐去面目，已经纷纷赶来加入战圈，各施手段围攻倚弦，更列起四象魔阵，淳于琰立时嚣张起来，大呼绝不可放过倚弦。

一时间，彩光异芒，流离飞溅。

倚弦的身侧，四象魔将如影随形，窜下跃下，弓身弹旋，穷追不已。淳于琰在旁白衣飞舞，面露嗍瑟，手臂屈弹，魔杖挥舞，直逼得交手经验不足的倚弦险象环生，步步危机。

就在倚弦逐渐不支之时，耳中忽然传来清丽娇声："夫剑者，万器之灵，内蕴识神，神与神通，以心御之，心乃神念，以剑合神……"他知是幽云暗中襄助，所述正是蜀山剑宗上乘剑术"凤鸣九天"的秘诀要义。

百危之中，倚弦四下寻觅，终于在百千身影之中，看到了那道孤傲而纤细的身影。他的心中登时升起一股豪情壮志，体内异能成倍飙升，心念电转之间，已然悟通其中道理，然后右手持剑，左手五指接连舞动，拇、食、中三指闪电般交错点舞，龙刃诛神也随之舞动，惊涛骇浪似的异能鼓荡而出。

四象魔将的阵法立时受制，不由怒叱连连，念诀不断，魔能激荡如狂风疾舞般流溢而出。四人仿佛狂性大发，对倚弦发起一连串的猛烈攻击，淳于琰蓦地放声大笑，不再嬉戏，挥动魔杖，将他不知为何一直隐藏的真正实力爆发出来。

倚弦此时不再束手束脚，耳边听着幽云传音的剑诀，不慌不忙的展开龙刃诛神，四象魔将与淳于琰根本近身不得，忽然间，倚弦抖手一震，叱喝一声，施展出"凤鸣九天"所载的上乘剑技，紫芒暴亮，神龙再度出现，昂首睥睨，怒吟出声，化作漫天剑势将几人卷入其中。

刹那间，四象魔登时身躯巨震，淳于琰也是受势不住身形微晃。

倚弦突然弹跃而起，紫色神龙倏然消失，龙刃诛神带着幽紫剑芒电扫而至，狠狠扫过四象魔将。

四象魔将只觉嗓子一甜，一口鲜血喷射出来，身子被震得朝后飞出，重重撞在十余丈外房屋上，淳于琰也不好过，精雕细琢的脸庞一派狼狈之色，匆匆退后，引着四象魔将转瞬消失不见。

此时，秦广王阻挡不成，已被朱雀击伤，也被魔宗中人缠上。而那朱雀又再度陷入被魔宗妖孽围攻之局，它接连被人伤害，不由凶焰更涨，咆哮怒嘶，却又不肯就此离去，蓦地周身燃起火红焰火，一举震退身旁魔宗高手，庞大身躯携带无匹劲势扑入人群当中，左冲右撞，眨眼间即有数十人丧生在它翅爪之间。

幽云不忍本宗弟子惨死，娇吒一声挥剑冲上，朱雀看也不看，遮天盖日的巨翅拍砸而下。眼见幽云即将香消玉陨，倚弦在旁看得睚眦欲裂，怎奈距离太远，根本由不得他及时扑救。

却不料此时桓冲横里冲出，布起一道金光闪耀的结界挡在她的身前。但这怎能挡住朱雀饱含异能的一击，顿时金芒四散，鲜血冲涌，桓冲立时身负重伤，瘫倒在地。

幽云心神巨震，她从未想到桓冲师兄竟然愿意为她而——

死！

朱雀仿佛认出被自己所伤的人，正是方才被自己玩耍的人，登时发出一阵得意鸣叫。却不料幽云含怒一击已近在眉睫，祭起的灵睿剑划过虚空，遥刺朱雀巨目，猝不及防，朱雀虽躲开致残一击，却也直中眉心，鲜血长流。

朱雀虽先前曾被人击有小伤，但怎及此处伤势，朱雀登时大怒，扬爪振翅，直攻幽云而来，丝毫不理会冲上前来的剑宗弟子，幽云终于再次陷入险境。

倚弦业已及时赶到，悄然挡在已经彷徨失措的幽云身前——

第六十一章　洪荒异兽

龙刃诛神犹如神龙飞天，带着倚弦遁向异兽。那异兽虽然不惧任何剑器法器，任秦广王等人使尽法器攻击，也未见有任何损伤，但此时倚弦的龙刃诛神甫一飞出，异兽立时低吼一声，看着龙刃诛神那凌厉的紫色剑芒，眼中精芒略减，低鸣一声，鸣啸声中隐含惧意，后退几步，将一片房屋踩倒。

倚弦趁机一把抱住已受重伤的桓冲，拉起已经被惊呆了的幽云，飞身躲开。蜀山剑宗的弟子自动上来替桓冲疗伤，幽云见桓冲竟然为他而受重伤，不由珠泪盈眶，赶紧运用元能替他疗伤。

倚弦见朱雀在那里大声怒啸，双翅乱扑乱拍，发出无数焰火，溅到四周房屋上，立时轰地一声烧了起来，而它那巨大的双脚到处，更是摧枯拉朽般地使轮回集沦为一片狼藉。

倚弦见朱雀再这么破坏下去，轮回集必然荡然无存，想起自己龙刃诛神指向朱雀时，它曾露出惊悸的神情，看来这庞大的异兽对龙刃诛神十分畏惧，若是自己出手，说不定能降服它。当下他和众人说了，要众人退后，自己独自出手。

幽云、小千、小仙诸人都不赞成，但看着重伤的秦广王、桓冲等神玄二宗众人，倚弦知道自己再不出手，轮回集就完了，便独排众议坚持要去收服异兽。众人虽然知道这样做很冒险，但看着发怒的朱雀，想到倚弦这么做也是没有办法的办法，于是只能护着诸人退至绝崖之上，紧张地看着倚弦如何出手收服朱雀。

倚弦深吸了一口气，以冰晶火魄与归元异能运转“通玄剑心”，将龙刃诛神平举在胸，发出数丈紫湛湛的龙形异芒，一步一步逼近朱雀。

朱雀见倚弦逼近，感受到他手上的龙邪诛神发出强大至极的剑气，受到此等威胁，它不由低吼一声，双翅急拍，发出繁星点点的火星，如万点流星急泄扑向倚弦，谁知竟然被倚弦发出保护自身的“绝龙壁”结界弹了开去，根本阻止不了倚弦前进的步伐。

朱雀显然对龙刃诛神有着极大的恐惧，仿佛那便是它的本命克星一般，眼看“龙刃诛神”慢慢地逼近，它也只有一步一步后退，但是陡然间只听得一声异常愤怒的咆哮声响在轮回集上空，朱雀目中凶芒大盛，双翅扇处，轮回集房屋又倒了一大片，前次令桓冲重伤的火红光球再次自它那巨口中吐出，且比前次大上数倍，直扑倚弦袭来。

显然是它不甘受龙刃诛神的压制，想进行反攻。

那火球将倚弦连带护身结界齐齐裹住，眼见两种光芒相击，轮回集上空现出光怪陆离之色，倚弦感到那火球有着极大的阻力，令他丝毫前进不得，心下不由略感焦躁，眼见朱雀一双巨大的眼神十分惊恐地盯着自己手上的龙刃诛神，双目间被幽云刺伤的地方淌出鲜血，当中一个小团肉球不停乱颤，心中一动，想起适才幽云方才飞剑激怒它的事，立时明白朱雀的弱点一定在那双目之间的小肉球上。

想到此处，倚弦当下运起“通玄剑心”，默运“凤鸣九天”之“御剑术”，心剑合一之下，绵绵不绝的思感催发龙刃诛神自他手中缓缓飞出，破开朱雀喷出的火球，恍若闪电一划而过，发出一道紫魅色的光芒，破空飞向朱雀，只听朱雀惨叫一声，在场众人定睛一看，都被眼前这场面震惊了——

只见那高及数十丈的上古异兽朱雀呆立在那里，混身颤抖，双目一眨不眨地看着前方，又是惊恐又是绝望，只见倚弦那柄龙刃诛神正悬空而立，指向朱雀双目中的小肉球，发出冷森森的紫芒，不论朱雀如何移动笨重的身躯，龙刃诛神始终对准它那处弱点所在。

倚弦以心御剑，指挥龙刃诛神一点一点地逼着朱雀缓缓后退，直至最后回到奇湖之中。朱雀异兽被逼泡在水中后，便不再咆哮发怒，兀自在水中游离开来，惧怕的眼神始终盯视着岸上的倚弦。

而此时的倚弦居然收回了龙刃诛神，这不由让幽云等众人又是不解又是紧张，不解的是他此时为何突然收回龙刃诛神，紧张的是万一朱雀再次发怒，倚弦一个应付不对，只怕是凶多吉少。

倚弦却不这么想，他深信这等万年异兽定然通灵，可以听懂他说的话，便温和地扬声道："你放心，我不会伤害你，我知道你也不是有心要破坏这个地方，但是你的个子实在太大了，我必须要把你送到一个可以让你自由活动的地方去。"

看着倚弦友好诚挚的目光，异兽开始渐渐平静下来，在湖水中低低地嘶鸣着，似乎是听懂了倚弦的话一般，眼神中不再充满反抗的情绪，倚弦大喜，一步一步走向朱雀。

正在照顾桓冲的幽云与秦广王、小仙等众人在远处齐声喝阻，倚弦摆了摆手，示意他们不要说话，径自走向异兽。在万千轮回集民众的瞩目下，倚弦长身傲立的身躯慢慢走向朱雀异兽，他将一身的剑心杀气、冰晶火魄、归元异能统统收敛起来，心神透彻，仿佛重又回到了孩童时代一般。

他伸手接住一片徐徐飘落的叶片，含在口中，悠然吹起了花子爷爷从小教他们的叶笛曲！

"剑心通玄"的心笛之音飘扬在轮回集上空，清空飘灵，温厚柔和，犹如在青山之中，清溪流泉，水声淙淙，与满山松涛交奏，令在场众人耳根一清，涤烦蠲虑。

朱雀也将一双奇大的眼睛眯了起来，显然非常享受倚弦所吹的叶笛曲，在湖水中游来游去，弄得奇湖中水花四溅，还时不时低声欢鸣，与倚弦的笛声相互迎和。

倚弦见它天真可爱的模样，顿时童心大起，将身一转，纵身跳在空中，只听"扑通"一声，他以一个潇洒的姿势跃入水中，游到朱雀身边，扬手一掌击起一股水箭，不轻不重地正打在朱雀身际。朱雀在水中倒退一步，歪着头看着倚弦，咕噜噜怪叫，然后一扬左翅，也溅起一股大水花，扑头盖脸地落了倚弦一身。

倚弦哈哈大笑，也不示弱，两掌连挥击起许多水花射向朱雀，一人一兽就这样在奇湖中忘乎所以地玩耍起来，看得岸上的人们个个目瞪口呆，不敢相信双眼所看到的事实。

相处的越久，倚弦惊喜地发现，他与朱雀之间可以形成类似他跟耀阳一般的思感交流，虽然他无法听懂朱雀的号叫，但却能心领神会朱雀所要表达的意思，不由对它越来越喜爱。最后，他在水中飞身而起，抱着朱雀巨大的脖子，哈哈大笑起来。

胡女见耀阳以身度脉，续足龙脉之气，不禁震惊万分，想到自己计划落空，她脸上顿现失落至极的神情。那老者见此更是心中剧震不已，他万万想不到这年轻人竟有如此能力。

老者笑道："年轻人，你能救回龙脉便等于救了天下苍生，实在功德无量。"

说话间，老者见耀阳度了一身龙脉之气，身体内所隐现的气势竟变得同之前完全不同，眉目之间更颇具皇者霸气，心中震惊难安，不敢肯定这预示着什么。

耀阳感到掌中的龙壁已然完好无损，便行至老者身旁，正要说话之际，却被老者阻拦道："年轻人，你等等……"心下忐忑便空自掐指盘算起来，哪知盘算良久却仍不得其结果。

耀阳见老者行为古怪，忙问道："老人家，有何不妥吗?"

老者强压着心底的震愕，笑道："没什么，只是你度了一身龙气，将来定会有非凡成就。"

耀阳自觉并没有什么异样，闻言笑道："多谢老人家的吉言。"顿了顿又道，"老人家，不知为何，自我第一眼见到您便有种亲切的感觉，似乎我们曾经相识……"

老者笑而不答。耀阳继续说道："这种感觉让我想起一位故人来……"

老者神色一变，惊问道："哦？你的一位故人?"

"或者是因为身形比较相似的缘故。"耀阳脸上神情也是一黯，道："那位故人名叫土墼……"

那侏儒老者甫一听到这个名字，神情变得激动无比，心中震惊莫名，久难平复。

耀阳见他如此大的反应，忙问道："老人家，怎么了？"

老者激动得一把握住耀阳的肩头道："老夫也是有炎氏一族当年的四大长老之一，可惜因为身脉走火入魔而受伤，一直无法离开龙脉，所以久已不知其他有炎氏的下落了……"言罢又问道，"土……土鏨，他现在还好吗？"

耀阳听老者说他也是有炎氏的长老，不由心中大喜，又听他问起土鏨，不由长叹了一口气，将自己与倚弦如何见到土鏨，以及土鏨为救自己兄弟俩，在与玄冥帝君一战中施展"元灵焚体魔诀"自毁其身而亡的事一一说给了老者听。

老者听耀阳说完土鏨的遭遇，不由神情黯淡，老泪纵横，向耀阳行了个跪拜尊使的礼节，道："土炎拜见尊使！"

耀阳忙扶起老者道："老人家千万不要多礼！我们兄弟两条性命都是有炎氏所救，怎还敢妄称什么尊使！"

"尊使便是尊使，即便是我们为此失去性命，为了有炎氏一族的日后命途，我们也不会皱一下眉头。"土炎摇头叹息，从栖身的岩壁中拿出一卷典籍递给耀阳道，"尊使，土炎的一副朽身暂时还不能离开此地穴，这部卷籍不如就交由尊使保管吧，所以老朽只能拜求尊使一定要复我有炎氏一族，也让土鏨在天之灵得以安慰。"

耀阳接住典籍，随手看了看，却因漫目脉气红光，根本不及细看，忙道："您老人家放心，小子从不曾忘记过土鏨前辈的叮嘱！"

土炎满心欣慰地笑道："那土炎就放心了……"旋又想起什么，指着瘫倒在地的玉璇，道："我开始听那女子说，你的家室被她挟胁，是吗？"

耀阳无奈点头道："是的，她们以此威胁我前来，却没有想到她原是想毁去这姬氏龙脉。"

土炎道："现在此女在你手上，你大可将她当作条件，将你的家眷换回。"

耀阳想到蒙浩对玉璇言听计从的模样，大喜点头道："此法的确可行！"

土炎笑道："这世间的明争暗斗，尔虞我诈，实在是太多了，尊使日后不但要多加小心，而且也必须学以致用才好，如此方才不会受制于人！"言罢，土炎将出穴之法详细告知耀阳后，道，"尊使，快点出穴救你的家眷吧，别耽误了时间。"

耀阳向土炎施了一礼，道："那在下先行出穴了，炎长老好好保重。在下只要找到可以帮助前辈的办法，一定会来救你出去的。"

土炎叹息着笑道："老夫一把老骨头倒是不做他想了，现在趁着还有些用处，借一具残身来回报太姜老夫人的大恩罢了，所以只望尊使能好好光复我有炎氏一族，土炎就老怀欣慰了。"

耀阳毅然点头道："耀阳一定会记得。"言罢他与土炎作别，携带受制的玉璇按土炎教的出穴之法登上地穴，好在祖祠非是寻常人可至之地，他出得外间安然出宫而去。

此时天色已近黄昏，耀阳携玉璇片刻不停地直往郊外奔去，准备以玉璇为条件换回妲己、人儿、梅若冰三人，然而当他赶到郊外时，却发现那处石洞早已是人去洞空。

耀阳无奈地将玉璇放在地上，质问道："快说，你们将我的家眷带到何处去了？"

玉璇一脸得色，道："耀将军，你认为我会告诉你吗？"

耀阳心中怒火中烧，喝道："你说是不说？"

玉璇一副不以为然的模样，笑道："其实，要我们放了你那三位如花似玉的家眷也不是不行，但你首先要将我放了，当然你也可以不放……"

耀阳暗压下心中的怒气，无奈地解开她受制的法术，没好气地道："现在，你可以说了吧？"

玉璇站起身来，故意活动了一下筋骨，才缓缓道："我们放你家眷的条件容易得很，只要耀将军趁典亲之良机，帮我们搞乱西伯侯众公子之间的关系。我们可以保证，典亲一事完毕，便自然会放了她们三人。"

耀阳闻言心中更怒，却又无法发火，知道自己中了对方的连环计，对方摆明了就算自己陪着玉璇毁了姬氏龙脉，他们一样不会放过自己，因为如此一个大秘密岂能让一个局外人知道呢？但现在妲己三人仍然在他们手中，他偏偏一点办法也没有，心中唯有叹息了一声，知道只怕还要任由这玉璇肆意摆弄。

玉璇见他一副敢怒不敢言的模样，笑道："耀将军需要考虑一下吗？"旋又道，"其实我也看得出，耀将军对那三位红颜知己甚为关心，所以我想耀阳将军定不会反对我的提议。"

耀阳愤怒地看了看她，狠声道："我虽然不相信你们会遵守承诺，但我只希望你们在这段时间里不要为难我的女人，否则……"耀阳一身玄能透体而出，硬生生将玉璇控制在三步距离之内，霸道的元能力量如山般压顶而下，一字一顿道："我定不会饶过你们任何一人！"

玉璇此时被耀阳的气势所震，尤其是她从耀阳震怒的神情中看出一种霸道非常的隐含气势，心中一凛，不由自主令她想起心目中最是惊惧的那张面孔，不禁打了个寒战，强装笑容道："放心，我们一定言而有信！"

耀阳看着她那副绝美的容颜，却再也不愿与她多呆片刻，御起"风遁术"径直向城内遁去，玉璇望着他远去的背影，露出一个得逞的笑容。

耀阳回到将军府时，已是夜幕降临。

耀阳刚一入府，便见几位胡女施法幻变的梅若冰、人儿与妲己惺惺作态地迎了上来，阳奉阴违地说着话，心中不由烦闷之极，于是也懒得理睬她们，独自一人吃过饭后呆呆坐在厢房，望着烛光不禁想起妲己等人，忖道："不知妲己、人儿、冰儿三人现在怎么样了？"

他微微一叹，不由又揣测起那玉璇的真正身份，还有她此次来西岐的企图，她先是千方百计地要毁去姬氏一族的龙脉，而后又要求自己破坏西伯侯众公子之间的关系，她这样做难道只是为了企图颠覆西岐吗？他再一想到妲己、人儿与梅若冰三人被玉璇控制着，自己现在投鼠忌器，忌惮之下实在不能违抗玉璇的意思，唯有对她的要求言听计从。

他转念又想起了小千与小风，这二人身怀异术，如果此时能在他身边的话，定能用他们的千里眼与顺风耳找到妲己三人被困何处，然后自己就可以去救了三人出来，再找那玉璇好好算这笔账。念头转处，不禁脑中又浮现小仙的娇俏模样，记起当日小仙被梅若冰气走，不知现在怎么样了……

脑中思绪纷至沓来，混乱之极，最后耀阳愈觉烦闷不畅，正觉百无聊赖之时突然想起土炎给他的卷籍，当即拿了出来，端在灯下细细一看，顿时震惊莫名。

只见古旧的简册封皮上有四个破损不堪却异常醒目的字——

《幻殇法录》!

原来这卷籍竟就是土鏊曾经提及过的魔门典籍——《幻殇法录》!

耀阳顿时忍不住欣喜地惊叫一声，如获至宝地翻看起来。一看之下，才明白原来这卷《幻殇法录》中收录了魔门数千年来费尽千辛万苦得来的神魔玄妖四大法宗各门的法道秘诀及修习方法，珍贵非常。

耀阳甫一翻看之下，便不能自已，如饥似渴地看着卷籍中所记载的各种法诀，自他融“归元异能”和“五行玄能”于一身之后，以其过人的天赋不断结合《玄法要诀》、《阴阳法要》及“轩辕图录”等玄门要诀潜心苦修，再经过与几大高手的生死对战，这才有了今日的不俗成就，此时见到更深层次的《幻殇法录》，顿有如虎添翼之感。

不知不觉间，耀阳沉迷在各种法诀之中，浑然忘了时间，不觉间竟已到半夜。

耀阳忽然心中思感骤动，登时知道有人来了，于是暂且收起了《幻殇法录》。果然，不到片刻房门就被推开了，身着紧身华美胡服的玉璇笑吟吟地走了进来。

耀阳冷冷瞥了她一眼，哼道：“大美人，不会又有什么条件要提出来吧?”

玉璇笑靥如花，走到耀阳面前，温柔无比地道：“耀将军说到哪里去了，人家是特地来看望你的。”

耀阳冷哼了一声，道：“哦?你有这么好心吗?快说你来此有何贵干?如果闲着无聊，找那些公子哥比比骰子之类的，总也好过对着在下!”

玉璇见他冷言相对，却并不生气，仍是笑逐颜开地道：“其实，人家今晚是特意来告诉你，典亲时的文试部分你不用多操心了，一切只等武试的时候再说吧。”

耀阳奇道：“为何文试就不需我帮忙了?难道你们有十足把握吗?”

玉璇笑而不语，带着一股奇特而分外撩人的幽香，又向耀阳走近了几步。耀阳此时满鼻幽香，不禁多看了她几眼，只见她高挑完美的身材在紧身胡服的衬托下，更显玲珑凹凸，令人遐想联翩。

耀阳强压着心猿意马的欲念，猜到玉璇半夜来此的目的可能是想以挑逗来安抚他，然后对他软硬兼施，好让他言听计从。

玉璇将手轻搭在耀阳肩上，将嘴凑近耀阳的耳际，吐气若兰道："这个耀将军就不必知道了，耀将军只需在武试时帮帮忙就行了……"

耀阳只觉玉璇吹得他耳根一阵麻酥，加上那一身娇躯异香，令他更加浮想联翩，怦然心动，不由想起与冰儿、妲己颠龙倒凤、翻云覆雨的销魂场面，心底更是升起一团原始欲火。但耀阳一想到她只是在惺惺作态，目的是为了安抚自己好好听从她的命令，心中不由怒气难平，仍冷冷地道："其实，你大可不必如此，现在我的女人都在你们手中，我自然会帮你们的！"

玉璇施展媚术半天，耀阳仍是一副冷言冷语的模样，神情微微一黯，却又立时笑面相迎，道："耀将军放心，我们不会亏待你的那些女人，只是长夜漫漫，将军难道不觉得寂寞吗？"说话间，玉璇又将纤手放在耀阳背后慢慢抚摸而过，酥胸有意无意地靠在耀阳背后碰撞。

耀阳对她的示好视若未见，故意冷冷看了她一眼，道："夜色不早了，姑娘还是请回吧。"

玉璇见他语气坚决，显然她的示好不能奏效，顿时也没了心思，冷哼一声，悻悻离去。

耀阳盯着她的背影微微一叹，真不知她如果再向自己施展撩人媚功，他还能否真正做到坐怀不乱。在确定玉璇离开后，耀阳又拿出《幻殇法录》在灯下仔细观看起来，不觉又沉迷于各种玄奥法诀之中，一边翻看一边依法而练，时而蹙眉细思，时而欣喜若狂，如此直到天明。

天亮了，还没等耀阳出门早朝，姬昌已经派人来接他入宫了。

此时，圣祖母太姜、姬昌、鬼方使者蒙浩、一众公子，以及凡是要参加"典亲会试"的文武百官都已经到场。只等他这位主考将军一到，这浩大热闹的"姬氏宗门典亲会试"便可以开始了。

只听黄钟大吕之声在整个宫殿中响起，雄浑庄严，一众宫廷舞女随之翩翩起舞。等盛大的仪式过后，圣祖母太姜与姬昌带着众人祭拜了天地以及姬氏祖宗，然后开始了这场“典亲会试”。

三场会试，依次举行的是王道、武道、文道。

今天是典亲会试的第一天，举行的自然是王道会试，会试地点设在内廷“文正大殿”内。

圣祖母太姜与姬昌坐在顶上的龙椅之上，耀阳与鬼方使者因为是主考官，所以被特地安排在姬昌下首的位置上，他们的下席两边依次坐着文武群臣，一众公子则坐在殿中央腾出来的桌椅上，等待进行会试。

耀阳首先环视四周，发现姬昌虽然号称育有百子，但今日到场的却不足三十之数，好在他一早向散宜生打听过此事，知道除去还未成年与非姬氏亲生的子嗣，能参与应考的也只有这区区二十几人。

耀阳侧身与鬼方使者蒙浩对望了一眼，两人都各怀心事，齐向太姜与姬昌行礼，然后对面相互各行一礼，坐上主考官的位子。

耀阳居高临下眼见文武群臣列席于下，个个都低首垂目，不敢仰视，心中忽然生起一种极为奇妙的感觉，仿佛自己此时有了一种俯瞰大地众生的感觉，体内热血不知何故一阵激荡排击，胸中升起一种不可名状的豪气，竟有一种想要号令天下的冲动。

耀阳心中一惊，旋即又不了了之，却不知这是因为他体内隐含龙脉之气所引起的亢奋。

散宜生站在殿边一角，将手一招，便听得鼓声轰轰响起，直震得地面也微微颤抖。

鼓响三通后，散宜生开始宣念“姬氏宗门典亲赋文”，耀阳只听得眉头大皱，散宜生却在那里摇头晃脑，抑扬顿挫，读得个不亦乐乎。耀阳转头看那鬼方使者蒙浩，见他也是头痛不已，口中念念有词，却不知在说些什么东西，估计大约是在用鬼方话骂人。

好不容易，散宜生总算把文章念完了，然后宣布“典亲会试”正试开始，第一场考的是“王道”。

散宜生首先解说了“王道”会试的规则。“王道”所考的无非是文经武韬、治国方略之类的问题，以抢答争辩的方式角逐胜者，胜者获金珠一枚，共分三场，三场比试完毕，最后以金珠的总数来决定谁是最终赢家，而虎贲将军耀阳与鬼方使者则负责督考有无徇私舞弊之类。

说完这些，散宜生一挥手势，全场一阵肃穆，耀阳见他长吸一口气，拿出一个卷轴，以为他又要长篇大论地开读，心中不禁苦笑。

谁知，这次散宜生拿出卷轴却是宣读第一道试题——

“天下訩訩，一盈一虚，一治一乱，所以然者乎，何也？其君贤不肖不等乎？其天时变化自然乎？”

这等文皱皱的言辞，耀阳听得半懂半不懂，好在事先散宜生已经将题目告知与他，并一一解释过了，耀阳知道这句话的意思是：天下如此纷杂熙攘，有时强盛，有时衰弱，有时安定，有时混乱，所以这样，究竟是什么缘故？是因为君主贤与不贤不一样的关系？还是因为天命自然变化的结果？

众公子虽然吃喝嫖赌样样精通，但总有几个家学渊源、文治武功非常不错的公子，这些问题看似简单，但仔细一想，却都感到难以回答，一个个不由开始低头挠耳起来。

先是公子姬清站起来回答，耀阳在“艳香阁”见过他那副左拥右抱的德性，不由暗暗惊诧，就连熟知其人禀性的文武百官也忖道：“这家伙难道能答得出来？”

却听得姬清趾高气昂道：“我认为，这天下只要是在父王的管制下，自然便能强盛安定，而父王当然就是天命所归了！”

太姜与姬昌眉头一皱，众公子听在心里，纷纷大骂他抢先大拍马屁，下面文武百官听得他如此大拍马屁，个个都忍住笑意，心里却无不忍俊不禁。

正当倚弦与异兽朱雀在湖中玩得兴起之时，因发现异状而匆匆赶到的太乙真人、广法天尊等玄宗门人见此心中顿感大慰，但看着奇湖通往上古水道的缝隙处仍然不断喷涌而出的水势心中仍甚是担忧，毕竟如此下去仍然难保冥界轮回道的安全。

幽云见倚弦与异兽玩得不亦乐乎，担心时间一久水势会愈发严重，赶忙密语传音道："倚弦，别再玩了，奇湖水势越来越大了，快想办法吧。"

倚弦闻言后停止了玩耍，笑着向幽云打了个表示明白的手势，对着异兽叫道："我们去湖心看看。"话音甫落便一个猛子扎进了湖里，那异兽听明白了倚弦的意思，欢叫一声也随之潜入湖中。

潜入湖中游了一段距离，倚弦顿感水流激劲，压力倍增，潜入的速度也放慢了好多，倚弦在湖中摸了摸紧随着自己的朱雀大头，在水中一个翻身骑在它身上，朱雀丝毫没有反抗，反而甚是高兴地叫了一声，驮着倚弦轻松地向湖心处慢慢潜游过去。

异兽驮着倚弦来到湖心，倚弦翻身而下，在湖中运转"归元异能"凝幻出"绝龙壁"结界，将自己的身体团团围住，以防被强大的水流冲开，虽然湖底幽暗无比，但倚弦冰晶火魄所铸的肉身再经"归元异能"贯聚双目，感官立时变得超强敏锐，清晰可见湖底的一切。

倚弦发现那处水道口已经被异兽撑开了一处巨大的黝黑洞口，仿佛凭空多出一道深渊一般。流之不竭的水流汹涌而出，急速通过水道直涌入奇湖之中，看其水流湍急无比，便知根本没有办法可以堵住洞口止住水势，而且两边的涌口因水流的不断冲击，还在逐渐塌陷扩大中。

倚弦见状不由眉头一皱，转头向朱雀问道："这水势如此湍急，你可有什么办法堵住水势？"

朱雀异兽闻言低下头，眼神中有些无奈及内疚地看了看倚弦，摇了摇头。倚弦不禁苦笑了一声，看来这朱雀只是搞破坏的能手，哪里晓得怎么修补回去。

倚弦拍拍朱雀的头，像是在安慰了它一番，然后打了个招呼，随即卸去结界，与异兽又游回了湖面。跟朱雀打了个招呼，倚弦便从湖中遁上岸去。

幽云见倚弦一脸忧色地上岸，便知情况定是不好应付。

众人见倚弦上来，忙上前问道："情况怎么样？"

倚弦将湖心所见之情景如实说给众人听，众人闻言不禁大惊失色，只因水势如果一直这样下去，只怕很快就会形成灾祸，危及到冥界轮回道，到时候就真的是回天乏术了。

正在众人不知该如何是好之际，天际忽然传来玄冥帝君的声音："列位道友，情况怎么样了?"

只见天际两道异芒闪现，随即两道人影降于地面，正是冥帝与洪钧老祖自天庭回来。秦广王上前行了一礼，将所发生的事说给冥帝及洪钧老祖听后，问道："不知冥帝有没办法堵住水势，拯救轮回集呢?"

冥帝听完秦广王的叙说，眉头紧蹙，又向一旁的洪钧老祖投去询问的一眼，洪钧无奈地摇了摇头，冥帝不由苦笑道："如今我等也无计可施，只是知道如果处理不善，水势继续漫流不止，导致冥界遭洪水淹没，那时三界的平衡就此会被全盘打乱……"

忽地言语一顿，玄冥帝君忧色更甚地道："只怕到时人界将重现当年大禹治水前的惨状……"

众人闻言心头剧震，广法天尊也不由叹了一口气，道："如果真到了那时，天地三界将被一片洪水所淹，天下苍生流离失所，苦不堪言……"众人闻言皆是神色黯然，默不作声，脑中想象天地一片水海，百姓呼天喊地，苦不堪言的景象，不禁惊怖莫名。

倚弦见众人神情颓废，忙扬声道："无论如何，大家都要好好想出解决的办法，绝不可让惨剧重演。"

众人闻言如梦初醒，纷纷道："的确，一定要尽快想到解决的办法才行。"

众人开始各自提出建议进行议论，希望能找到解决之法，可良久后仍没有一个切实有效的解决办法。一直在冥思苦想的冥帝忽然面现喜色，道："如今看来还有一个办法，能够真正解决这个问题!"

众人闻言大喜，问道："冥帝有何好办法？快快说来!"

冥帝道："如今可以解除困境的办法，就是尽快找到当年大禹治水时所用的神宗至宝，名列神宗十大法器之一的'九土息壤'，然后将水道漏洞补上就没事了!"旋又神情一黯，道，"但是，此宝自大禹治定天地水祸之后便已遗失，只怕根本无人可知其下落……"

面对虚无飘渺的传说，原来兴奋异常，以为可以解决困境的众人顿时又沉默下来。消失千年的神宗法器“九土息壤”根本无人知其下落，又如何能在短时间内找到呢？

倒是一直默默呆在众人中的小千与小风听到“九土息壤”的名字，心头一震，兴奋地在一旁四处问人，息壤究竟是什么模样。

冥帝知道此时找到“九土息壤”的希望渺茫，但听有人问起，还是悠悠地回答道：“本帝曾翻阅天书典卷，记得书上记载‘九土息壤’乃是九土交叠、加一则增的一样容器。”

小千与小风听罢，顿时兴奋地惊叫一声：“我们知道‘九土息壤’在哪里!”

第六十二章　九土息壤

众人闻言喜出望外，正想追问“九土息壤”的所在地，却听太乙真人质疑地看着二人，问道：“两位妖宗的小朋友，如今事态严重，关系三界安危，所以如果二位真的知道‘九土息壤’的下落就请说出来，如果不知道就不要瞎起哄。”

小千与小风明白事态严重，兴奋的神情立时又黯然下来，道：“这个……我们也不敢肯定!”

众人闻言又是空欢喜一场，不免有些恼怒，众人中有人忽然问道：“这两位小朋友面相陌生得很，方才却见二位所施的是玄门正法，不知是玄宗何人门下弟子?”

小千与小风脱口而出道：“我们的师父叫耀阳!”

众人一听“耀阳”之名顿时大惊，倚弦更是震惊莫名，双目中展露出喜悦至极的神情，却听太乙真人惊道：“你们竟是魔星的弟子?”

小千道：“什么魔星不魔星的？我们是真的听说过‘九土息壤’……”小仙见众人怒目而视，一副敌对的神情，忙拉了拉小千与小风二人的衣袖，二人再不敢多说了。

土行孙一脸鄙夷地望着一众自视清高的神玄二宗弟子，眼神中流露出格外仇恨的目光，他当然记得，爷爷土璽便是被一众神玄二宗的人所逼死。

众人见此二人竟是魔星的弟子，顿时不再相信二人所说的话，以为他们混入其中可能是有何阴谋，立时将二人围了起来。倚弦见众人要对他们不利，忙挺身而出，走了过去道：“众位，且慢!”

倚弦回头见幽云神情漠然地看着他，知道此处唯一知道他身份的人是幽云，但为了两个有可能真是耀阳弟子的小家伙，他已经顾不上过多考虑，于是神情肃穆道：“众位，如今事态严重，此二人既然知道‘九土息壤’的下落，我们就不能放弃这个找到‘九土息壤’的机会，起码也应该问个清楚才好！”

众人中有人道：“此二人是魔星弟子，他们的话如何可信，说不定其中还有什么见不得人的阴谋。”

“如果真有什么阴谋，他们犯得着在自报家门的时候露了自己的底吗？”倚弦反问一句，见到众人不再说话，才继续说道，“在下愿意相信他们的话，而且如果说有阴谋的话，我愿意随他们去往藏有息壤的地方，别的都休要再提，我只是希望能找到息壤，救轮回集之危！”

太乙真人劝阻道：“魔星弟子定非善类，此二人的话实是不可轻信，易公子还是莫要以身犯险才好。”众人也纷纷点头劝阻道：“易公子，此二人不可靠呀。”

倚弦心中火起，摇头道：“如今水势越来越大，眼看便会危及轮转山，而唯一的办法就是找到‘九土息壤’，所以就算有一线机会，在下也愿意一试。而且现在时间已经不多，若是迟了，只怕就算找到息壤也来不及了。”

冥帝虽然在旁一直没有说话，但见倚弦如此不畏牺牲的精神，不由深受感动道：“易公子一路小心！万一有何不妥，当先行退走，千万莫要因小失大！”众人见冥帝此言一出，当即都不再说话了。

倚弦拍了拍土行孙的肩膀，向小千、小风及小仙打了个眼色，领着四人向前走去。

众人纷纷让出一条道来，如今紧急事态，也唯有死马当作活马医了，于是任倚弦带小千三人而去。

小千、小风见倚弦肯相信他们，心中一阵感动，与小仙三人领着倚弦、土行孙向“潜龙泥潭”方向走去。

离众人越来越远之际，倚弦根本不问三人有关息壤的事，而是迫不及待地问道：“耀阳那小子他现在身在何处？过得好不好？……”他一口气竟问出数十个问题。

小千、小风与小仙三人自倚弦的神情语气中完全感受到耀阳与倚弦兄弟俩之间的深厚感情，抢着将自己三人如何与耀阳在“妖月梦冢”认识，耀阳又如何在朝歌寻他的事情说了出来。

倚弦仔细听着，似是不愿放过任何一个细节，听及险处心中也不禁跟着紧张，听到豪情万千处心中也不由随之心潮起伏，久久不能平复。当听到耀阳因寻自己不着而放火烧了太师府，不禁大觉解气地哈哈笑了起来。

尤其是听到耀阳反复在他们面前谈及当年跟自己如何如何时，脑中思维飞跃，仿佛两兄弟又一起开始经历这一段精彩的朝歌之行，仿佛生离死别后的重逢已在眼前，喜悦让他禁不住热泪盈眶，不禁翘首西望，恨不得立时去到西岐与耀阳相会。

小千与小风、小仙三人见倚弦沉迷于耀阳所经历的故事里，听着听着眼中竟泛起泪光，心中也不由为他们兄弟二人分开这么久，终于有机会重逢而泛起喜悦的眼泪。就连一向表面冷血的土行孙也为之感动不已，五人心情沉重，不发一言地缓缓而行。

过了良久后，倚弦才回过神来，因为相信过不多久他与耀阳就可以再会，一块始终压在心头的大石终于放下，于是展颜笑了一下，这才想起“九土息壤”的事，扭头向小仙三人问道：“你们不是知道息壤在何处吗？可否说来听听。”

小仙对小风道：“小风，你就把你们所知道关于‘九土息壤’的事说给倚大哥听。”

小风点头道：“其实我们真的知道息壤所在。”

小千道：“倚弦师叔，其实我和小风二人本是潜龙泥潭中的两株桃木树，那潜龙泥潭乃聚集天地精元之地，我们在泥潭中吸取着天地灵气，历经数百年才得以化成人形。在成灵化形以后，曾经得一高人指点秘法，为的便是在泥潭中寻找一样像你们所说‘九土息壤’的容器……”

小风接过话题道：“但我们那时满脑子只想着要到外面的花花世界游玩，也没把那寻找‘九土息壤’事放在心上，所以胡乱在那里找了一番，最后自然是一无所获，以后也逐渐就忘了这档子事，直到今日听那冥帝提及息壤的模样，我们才突然记起来……”

未等小风说完，小千便抢过话头，道：“所以，我们可以肯定息壤便在那潜龙泥潭之中。”

倚弦听罢大喜，忙问道：“那你们所说的潜龙泥潭在哪里呢?”

小千回答道：“潜龙泥潭就在轮回集的附近，也就是在天山脚下。”小风道：“这也是我们为何会带小仙姐到轮回集抓药的原因。”

倚弦点头道：“好，那我们就快去潜龙泥潭找那‘九土息壤’，免得轮回集水势泛滥，危及无辜。”于是在小千与小风的带领下，几人向潜龙泥潭方向行去。

倚弦一路上听到小仙不住咳嗽，便边走边问道：“桃儿，你的病是怎么回事?”

小千接口道：“小仙姐的这个病是老毛病，时常都会发作，也一直治不好。”

倚弦轻咦一声，问道：“哦，那你的病是什么时候有的?”

小仙道：“我的病是去过东玄别院以后才落下的病根，之前还没有这个病。”说着她将自己被申公豹强行改名拉去“东玄别院”招呼他们兄弟的事情说了出来。

倚弦这才知道她本名叫小仙，再一想起当时被蚩伯操控的往事，心中对小仙的病情甚感好奇，道：“我略懂医术，不如让我帮你看看，如何?”

小仙闻言喜道：“好呀，那有劳倚大哥了。”

“不客气!”倚弦仿照邓玉婵当时为幽云疗治伤势的探脉法，右手搭上小仙的腕脉处，暗捏法指，发出一股元能寻经导脉而入，在小仙体内进行探试，片刻后倚弦忽然喜道：“原来如此!”

小仙忙问道：“倚大哥，到底是怎么回事?”

倚弦笑道：“原来你体内受一股符能左右，郁积不通而致病。”

一旁的小千、小风闻言大惊，问道：“倚弦师叔，那可如何是好?你快帮小仙姐治治呀。”

倚弦并未直接回答他俩的话，眉头一皱，沉思片刻后道：“小仙，你体内的符能显然是魔宗法能所致，估计是当时蚩伯留下的魔能，因蚩伯之死才不致立时发作，但必须及早将魔能排出体外，否则早晚会有性命之忧。”

小仙闻言俏脸惊恐莫名，小千与小风也是大为焦急，忙道：“倚弦师叔，你就帮小仙姐将魔能排出体外吧。”

倚弦点了点头，自信地笑道：“放心，你们的小仙姐不会有事的。”说着又对小仙道，“小仙，你盘膝坐下，不必多想，待我帮你把那符能逼出来。”

小仙闻听倚弦愿意为她调治，顿时高兴起来，忙道：“那就多谢倚大哥了！”小千、小风二人也是欣喜非常，不住向倚弦道谢。

小仙依照倚弦所说坐定下后，倚弦暗捏“七真妙法指”，将右手按在小仙头顶“百汇穴”上，立时发出一股冰晶火魄的异能注入小仙体内，控制着冰晶火魄的归元异能直袭暗藏符能的所在，然后以冰晶火魄相互导引，右手一抬，便将蕴藏于小仙体内的符能导引而出。

小仙顿觉体内一阵前所未有的舒服，先前的怪病也随之不药而愈，不禁心喜若狂，连向倚弦道谢不已。

倚弦笑道：“小仙就不必跟我客气了。”旋又想起寻找息壤之事，忙道：“现在冥界事态严重，我们还是快点去潜龙泥潭找息壤吧。”

小千、小风见倚弦如此轻松便将困扰小仙许久的病治好，心中早已感激万分，于是忙领着倚弦，五人齐向潜龙泥潭赶去。

散宜生见姬清如此回答，不由一愣，如果说他答得不对，那岂不是说姬昌的不是，如果说他答得对，而正确答案又不是这样的，这对也不是，错也不是，一时间有些难以决断。

此时，姬旦站起身来，同时伯邑考与姬发也正好站了出来，但见姬旦先起身，也只好把移离座位的身子再落座回去，只听姬旦道：“我认为，君主不贤，则国家危亡而民乱，君主贤明，则国家安定而民服。故而，国家的祸福在于君主的贤明与否；虽然天命固有其重要之处，但自然变数多半只有扰民乱国之效，通常被勤政爱民之贤主所唾弃，然越是历天命变数愈久，而仍能安国服民的君主，才是真正的明主贤君！”他回答时的声音清晰，神情自信十足。

这一番话一出，上至太姜、姬昌，下至文武百官，不由都暗自点头称赞，显然姬旦所答大得人心。相反，答的越好，一众公子的心中便越是非常不爽，姬清就在那里嘀咕道：“什么东西，还不是从我的伟大言论上引伸开去的？”

散宜生显然对这答案也大为满意，然后点头示意姬旦坐下，再次展卷问道：“那么，要想使君主受到尊崇，民众生活安宁，又该当如何呢？”

这一次没待姬旦起身回答，姬发已经站了起来，答道：“勤政爱民而已！”

散宜生点头，接着问道：“那应当怎样爱民呢？”

这次轮到伯邑考站了起来，只听他朗声道：“为君之道，利而勿害，成而勿败，生而勿杀……”他顿了顿，立刻又道，“与而勿夺，乐而勿苦，喜而勿怒……”

耀阳正自奇怪，见伯邑考说话井井有条，大有道理，大异往常，忖道：“这妖精几时懂得这爱民之道了。”脑中心念电转，却见伯邑考作答时，似乎并不流畅，而且耳垂兀自颤动个不停，心中一动，略一转思，立时明白过来，九尾狐定然躲在暗处弄来答案，然后用妖法秘语传音术告诉伯邑考，伯邑考只需照本宣科读出来便好。

想到此处，耀阳猛然记起，昨夜看《幻殇法录》时，正好记下一个可以破此秘语传音的法术，唤作“魔音凝”，他暗忖道：“何不一试其法，看看灵效如何？”

耀阳当即催动体内元能，依着《幻殇法录》上所说的咒诀，使出“魔音凝修诀”，将元能转化无形，透出体脉之外，均匀布散向场中扩散开去。敏锐的灵诀果然立时感应到一线奇诡已极的元能在场中跃动。

耀阳不动声色，启动元能轻轻围拢而上，“魔音凝修诀”缓缓施展开来，凝线成音，果然听到妲己在用妖媚的声音向伯邑考传声，告知他应如何回答问题。

耀阳忽然顽心大发，魔音法诀再一转，竟然将那丝九尾狐的传音妖能截断，想看看伯邑考会如何应付。

只见那妖能一被截断之后，伯邑考本来正要往下说的嘴一张便没有了声音，脸上显出一片迷茫之色。

姬旦怎会放过如此良机，已然抢过话头机会，道："驭民如父母之爱子，如兄之爱弟。见其饥寒，则为之忧；见其劳苦，则为之悲；赏罚如加于身，赋敛如取己物，此才是真正的爱民之道。"说完，姬旦饶有深意地看了伯邑考与姬发一眼。

"答得好！"散宜生又问："那请问诸位，王人者，何上，何下，何取，何去，何禁，何止？"

姬发立时起身答道："王人者，上贤，下不肖，取诚信，去诈伪，禁暴乱，止奢侈。"他回答完毕，目中精芒四射，傲然回视姬旦，与耀阳在艳香阁见到那种风流倜傥的气质全然不同，竟然隐有王者气概。

如此你来我往，伯邑考也时不时插上几句，似乎这一场"宗门典亲会试"便成了他们三人争辩角逐之地，其他公子翘起嘴都插不上半句了。

耀阳见姬旦与姬发都大异于往日，姬旦沉静稳重，姐发却是动静相宜，两人各有千秋。就连鬼方使者蒙浩都注目二人，神情中显出奇异之极的光芒。

不到一个时辰，三道题目都已抢答完毕，姬旦最终获得两枚金珠，从而胜出这一场"王道"之试。

文武群臣纷纷向太姜、姬昌行礼告退。

耀阳被强迫听了一早的会试考题，头疼了半天，此时刚出宫门，伯邑考便靠了过来，在众臣面前，相互礼貌的各行一礼，伯邑考低声对他说了一句："娘娘在'青鸾阁'等你。"说罢便坐上自己的马车走了。

耀阳一愣，忖道："九尾狐在这种时候找我做什么？难不成她识破是我破了她的秘语传音？还是又有什么生意要跟我谈？"当下便吩咐车夫先回府，他则行至一僻静场所，施展"风遁"便到了青鸾阁。

九尾狐与伯邑考果然早就在这里等他了。

耀阳径直问道："娘娘找我有何事？"

九尾狐狠狠瞪了他一眼道："今日'王道'会试，我秘语传音给谷菟，半路给人截了去，以至于棋差一着输了这一场，是不是你小子干的好事？"

耀阳故意装出不解的样子，道："娘娘说什么呢？原来这家伙在场上如此精彩的回答是娘娘教的?”

九尾狐神情恍惚，显然没把耀阳的玩笑放在心上，道:“真不是你?如此说来，那便是姬旦和姬发搞的鬼了?”

耀阳明知姬旦与姬发都是深藏不露之人，但口中仍道:“他们两个怕没这本事?”

九尾狐冷笑一声道:“你别太小看他们了，姬旦与姬发两个小子虽然不怎么样，但是在他们背后撑腰的人却非同小可，极不简单，哼哼，我看你还是小心为上。”

耀阳一听妲己说姬旦与姬发背后有人撑腰，且是连妲己也深为忌惮的人，不由一愣，道:“娘娘可是他们背后的人是谁?”

九尾狐摇头道:“这个本宫还未曾查清楚，哼，本宫迟早会查清的。倒是谷菟今日输了一阵，不过明日武道三场应该不是问题，但为了安全稳当着想，你必须在暗里助他一臂之力，否则他若是再不胜出的话，就输定了!”

耀阳点头敷衍，心中却暗想:“不知玉璇他们明日又会搞什么花样出来?”

耀阳随便寻了一处茶馆，一直待到天色黑了下来，才回到府中，然而他一看到那几个假冒梅若冰、人儿与妲己的胡女，心里就来气，饭也没吃便早早回房，打开《幻殇法录》，从中挑了数种法道秘诀，仔细参悟起来。

但不知是何缘故，他怎么也安不下心来，因为令他觉得奇怪的是，一直等到半夜，玉璇竟然都没有来找他，并告诉他如何挑动各个公子之间关系的方法，耀阳想到如果明天一过，胜负差不多都可以分出来了，到时还挑动有什么用?

苦思冥想之下，耀阳脑中灵思忽如一道闪电划过，立时全部明白过来，原来所谓的挑动计划，恐怕早已开始了，只是玉璇一伙根本没有把他计算在内，玉璇说要他去挑动各个公子之间的关系，本是个幌子，为了安他的心而已，而抓走人儿她们只是为了让他闭嘴不说出龙穴之事罢了。

想通了此节，耀阳心下不禁又恨又怒，试想被人玩弄于股掌之间的滋味自然不好受，但他还算清醒，知道这笔账只能等到救回人儿她们三人之后，才能跟鬼方人算的。

一夜无事，第二日是“武道”会试，众人先到王宫中向圣祖母太姜、姬昌行礼，然后随着两人来到了校场，“武道”会试分行军布阵、骑射、击技三项，由大将军南宫适带领耀阳与鬼方使联合督察。

“武道”会试三项中的第一项是骑射，是以围猎形式举行，以猎取猎物最多者为胜。

西岐南门吊桥“吱呀”缓缓降下，十队鲜衣怒马的队伍旌旗招展，号带飘扬，首先从宽逾五丈的护城河上的吊桥疾驰而过，禁卫骑兵队紧跟着成偃月队形朝城外两侧扑去，蹄声隆隆，队形踏起的灰尘翻滚如轮，丝毫不乱，隐隐护卫着中军侧翼，显得训练有素，悍勇非凡。

稍许，二十几匹神骏的宝驹风驰电掣，这些身着华丽的贵公子，各自领着身后不下百人的家将亲兵朝郊外蟠山方向奔去，马鞭“噼叭”甩动间，怒马狂嘶，四蹄翻滚。

耀阳身披碧寒兽甲，头戴雪羽瓴盔，眉宇之间英气勃发，举手投足间霸气盈然。身下神骏黑马昂首怒嘶，颇有扬眉吐气之感。

城外原野上无数残叶飘摇纷散，四处舞逸，一闪一跳的，倒似天和地整掉了个儿。寒风干燥而沉闷，虽然轻微却并不柔和，刀子一般割在脸上，很不舒服，一股肃杀之气弥漫在天地间，漂浮在冬日里，又或者潜藏在耀阳心里。

他一面与刻意献媚的一众姬家公子谈笑风生，一面暗自推测着今日比试之事。圣祖母太姜将这监考官一职交付与他，让他心里确实有些不踏实。但此次会试实乃涉及王位之争，自古此事血腥非常，自己如若处理不当，一步踏错都将陷入万劫不复的险境。

想到此处，耀阳不由环目望去，他果然可以从几位公子的眼中发现那丝丝敌意和妒嫉，隐隐在空中交织成试图缚杀他的巨网。而姬旦、姬发与伯邑考那长毛小厮，却是始终面露微笑，一副悠然神态，但他们眼眸中偶尔精芒闪烁，却让耀阳觉得愈加忐忑。

耀阳摇头甩去忧虑，眺望远处山岭，暗自叹息道：“如果小倚能在此处，我他奶奶的宁愿一生隐居这仙山秀水之间，跟冰儿、人儿，还有妲己过些逍遥自在的田园生活，免得每天担心这个担忧那个……”随即又被耳边的铁蹄铮铮声拉回了现实，摇头否定了心中想法。

众人各怀鬼胎，尔虞我诈，相互谈笑着浩浩荡荡策马朝郊外驰去。

蟠山是西岐西南二十五里处耸起的一座雄山，山脉连绵广宽，地势雄重，山上峰峦起伏古木参天，连绵不断，终年雾雨朦胧，甚有气象。蟠山顶峰，狂风劲吹，古木啸啸作响，四周白云飘荡，山腰溪水蜿蜒，峰崖洞壑，千姿万态，山下包裹着细密的林带和广阔的绿谷，多有野兽出没，是一处绝好的围猎场所。

早在三日前，蟠山方圆七十里的边缘地带就有兵将不断将周围的野物赶到蟠山下的围猎场，也好方便众公子会试狩猎，所以今次有幸来参加的围猎者，若非王侯贵族，就是各公子的亲属家将。

耀阳是负责此次狩猎的主考大将，当然对这些个皇亲国戚的安全负有不可推卸的责任，领着二十几个精干的探马，遥遥在前开路，他正大有兴趣地举目四望，耳旁想起了潺潺的流水声，哗啦啦的越来越响。

耀阳蛮有兴致地催马前行，想到溪流处歇歇脚，马蹄刚一踏上溪流北岸的碎石滩，双眼透过南岸林木间隙，便发现了一座青石瓦檐的庄院。

蓦的，不知是何原因，耀阳只觉全身一震，心中突然有了一种强烈的不安感，仿佛被人在暗中窥探一般，浑身不由自主打起了颤，体内归元异能所引发的灵觉忽的延伸开去，很想探个究竟，但那种感觉却在这时烟消云散，变得了无痕迹。

正在耀阳茫然不解时，身后一个亲兵捧了把溪水猛灌一口，朝他招呼道：“大将军，那处就是蟠山了！”说罢抬手指了指远处的一座山峰。

耀阳闻声收回思绪，点了点头，跃上战马，朝身后亲兵卫队轻喝道：“我们走！”

那种熟悉的感应来得快，去得也快，耀阳因为有要务在身，无暇顾及，只得放下一探究竟的想法，催促队伍快马赶往蟠山。当探查完周围情况，到达围猎场的时候，一众公子的人马早就到了，他们和各自的家将编排在不同颜色的旗帜下，当中用木料和石块架起了一个方圆十五丈的高台，五千禁卫兵士在蟠山四周险要处安营扎寨，牢牢护卫住此处，以防不测。

此时鼓声急响，只见相貌威猛的大将军南宫适在守卫的簇拥下登台而上，老将军英姿勃发，脸上红彤彤的闪着兴奋的光芒，显然觉得能在他手中选出今后的王者，对于他这样一个终身致力于沙场的将军是个莫大的荣幸，刚走到高台正中，他就亮开大嗓门扬声道："老将蒙主公厚爱，得此重任，战场之上一切从简，我现在宣布围猎的比试规定，然后诸位分散各自行动——"

南宫适接着将围猎的规矩详细说了出来，最后还不忘为众人励志一番。

耀阳的心中顾虑到玉璇的阴谋，显得格外担忧起来，连忙策马上前，唤住诸位公子，躬身一礼，道："诸位公子，此次会猎千万小心！弓箭无眼，如果你们哪位一不小心失了准头，把下官给射伤喽，那想抱一回美人儿可就要等上几天了，相信诸位公子心中也不乐意吧？"说完他又向众人露出一个是男人都会心领神会的笑容。

果然不出耀阳所料，诸位公子虽有人眼内摆明不屑一顾，但却都哈哈一笑，扬鞭飞奔而去，只有包括姬发、姬旦在内的数人一一向他道谢之后，方才策马入山离去。

耀阳望着众骑飞奔，掀起的满天黄沙，心中忐忑难安，着实不知自己的话能否被他们所注意。

时间一分一秒的过去，耀阳急躁不安的在原地不住转来转去，几次都想策马追上众人，近身监督他们，但苦于分身乏术，他一个人又怎么可能同时跟从二十几位公子呢？

就在这时，他身后一名小将忽然发出一声惊呼，耀阳心中随之一颤，某种不祥的预感随之而来，抬头望去，果见九公子姬豹满身血污的在几名家将的扶持下回来了。

姬豹远远看见耀阳，随即声音嘶哑地叫嚣道："耀将军，本公子此次并未输，只恨姬林那混蛋居然抽冷子害我，这一局不算……"

哪知他话音未落，数匹骏马飞驰而来，当先马上一人捂着肩上一道伤口，愤怒地冲他大叫道："姬豹！你休要血口喷人，明明是你心存旧怨，暗箭伤人在先，本公子可没你那么阴险……"

双方立时吵将起来，甚至开始破口大骂，两方家将自是不甘落于人后，又急着向主子表明忠心，立时就有人策马上前打了起来，一场小规模的混战立时展开。

经过一番周折，倚弦等五人在天山深处的山腹中行了三个多时辰，才终于在小千与小风的指引下，来到"潜龙泥潭"前。

倚弦四顾环视，只见眼前是一片宽约数十丈，绵延数里直入山腹中的一方泥潭，位于一个凹形山谷之中，四面环山，山谷内土壤竟是赤红色，也许是因为土壤奇特的原因，所以谷中长满了奇花异草，芳香扑鼻。而四周山上也是绿树成荫，加之此处乃在群山之中，所以显得格外隐蔽、幽静。

小千与小风回到故里，不由心中狂喜不已，忙道："倚弦师叔，这里便是潜龙泥潭了。"

小仙连眼睛都不眨一下地看着这里的一切，道："好美的地方。"

土行孙这时仍然不忘半损半赞道："能在这里做两棵桃木树，的确算得上享受！"

倚弦不禁赞道："果然是天造地灵之地！"随即又问道，"那'九土息壤'便是在这里吗？"

小风一副主人家的模样，点头道："正是这里，再向前走走便是了。"言罢，小千与小风一路导游一边解说，领着倚弦向当年寻找息壤的地点走去。

转过一处山坳，泥潭延伸至此，远远看来已然变得有些朦胧不清，似乎在泥潭上空始终飘浮着一层雾气一般，看起来一切都显得不真实起来。

哪知倚弦等五人刚到这里，却见早有二人在此等待多时。

小千与小风见到其中的老者，难以置信的惊呼道："啊？老前辈？"

倚弦看着面前那一老一小，不禁心中一阵苦笑，原来那二人竟是"龙神"应龙及紫菱公主。

小千、小风指着“龙神”应龙对倚弦道：“师叔，这老前辈就是当年指点我们去找‘九土息壤’的高人。”

倚弦轻咦一声，上前一步客客气气地行了一礼，笑道：“原来‘龙神’应老前辈早已在此等待多时，不知是不是特地在等候在下呢？”

“龙神”应龙淡淡一笑，道：“老夫正是在此恭候易公子大驾。”他身边的紫菱公主则以一种奇怪的眼神盯视着倚弦，神情极其复杂，绝美容颜的表情不住变化，不知在想些什么。

倚弦震惊于对方的先知先觉，但又好奇地问道：“哦？不知老前辈到此，所为何事呢？”

应龙踱步走前几步，笑道：“没什么大不了的事，只是想与易公子做一场交易，一场对你我都有好处的交易罢了。”

倚弦大感惊奇地问道：“交易？我们之间有什么可以交易的吗？难道前辈还想着在下的‘龙刃诛神’不成？”

应龙摇头道：“当然不是龙刃诛神，此物早已附在你本命元神之上，强行拿来又有何用？老夫知道你们来此，是为了寻找神宗十大法器之一的‘九土息壤’，而我们之间合作的前提条件，便是只要你们能找到息壤，我们便可以进行一场绝对对你有利的交易。”

倚弦来了兴趣，道：“那我倒是想听听是怎样对我有利的交易了。”

应龙神情一黯，道：“只要你肯将‘九土息壤’借给老夫用一次，在下愿意以贵宗丢失的‘乾元绫’作交换条件。”语罢，应龙再次强调道，“老夫只是想借‘九土息壤’用一次而已，‘乾元绫’便归还贵方，如何？”

倚弦闻听“乾元绫”之名，心中不由一震，见他愿意如此慷慨，不由奇道：“前辈是说将息壤借你用一次，你便将‘乾元绫’还给我？这交易倒好像真的有利于我，但不知老前辈拿这‘九土息壤’有何用呢？”

应龙闻言眼中闪过一丝无比忧伤之色，神情黯然道：“在下只是想用息壤来救一个人而已……”旋又止住话头道：“不知易公子愿不愿意做这笔交易？”

倚弦心中疑窦难解，问道：“为何前辈选我？而且告诉在下这么多，难道不怕我取了息壤以后便反悔以此要挟前辈吗？”

应龙慈爱地抚拭着身边紫菱公主的发际，肃容道："老夫纵横三界这么多年，从未看错过任何人。所以如果小友想那么做，我只会怨自己眼拙而已！"

倚弦望了望身边正看着自己做决定的小千、小风、小仙与土行孙四人，他原本对"乾元绫"的得失并不看重，但现在他却急需"九土息壤"去平息奇湖水患，所以无论如何，这笔所谓的交易的确对他有利无害，起码表面上是这样。

倚弦沉吟再三，抬头之际，忽然触及从紫菱公主眼中射出的期盼异芒，终于开口问道："照这么说，前辈一定是早已知道'息壤'所在何处？"

应龙听他这么问，知道对方已经答应，老眼中闪过一丝欣喜莫名的神色，道："老夫会亲自带公子前去！"

老少七人循着山路，慢慢走入"潜龙泥潭"深处，直至前方再也无路之处，应龙才停步下来，指了指前方山壁，摇头道："老夫只能送小友到此，前方尽头处便是'禹王昊极阵'，并非我所能进去，只有依靠小友的冰晶火魄之体，与龙刃护体方能踏足那处地方，更何况你身上还带着'异水元珠'！"

倚弦一惊，他想不到应龙对他竟然如此熟知，但此时已经无暇顾及这么多，望着眼前茫茫迷雾缭绕的潜龙泥潭，但觉心中疑惑不吐不快，当下问道："前辈怎会知晓'九土息壤'定在此处，而位列神宗十大神器之一的'九土息壤'，又怎会流落此地呢？"

应龙一双精光湛现的眼眸中闪过道道异芒，兀自叹道："老夫怎能不知……唉，此事要追溯到第二次神魔大战之前了。那时妖魔两宗为争夺天地三界的主控权利，竟不顾生灵涂炭，打穿隐于地下深处的上古水道，致使滔天洪水蔓延三界，无数生灵流离伤亡，饿殍千里，怨声载道，一片凄惨。当时的人皇鲧与其子大禹不忍生灵受难，大发宏愿要力挽狂澜，阻拦水势……"

小仙、小千与小风三人还不觉得怎样，但土行孙听到此处，却已惊呼出声，问道："大禹？可是位列三皇之一的仁皇——大禹？"

“正是!”应龙点头接道，“两人率领玄宗无数能人异士，历时数载，围截疏导洪水却仍然不见其效，众人渐渐失去信心。而就在此时，父子两人经一位无名异人暗示，知晓洪水乃是妖魔二宗蓄谋放出，并提出解救方法，告知唯有神宗九土息壤可解此劫……”

“……于是鲧九上天庭求取九土息壤，要平息水患，但神宗数位颇有威信的天神认为这是自然之害，要顺其天地规律不可逆转。而且天帝深知九土息壤乃上古神物，并非随意就可使用，其使用后果更是弊大于利，所以并未应允……”

听到此处，土行孙忍不住问道：“那它怎会落于此地，前辈又怎会知道?”

应龙苦笑一声道：“我本是神宗弟子，更与仁皇大禹是莫逆之交，但……唉，你们接着听下去自然明白的……”

“……鲧心有不甘，终于在一个极为特殊的日子含愤将九土息壤盗出天庭，但他也因此身亡。而后老夫与大禹几经周折找到此处，联合无数能人异士，终将上古水道封堵，但是魔宗众人并未就此罢休，在魔神蚩尤的带领下继续为祸三界，结果引发二次神魔大战，九土息壤也就流落此处……”

应龙指着小千与小风道：“再则说来，如果没有类似‘九土息壤’这等上古神物流落于此，又怎会孕育出像他们这般身具异能的妖灵呢?”

小千与小风震惊莫名，这才知道自身原来是靠“九土息壤”才能结灵成精的。

倚弦恍然大悟，心下对应龙大起敬佩之心，但心中对当时应龙与幻面人围攻自己的行为仍有疑惑，望着应龙身边的紫菱公主道：“前辈现在仍是神宗的人?”

应龙浑身一震，不知为何脸色大变，道：“往事无须再提，神宗也好，魔宗也罢，不过都是个虚名而已。至于与奇湖之主陆压合攻小友之事，也是希望可以得到龙刃与乾元绫，找出广成子的传世至宝，达至同一目的而已。”

叹息一声，应龙看了看天色，沉声道，“小友该进去了，时间不多，让老夫告知你怎样破除阵法，运用异水元珠以及收服运用九土息壤之法……”

随即应龙又将一段咒诀告知他。

倚弦紧记在心，复又在心中默念两遍，直至确认不会忘记之后，才望了众人一眼，大步向前方浓雾走去。

穿过这层浓雾，在靠近山壁处，应龙口中的“禹王昊极阵”终于出现，眼前是一面方圆几十里的泥潭，黑黝黝的稀泥之上漂浮着无数土黄色的浮台。浮台像无根浮萍一般四处飘荡，应是仁皇大禹赖以成名，威震三界的“禹步”演化而来，暗合天罡地煞一百单八之数。

此阵虽表象看似无甚特别之处，杂乱无序，倚弦得应龙相告，却知其中暗含玄理，玄奥无比。

他腾身无比轻松地登上一道土黄浮台，阵势受他体内异能激化，登时运转开来。四处漂浮缓动的浮台，蓦然急速旋转窜动起来，刹那间在泥潭之中，出现了无数移动的漩涡。

倚弦连忙鼓舞体内异能，环护周身，青蓝光芒散射周遭数丈方圆，使阵势中隐蕴的玄能不能近身。他身下浮台却是极为不安分，不住旋转抖震，企图将倚弦甩入阵中。

他不为所动，闭目凝神，“通玄剑心”全力施展下，他控制脚下浮台，从四周浮台划动的间隙处，飞快向阵心移去。

不多时，一个小小石岛出现在他视野之中，石岛方圆数十丈，雕绘无数异兽灵禽的图腾，四只数丈高的巨大异兽分立四方，狰狞怒目。它们的中央处，一道幽黑光芒吞吐不已，浩瀚玄能正是从此流散而出。

倚弦却是不知，这四只异兽乃是守护四方水脉的灵玄水兽——螭耆、蚉耆、鲎耆与猓耆，他甫一靠近石岛，数声清傲急啸蓦地响起，声震四野。他的精神也为之一振，一股巨大旋风从石岛中心扑出，环护在石岛四周，漩漩转动，愈来愈大，吹着泥潭中的泥浆齐涌而至，形成粗大的泥柱，将石岛遮住。

倚弦霎时被眼前奇景惊呆，泥柱越来越高。

突然，泥柱轰然倒塌，被石岛旋风一吹，化作十几个丈高小泥柱，石岛再次显现——

第六十三章　暗藏杀机

一道幽黑湛蓝的结界，悠然摇荡，出现在倚弦的视线中，而那四只玄水兽，却似已然活了过来，厉芒跳动的水光蓝眸，狠狠盯视着他。

倚弦丝毫不惧，镇定自若地将异水元珠掏出，双手虚撑，抱于胸前，冰晶火魄所蕴的异能，从他掌指之间缓缓溢出，异水元珠滴溜溜旋转不息，发出耀眼蓝芒，飞溅甩脱，撞入结界之中。

结界立时暴起，闪闪彩星，慢慢腐蚀结界护壁。

不多时，一个仅容一人行进的空洞终于出现，那四只石雕异兽也逐渐安静下来，倚弦嘴角荡起一丝笑意。他知道自己成功地破除了这道防卫结界。

倚弦淡定自若地走入结界当中，踏足石岛，却不继续前进，立定身形，“七真妙法指”蓦然灵动，一段艰涩难闻的咒诀，自他唇间传出，在指尖环绕一圈，才带着归元异能激射而出，直指阵心之中幽暗光影而去。

“叮零……”

一阵急促轻响，伴随着幽光逸舞流散而消失，一块巴掌大小，上圆下方的漆黑之物落在地上。倚弦这才疾步上前，捡起地上那物，头也不回地往外遁去。

土行孙以及三小远远看见倚弦的身影，立刻欢呼不已，相互击掌庆祝起来。应龙与紫菱公主两人也是大吁其气，心中悬起的大石也宣告落地。

倚弦飞身而下，在应龙面前落定身形，躬身道：“小子顺利拿到九土息壤，这就前去轮回集镇压水势，不知前辈还有何吩咐吗?”

应龙望着倚弦，面色凝重地道：“这九土息壤易放难收，如若念力不足，切勿使用……”说着将“九土息壤”的详细使用之法一一详解。

倚弦暗自一凛，忖道：“原来这位前辈已然看出我空负浑厚元能，却苦无强劲念力操控。”

“……另外，就让小千小风他们留在这里吧，我想把最近琢磨出来的几套小玩意，教给他们。”

小千与小风见自己能得“龙神”应龙垂青，自是欢喜不已，与小仙同时留了下来。

倚弦与土行孙告别应龙等人，驾起遁术赶到轮回集外，远远看见奇湖湖水澎湃滔天，崩暴四射，滚滚银浪翻涌不息，其中道道七彩流离的身影显然就是神玄二宗诸人，他们正在仿照当日陈塘关一役，集合众人体内禀性不一的元能苦苦将水势拖住，直映耀得水浪之上异彩纷呈。

但从他们摇摆动不停的各色结界中，倚弦就知他们已然不支，当下哪敢多想，十指运诀挥动，“绝龙壁”结界轰然合璧，身躯卷弹之间，冲天飞起，一头扎入浪涛之中——

倚弦这才知道此时的水底暗流，比之水面上的浪涛来得更加凶猛，身外“绝龙壁”急速抖动，几次三番就要被浪流冲散，却被倚弦苦苦撑住，他知道此时绝对不可松懈。

费尽周折，几次被重卷到水面之上，倚弦总算稳住身形，来到上古水道的边缘处。归元异能凝幻的绝龙壁光幕，被狂猛水柱冲出一道巨大凹缺，水柱如同烟花一般沿着绝龙壁光幕四散开来。

倚弦蓦地赶到，眉心一阵抽痛，他苦笑一声，七真妙法指翩然舞动，本身所有的法能念力悉数涌出，他感到一阵晕眩的感觉。

倚弦识机地掷出“异水元珠”，此物果然生具治水之功，水势顿时被元珠的威力所压，逐渐变得平息了许多，他随手掏出九土息壤，只看那物滴溜溜在他胸口旋转数圈，嗖的一声钻出绝龙壁，傲然矗立在水浪之中，放射出幽暗的芒光，缓缓流溢而出。

随着它的光芒覆盖之地，片片蠕动的黏土凭空出现，渐渐凝结，立时在倚弦身前铸起一道半人高的堤坝，使他大大地松了口气。虽然如此，他也不敢有丝毫松懈，他紧记着应龙临别时所言，一直凝神聚念，企图在最短时间内达到自身控制法能的最佳状态。

慢慢的，水流逐渐缓了下去，倚弦神识一片空明，思感中莫名一念将周围里许方圆的各种细微变化，巨细无遗地反映在他脑海当中，他感觉到九土息壤所放射出的五行土灵之力，已然完全可以抵御上古水道的冲击，是以决定要做最为危险的善后工作。

如潮般的无匹法能，如春蚕吐丝一般缓缓流溢而出，在已然不再翻涌的水中盘旋两遭，啾地一声钻进九土息壤之内，立即引起这绝世神器的激烈反应，似乎心有不甘地放射出耀眼金芒。

他的法诀念力修为，一直靠自己揣摩得来，而且历来实战经验不足，控制自身法能运转的念力本就薄弱，哪堪“九土息壤”这种上古神器的吸食，已渐显不支。

“难道，果真会如同应龙前辈所言……”倚弦不由暗自叹道，“看来只有如此了!”

下定决心之后，倚弦分心二用，缓缓默念起一道独异的魔宗咒法，这是一个以自残方式达到目的的办法。法咒默念完毕，倚弦咬破自己舌尖，周身大半精元化作腥浓血液，立刻充斥他的唇齿之间。

倚弦毫不犹豫便将精血吞下，同时以无上归元异能，截断贯穿自身上、中、下三道渊海丹田的剑脉。霎时间，归元异能、冰晶火魄以及自身的元灵感念，化作道道彭湃激流，汇入神识之中，然后化作道道思感念力狂涌而出。

九土息壤登时幽光大盛，“叮”地一声幻回本来模样，再也不复黏土怪型。但它的无匹神力仍然他行他素，化出无数土行灵力，使黏土仍然在成倍急速增长。

不过倚弦却已不再担心，他知道自己的目的已然达到，最多盏茶时间，“九土息壤”就可收回了，他长出了一口气，闭上眼睛感受着躯体以及神识因疲惫至极而带来的快感，他静静地等待着自己灵力耗尽，他已无力再冲出水面。

然而，此时四周激荡的水波突然停住，一种莫名的惊悸油然自他心底荡出，遍体通寒。

蓦地，一声低沉长嘶，伴随着刹那又呼啸而起的浪涛在湖底穿行回荡，一种难言杀气，凄厉出现，冰寒刺骨，正在左方。

此时已不及多做应变，倚弦急挥左手在结界上猛地一拍，将体内翻涌而出的异能输入“绝龙壁”，同时右手向前平伸，傲寒诀蓄势待发，使来犯之敌无法继续逼近。

轰然巨响声中，万千魔劲倏然穿过抖荡摇摆的“绝龙壁”结界，以万钧雷霆之势向倚弦笔直撞来。眼见护身结界在视野中瞬时膨胀扩大，出现密麻细孔，倚弦难以置信，来人竟能在举手投足间将饱含冰晶火魄与归元异能的“绝龙壁”透穿，此人究竟是谁？

此时不及多想，电光火石之间，他的“傲寒诀”轰然击出，硬生生将魔劲冰冻转化，就在来人汹汹魔能即将再临的瞬间，比之“傲寒诀”更胜一筹的“寒星变”已然顺利击出。

“砰……”

双方劲能接触，然后就这么在他眼前四分五裂地爆开，隐隐散出一团血雾！

刹那间，一道鬼魅般的人影显身于血雾之中，无声无息地向后退却。倚弦虽不知他是何人，但也知道如果自己未曾施展那损己法能的“殒灵诀”，定然还可周旋，但此时他因耗损元能过剧，满眼金星，胸口一闷，一口鲜血已然从口中喷射而出。

偏又在这时，没有声响、没有预兆，甚至没有触动任何水流变化的一击骤然而至，冰冷的感觉充斥着倚弦全身的毛孔，这是不安、恐惧与震惊交织在一起的寒气。

倚弦的脑子里回想起冰火轮回狱时，一次生死关头的那丝隐晦异样明悟，却忽然闪过，伴随着“轩辕图录”一、二幅之间的交替变化与“灵悟剑诀”，清明无误地在他脑中展现开来，化为——剑道层次中的“节奏”与“无”。

节奏者，攻击距离、肢体动作、呼吸间隔、元能流速，都是一种节奏。对敌时刻，与其说是见招拆招，不如说是对敌人攻防技法和节奏的一种解读和干扰破坏，能够正确破解敌人节奏与保持自身节奏之人就是胜利者。通过刻苦的修炼者可以隐藏自己的节奏，使敌人无从破解，这就是出手的一种至高境界，即是所谓的——“无”!

此刻，他完全无法解读面前这强敌出手的节奏，这击出的一把折扇没有丝毫的预兆，好像它原本就一直放在他胸口上似的。这一扇竟已超越了空间与时间控制下的速度极限，尤其这一击还是在湖底施展开来。

耀阳先是瞠目结舌，怎也未曾想到事情比自己预料的还要糟糕，不由拍着额头大呼难办。

这时见双方居然又动起手来，登时心中火大，飞身上前，施展出新近修炼的“炎诀斩”，虽然只是小惩，但仅只两三下，众人就已皮色焦黑，浑身烧伤，满面悔恨之色地嚎啕大哭，就连方才还不可一世的那两位尊贵公子也不例外。

耀阳这才气呼呼地对身后目瞪口呆的兵士道：“你去把鬼方使者请来!”

小兵终于从极度震惊中醒来，满脸崇拜地屁颠屁颠跑去。不一会儿，那小兵却慌慌张张地跑了回来，说那同为监考官的鬼方使者，不知为何竟在营中失踪了。

耀阳终于证明他心中的想法——玉璇已经开始行动。

他哪还敢迟疑，大声吩咐手下兵士去吹响号角，召集所有人回营，众人也从耀阳脸上感到事情不同寻常，轰然应声，号角“呜呜……”响起。

众将士分列耀阳两旁，静静地望着远方，场中压抑的气氛几欲让人窒息，旗帜迎风招展，发出“哗啦啦”的声响，给众人平添几分急躁难安的心绪。

大将军南宫适闻讯赶来，挥手示意将士们不必多礼，径直走到耀阳身边，问道：“耀将军，这是怎么回事?”

耀阳摇头叹道：“将军，这次麻烦了，恐怕咱们都被人算计了……”

随即将自己推测被人暗算之事说了出来。南宫适暗赞耀阳细心，拍着他肩膀道："不必担心……先等等看，大家回来再说！"

这时，远方出现几条身影，随即他们身后零零散散，又出现几队人马，那些姬氏子弟终于零零散散的回来了，众将士不由齐声欢呼。

耀阳与南宫适两人此时却是心下怒极，他们二人远比那些将士瞧得真切，原来那些公子一面策马回奔，一边还在互相攻击、械斗，而且每人身上皆已挂伤，轻重不同，甚至有的手下家将业已垂危。

两人连忙召集手下将士，前去阻止他们互相打斗。

众人轰然领命，摩拳擦掌地冲了过去，几下便将众公子以及家将团团围住，这才示意众人停下手来。

耀阳与南宫适哭笑不得，随即上前询问众位公子，为何狩猎会弄得遍体鳞伤，此问一出，一众人等立刻眼冒怒火，又有大打一番的架势，互相指责对方抽冷子，放冷箭云云。

耀阳却发现回来的这些公子之中，唯独没有姬发、姬旦以及伯邑考三人，心下不由疑云大升。

就在这时，耀阳体内异能一阵躁动，浑然感应到一阵强悍元能相互震荡的波动隐隐传来，耀阳全身为之大震，心中一动，隐约摸到一些头绪。他走到南宫适身边，附耳道："南宫将军，这里的事情就交给你了，我去负责将另外三位公子找回来。"

南宫适也发现姬发等人未曾回来，当下本想阻拦，但想到他身负异能法术，便也就放下心来，道："不如，我让几个得力手下陪你去吧！"

耀阳哪会答应再让几人去送死，连忙道："将军，人多了反而误事，我应付得过来。"

南宫适点头道："耀将军小心了！"

耀阳哈哈大笑，策马上山而去。

策马上到半山，耀阳便弃马步行。

他施展元能鼓动身形，已然遁出数十丈外。异样元能的波动来源于一直指向山阴的石崖，耀阳轻步过去，隐匿在一个角落向崖面望去。

却发现伯邑考、姬发、姬旦三人都在，除了他们还有不少人，其中一个女子站在一位从未见过的幻面人身后，那女子虽然面目陌生，耀阳却知道这个女子正是胡女玉璇，不过她隐藏得很好，若非是耀阳与她有过亲密接触，断不可能认得出来。

继续偏身望去，耀阳没想到九尾狐也来了，她俏生生地站在伯邑考之前。

至于另外两人，耀阳也完全没有见过。

站在姬旦前面的是个身材修长的中年男子，一袭素白长袍长身伟立，一双丹凤眼充满邪异的魅力，成熟的俊朗脸上始终挂着自信的微笑。

还有一个看似瘦弱的枯瘦老者立在姬发面前，渊峙岳亭的不朽身形，和着那张皱纹像是老树盘根的老脸，浑然流露出异样神采，让人感觉不出他一丝的老态。

幻面人、中年男子与老者绝对是比九尾狐更难对付的顶尖法道高手，无论是幻面人磅礴霸道的强悍气势，还是中年男子尊贵魅异的逼人妖气，或是枯瘦老者诡异飘忽的惊人邪气，都足以深深震慑耀阳。

加上九尾狐四人交织起来足以压倒一切的撼天气势，连身在远处的耀阳也被逼得透不过气来，只是这群不知为何方神圣的怪物怎么会突然一起出现在此？耀阳暗想缘由，身形匍匐在地，不敢再有任何一丝异动，生怕被这些家伙察觉。

幸好这群老东西看起来并不是一路的，而且看形势是四方各有所恃，又互相牵制，谁都不敢轻举妄动。

此时，九尾狐娇笑道："长风大哥，你说该怎么办吧，总不会我们几个先打一场，让小辈们看了笑话吧？想来只不过是一个西岐而已，犯不着这样。"

中年男子冷笑道："那你这狐狸想干什么呢，难不成你肯就此退出。哼，卓某倒想看看你到底要耍什么花样？"

"妖帝卓长风？"耀阳曾在梅清远家中养伤的时候，听闻过一些四大法宗的高手人物，顿时吓了一跳，忖道："好大的来头，这种家伙怎么会出现在这里？"

但是让倚弦更吃惊的还在后面，那个幻面人突然向枯瘦老者沉声道：“幽玄，你不要自恃身份不说话，来到这里谁没有目的？别把你‘邪神’的架子拿出来，在这里没有人会吃你这一套。”

耀阳听得头皮发麻，“‘邪神’幽玄！怎么会有这种几乎可以说是强至无言以对的高手在此呢？

枯瘦老者“邪神”幽玄淡淡道：“陆压，都过了这么多年了，你还是没变，从来都是这样盛气凌人。”

幻面人陆压大笑道：“陆某就是这样一个人，用得着改吗？”

九尾狐见幽玄和陆压相互扯淡，顿足娇嗔道：“你们究竟有没有听我说话？”看她那样子甚是妩媚妖艳，让远在石崖外的耀阳心动不已，知道这是一种魅心之术。场中的姬旦和姬发修为尚浅，登时被迷得一阵神志昏沉，但这对于幽玄等三人却是一点效果也没有。

陆压冷哼道：“小骚狐狸，你想说什么就说，别施那些不入流的媚术？”

九尾狐本来就没想过能以媚术影响这些难知深浅的高手，媚笑一声，道：“小女子这点东西自然是不入各位法眼，不过咱们也不能干耗着。万一山下大军见几位公子还未下山，便下令搜山的话，咱们总不能见一个杀一个，来两个杀一双吧，所以咱们总要想个办法解决当前的困境才好！”

“妖帝”卓长风问道：“那你想怎么解决呢？”

九尾狐笑道：“要知道一个国家可不是单靠打打杀杀就能治国平天下的，而是要看各方面的能力，这样如何？不如咱们都不动用武力，就让这些小辈在官场上决个胜负。”

卓长风猛然大笑起来，道：“狐狸啊狐狸，你真是太狡猾了。你的媚术虽然不行，不过用来迷惑小辈和那些凡夫俗子则恰到好处。如果不用武力，难道让我们这些人去喝西北风吗？”

陆压冷笑道：“狐狸就是狐狸。”

幽玄却浅笑道：“不过，老夫倒是同意小狐狸的话，咱们这些老骨头也不必为了小辈大动干戈。不过，如果照这么做的话，老夫倒是还有一个条件。”

卓长风和陆压都没想到幽玄会同意九尾狐的提议，不禁愣了一下，脸色骤变，如果论修为而言，幽玄无疑是这里修为最高的，如果他愿意采纳九尾狐的意见，那他们就不得不正视这个问题，甚至想到幽玄会不会与九尾狐有所勾结。

九尾狐不免也有些惊奇，问道：“不知幽前辈有何见教?”

幽玄淡淡道：“很简单，就是说我们四个长辈，无论从什么方面都不能插手此事，就让这些小辈自己好好地玩，尽情地玩，输赢也只能怪他们自己争不争气，如何?”

众人都没想到幽玄会撇开这些，九尾狐微感愕然，卓长风和陆压却松了口气，都大声称好。

陆压道：“便依今日说定的为约，既然西岐姬氏已乱，陆某便不再插手扰乱西岐之事，希望各位不会出尔反尔才好!”

“小狐狸，你呢?”幽玄看向九尾狐。

论修为，九尾狐比这里三人都略差一筹，此时三人都已达成一致，她哪有资格反对，马上换上笑脸，道：“前辈大哥们都同意了，小女子哪会反对哩。”

“如此甚好，从此更凭本事!”卓长风笑声未落，已连带着姬旦凭空遁失。

陆压见口头协议已成，也不废话，回头对玉璇道：“我们走。”话音甫落，便已掠起身形而去。

紧接着，九尾狐和幽玄分别携着伯邑考与姬发离去。

耀阳早就闭气收息不敢出声，等几人走了，他吁了口气，刚要转身开溜，“归元异能”却生出灵动感应，明显感觉到有人纯以气势锁定了他此时起身所有角度的生路。

“谁?”耀阳大惊回身，脸色大变，骇然道，“幽玄?”

幽玄竟负手而立于他的面前，道：“小子，想不到这西岐除了几个老不死的家伙以外，你也算得上是个一流角色。若非老夫细心留意，怕是也无法发现竟然有人偷听。”

耀阳心中急思对策，口上打了个哈哈，道：“小子胡乱走走，谁知竟会遇到前辈们在此聚会，实在是荣幸得很，不过，刚才我真的什么都没有听到！”

幽玄哼道：“听闻你油嘴滑舌，如今一见果然是不错，遇到老夫还敢满口胡言乱语。”

耀阳暗叫糟糕，这老不死的竟知道他，看来定是姬发那小子说的。不由对姬发恨得咬牙，脸上却浮起笑容，道：“在前辈面前，小子哪敢胡说，晚辈是真的仰慕前辈已久……”

“少说废话！”幽玄打断他的话，道，“你不是那小狐狸的人吗？怎么会在这里？”

耀阳神色不变，想到方才幽玄与众人达成的协议，忙一本正经地道：“娘娘怕有人误入此处偷听，故而命小子在此警戒，现在各位前辈事情已了，小子也该告辞了。”

幽玄何等人物，哪会轻易上当，却是不怒反笑道：“敢在老夫面前胡扯，你还是第一个，果然有几分胆量。”

“哪里，哪里！”耀阳见诡计被揭穿，丝毫没有异常，继续瞎扯道，“小子只是说实话而已，自然不需要什么胆量，前辈身份何其尊贵，想必不会为难小子这个晚辈吧，小子就此告辞。”说完行了个礼就走。

幽玄眼中寒光一闪，道：“小子想走？”

耀阳回身哂道：“前辈莫非真要为难晚辈？”

幽玄沉声道：“你要走也可以，不过首先要老实交代，你这一身所学究竟来自何处，还有你身际蔓延的龙气又是怎么回事？”

果然不愧是邪神，这么轻易就看出他的底细。耀阳虽然不老，但早已狡猾成精，看幽玄的神色，知道此事不能善了，他估计就算说了幽玄也不会放过自己，更别说他会不会相信，立即放声大笑道：“晚辈不知前辈在说什么，娘娘还在等晚辈，后会有期！”语罢，他身形一幻，已在十丈之外。

幽玄是何等高手，身形飘忽间，却已早一步在他落脚之地等他，喝道：“小辈，竟敢在老夫眼皮底下偷溜？”他哪容耀阳逃走，扬手就是一道浑厚至极的元能刃风斩出。

“前辈以大欺小，不觉丢脸吗？”耀阳扬声耻笑，手底却不敢大意，急施“异能结界”以作防御。

锐利刃风击在结界上，整个异能结界立即荡起一阵波纹，耀阳只觉一道强大的元能侵入，急催归元异能发动五行玄能将它驱走，但说时迟那时快，他还是被那股元能劈得接连倒退三步才立足脚步

耀阳松松被震得酸麻的筋骨，大笑道，“前辈果然是前辈，随便出手都这么厉害。”

幽玄的眼底抹过一丝惊异，冷冷地盯着耀阳，道：“敢在老夫面前要花样，不让你吃点苦头是不知悔改了。”

耀阳知道再说也没用，耸耸肩，嘲讽道：“我可不像什么前辈高人，可以任意欺凌小辈，被人胁迫自然只能见机就走，难道还要等死不成。”

幽玄怒哼一声，四指弹出四道“捆仙指”元能，成柔和弧线般向耀阳包围而去，元能在空中猛地暴涨数十倍，顿时变成巨浪铺天盖地涌向耀阳。

耀阳感觉四面八方已完全被幽玄的滔天元能封住，无法闪躲，不过这次他已有准备，毫不慌张，再次用起“异能结界”抵御，同时双手张扬，学自《幻殇法录》的“爆炎毁裂诀”全力使出，周身五行玄能立即以他为中心，仿佛火山爆发一般，炎热的归元异能骤然爆开，威力足以摧毁一切。

幽玄的四道狂猛元能攻击被炎热的爆发力一冲，消散大半，仅余一小部分击在元能结界之上，被轻松抵消。

耀阳挡住这一波攻击，知道这样下去太过被动，立即跃身而起反攻，扬手就是全力一击“乾天炎龙诀”，龙吟作响，一条硕大无比的紫红色炎龙狂舞着向幽玄扑去。

“雕虫小技!”幽玄冷笑一声，右手一挥，轻轻一指点在劲气元能的中心力点，整条炎龙顿时如被噬魂吞魄一般，灰飞烟灭，消失得无影无踪。

耀阳早料如此，大笑道：“‘乾天炎龙诀’不行，那就看我自创的‘炎龙狂舞’，如何?”话音一出，他的双手狂击，配合《幻殇法录》要诀，全

新的“乾天炎龙诀”初次显露锋芒，无数条更加炽红的巨型炎龙连续不断地旋舞猛扑，仿佛充斥整个天地。

幽玄淡然一笑，道：“这个至多算是雕虫大技，不过也不值一哂！”说罢，拂袖一挥，雄厚无比的猛烈罡猛元气呼啸而出，行至半途却忽然一顿，相互交错幻化成星星点点的战网，立时将满天的炎龙尽数震飞震碎。

耀阳心中的震惊无以复加，同时被激起更大的反抗之心，暴声大喝道：“再看这个——”

只见耀阳跃身扑出，催出归元异能，导引体内五行玄能，化五合一，伸出两指激出一道紫色火焰，成刀形斩下，火光极盛，就如满天火焰下冲，周围温度骤升，就像连空气也燃烧起来一般。

幽玄依然不躲不闪，同样伸出两指看似随意地上旋，却正中耀阳的紫色火焰刀刃，紫色火焰刀顿时被溶化消失，仅在空中留下一缕灰烟。

耀阳知道幽玄一直只是对自己的攻击连消带打，而从未出尽全力击杀自己，是为了探出他体内的元能禀性，好在他现在的元能以五行为主，又岂是一时半刻可以摸索清楚的。他心中主意已定，低啸一声，身影闪离，双指再激炎刀，仍是挥斩如电。

幽玄的级数之高，已然臻至法道化境，怎会看不出耀阳的企图，冷哼道：“想逃？”理也不理耀阳挥出的炎刀，身形乍隐还现，已经到了耀阳身侧不远处，伸手抄出抓向耀阳的脚跟。

“指刀不行，看我脚刀！”耀阳哪肯让他抓住脚跟，灵机一动，归元异能逼下涌泉，炎热气息骤散又聚，更强的紫色炎刀竟从脚底铮然斩出，其势如泰山压顶。

数千年内，幽玄还是第一次看到这等奇招，而且威力更甚刚才，愕然有些猝不及防，仓促一拳迎上。

“砰！”炎刀元能再次被消解，耀阳整个人被击飞，强大无匹的元能袭击让他满口腥血喷出，洒下一片血雨。落地后，耀阳摇晃一阵就倒在地上，抽搐几下便昏了过去。

生死关头，倚弦奋力将身体向左闪挪，被袭来的一扇击中了右肩。

在对方扇尾及体的瞬间，他将右肩微微向后偏开，卸去大半入体的魔劲，以降低体脉所受伤害。但刹那间，他发觉敌人的魔劲古怪刁钻之极，在铁柱般凝重坚实的劲风中竟夹杂着一丝锐利如针的力量。这丝力量如锥子般渗入肩膀的肌肉，好像闪电霹雳似的直钉进他的肩关节，痛入骨髓的感觉几乎让他大声惨叫出来。

“绝龙壁”结界碎裂开来，化作青芒四散而去，归元异能占据主动，护体光影油然而生。

巨大的冲击余波将倚弦整个人打得向后飞去，感受着右肩那几乎令人昏厥的痛楚，他从未想到单单依靠一柄扇子就能造成这种恐怖的伤害！

“扇……”

淳于森！

倚弦终于知道此人是谁，心下一阵恶寒。随着背后另外一人的犀利魔能刺激，处于半昏迷状态的他被一震而醒，顺势用左手击打水流，“傲寒诀”冻出一块寒冰挡在身后，借助寒冰浮力再次躲过致命一击。

他大声喘息不止，勉强以左手祭出龙刃，遥指脚下这两名可怕的强敌。

“九土息壤”失去控制，疯狂地散发出五行土灵之力，将四周搅得宛如一汪泥潭，倚弦知道如若如此下去，那么很快轮回集会被它的泥沼填平，甚至与之相连的冥界与人界也堪虞。

龙刃不停地微微颤抖，冷汗从额头一颗颗渗出，倚弦暗道：“或许可以解读他们的攻击‘节奏’！”

痛楚虽然已减弱了不少，但他心知肚明，现在的自己单单将龙刃摆了个姿势，就已经感觉耗尽了九牛二虎之力，在适才收放息壤的过程中，与那致命的沉重打击下，他的右手已经完全失去了战斗力。

居高临下的他终于看清了另外一名强横无比的对手，他大约二十多岁的年纪，身上披着银白色战服，身形极高，在衣服下面的骨架非常宽，显得雄壮异常。肤色白里透红，两道斜插发间的剑眉下是一对点漆般的眼珠，阴沉而深邃。俊美与粗犷并容的脸庞上，充满了霸道的男性魅力，此时这强敌负手而立，傲岸挺立如松，双眼一眨不眨地盯着他，那眼神……

倚弦不由心中一寒，他的眼神似苍鹰、似黄狼，似猛虎，却唯独不像人，黑色眼珠里带有一种狂野的凶猛与嗜血的期待。虽然如此，但倚弦却无比怪异的从这里，找到了一丝温文尔雅的味道。

他却不知，他的好兄弟耀阳正是差点丧生在此人手中——正是刑天抗。

一丝笑意慢慢从刑天抗嘴角扩散开来，人影晃动，他骤然发难！

折扇的主人淳于淼也不例外，上一刻他还隐于水中，此时竟到了倚弦身前不足两尺处。这种完全没有任何声息的行动，给予他一种疑幻疑真的错觉，好像处于一个永远不会醒来的噩梦。

又是一扇袭至，魔能四溢。

倚弦以双手握住龙刃，这次早有戒备，归元异能与被截断的冰晶火魄，流散开来，化作幽紫龙影，他全神格挡。

“当……”

折扇正中龙刃柄上七分处，龙影刃身最为薄弱之处。

倚弦被浑厚魔劲冲得倒飞出去，随着一连串“哗嚓”之声不绝于耳，水浪翻滚，泥浆涌动，轰然回荡，眼前一片模糊。倚弦以坚强的意志仍然成功稳住身形，重新在泥浪之中站稳阵脚，他喘息未定，头顶魔能劲风犹如万斤巨石般劈砸落下。

抬头一看，水中的刑天抗已经头下脚上地凌空直线扑击过来，金银双色的魔能耀眼生辉，正是“吞日蚀月诀”，左抓右拳，攻势凌厉，魔能澎湃，骇人之极。

倚弦不惊反喜，抖擞精神大喝一声，他奋力使出御剑之术，“龙刃诛神”锵然长吟，划破泥浪，蕴涵冰火两种性质的异能，卸浪奔向刑天抗。

剑体灵能如此犀利，刑天抗哪敢直撄其锋，翻身就自避开，他当然知道对方的致命弱点所在，只要再坚持拖对方一刻钟之上，对方必定将灵元俱损，于是将针对倚弦的攻击魔能悉数击向龙刃。

不可思议的事情发生了——

在刑天抗转身的那短短一刹那间，“龙刃诛神”竟然在魔能及刃的瞬间，猛地向右平移开两尺。避开迎头痛击，飞射右侧射来的淳于淼，其势直如离弦之箭，速度倍增地扑杀而去，这种敏捷程度与灵性，根本不是一把武器所能达到的，此刻的龙刃不再只是一件傲世神兵，更像是倚弦的左右手。

一切均在意料之中，现在的倚弦不再去解读敌人的节奏，迎合敌人的节奏，而是去引导他们的节奏。

然而，他还是失算了，他并没有估量自身本钱，他已然念力耗尽，丝毫不能再行催动体内异能。

刑天抗已然再度攻到，魔能扑面，劲气四溢，荡起黏稠的浪花与漩涡，就像是死神临近时的轨迹。拳爪当头袭到，倚弦只能缓缓闭上了眼睛。

但就在这时，紫芒闪过，一只素手招摇翻过，将刑天抗的攻势悉数挡住。倚弦总算又躲过一轮攻势，但头顶觉得一轻，束发白绫已被这一击的余威扫中，立刻化作碎片，残蝶四散！

二人交错，重新落回，救援之人紫纱蒙面，但可瞧出却是一女子。

回想刚才的情形，倚弦不寒而栗，就在刚才交手那短短的瞬间，他竟已到鬼门关绕了数趟。不过最为担心的，却是眼前这位女郎，她为何救我？但倚弦随即终于发现了自己所想的最大蠢事莫过于此。

蓝芒紫光，震天厉响，巨大而密集的魔能旋涡，骤然聚散瓦解，无数股细碎纷乱的劲流游走流窜，发出鬼哭神号一般的尖锐呼啸，使得水中泥浆水草等物齐齐爆裂。两道人影蓦地分开，却是不知何时已到眼前的淳于淼与蒙面女子。

女子“噗”的一声喷出一口鲜血，面纱登时坠落，现出一张绝世娇颜来——

婥婥！

倚弦睚眦欲裂，一时间，心头百感交集，酸甜苦辣，交缠一处，也不知究竟是何滋味。嘴里又苦又涩，纵然有千言万语却不知从何说起，一会儿是难平的怨愤和绝望，一会儿又化做无可奈何的迷茫……不断变幻的复杂情感逐渐在胸中凝聚，仿佛迎合着光影外的浪涛泥浆，逐渐演化为心中的风暴。

此时此刻，他的脑子也仿佛霹雳轰雷一样，面对着这个宿世情人，面对着那两个竟然完全陌生而无情的魔头，无数回忆转过眼前，初遇、授艺、救命……

“我该怎么办，我不能连累她……”

就在他几近绝望之时，湖底远处，一道火红巨影蓦地近来，声震九霄的凤鸣之声，穿透湖水的隔距，清晰传来。

刑天抗与淳于淼闻听此音，相继大震，同时猛瞪倚弦一眼，又回首望向“九土息壤”，终于恨恨离去。

两道身影方自消失，朱雀庞大眩目的身躯继而出现，却看也不看倚弦，一颗大头四处探动。最后一双美丽如若火晶的眼眸，落在了婥婥身上，异彩连连，满含调侃意味地吟鸣数声，兴奋地向婥婥挤去。

婥婥此时身受重伤，本来看强敌已去，情郎无恙，心中美滋滋的恍然不知伤势为何物。但随即清醒后，却发现倚弦这块木头也不上来关心一下，登时心中大恼，暗骂这冤家不知感恩，不懂怜香惜玉，实在着恼。可见这四大异兽之一的朱雀欺近前来，更是害怕，身上伤势立时爆发，一个踉跟就要摔倒。

倚弦本来在那大吁其气，感慨自己逃过一劫，但继而就想起舍身相救的婥婥，心下生气一阵愧疚，却不知为何，根本不敢上前询问人家伤势，生怕引发什么不可预计的严重后果。

可这时眼见佳人摇摇欲坠，哪还迟疑，也不再记得自身伤势了，一个箭步跃上前去，就要扶住佳人。但就在此时，眼前一道人影晃过，一双纤纤玉手已然环在婥婥腰上，倚弦寻葱指、皓腕、藕臂……向上望去，终于见到来人的庐山真面目——

姮姮！

第六十四章　怒战邪神

众人浮上水面。倚弦双手探在水中，看着姮姮露出尴尬的神色，不过好在朱雀帮了他一个大忙，就在他这尴尬以极的时候，朱雀已经一蹦一跳来到姐妹俩身前，骇得两人动也不敢动一下，倚弦连忙喝道："朱雀，瞧你那怪样子，千万不要吓到人家，赶快过来。"

朱雀听后，又盯着姐妹俩瞧了好几眼，才老大不情愿地蹭回倚弦身边。

姮姮见这上古的洪荒异兽竟然如此听倚弦的话，心中大感惊诧，但她素来遇事不惊，对婥婥责道："下次如若你还敢任性，我定不会现身救你!"

婥婥闻言立时哭了起来，抽噎道："我……我哪里知道师父要对付的人是他，看他当时危险，我……我也不知道怎么了……呜……"原来两姐妹竟是奉了师命前来杀倚弦，试图取龙刃诛神的。

姮姮冷笑一声，道："你瞧他一副冷漠样子，分明没有把你放在心中，你何必为了这种人劳心劳神呢？死心了吧！"姮姮着实也在恼倚弦，方才居然半天不来查看婥婥的伤势。

倚弦闻言心中愧疚更甚，俊脸一红道："我……我……"却张口结舌"我"了好几声，也未曾说出什么惊天动地的话儿来。

婥婥看后摇头一叹，道："姐姐，毕竟他是现在才知道这件事，或许过些日子……唉，姐姐我好累，咱们回去好吗?"说完她将头依偎在姮姮怀中，再也不肯看倚弦一眼。

倚弦心中莫名一痛，宿世的灵犀相通，使他感觉到婥婥此时心中凄怨，但有不知该如何出言安慰。

姮姮深深望了他一眼，抱着婥婥转身遁去。

倚弦望着姮姮飞快消失的雪白娇影，看着在她怀中轻晃摇荡的婥婥的雪白赤足，心中没来由的一阵惘然。好一会儿才忽然怪叫一声："不好！息壤……"

他潜入湖底，见朱雀此时正在旁玩弄着婥婥脸上掉下的那块面纱，庞然巨躯点起面纱不时举到鼻尖嗅上一嗅，神情还颇惬写意一般，实在是滑稽到家了。

倚弦一把抢过面纱，藏在胸中，郑重而严肃地对朱雀道："朱雀，我现在需要你帮一个忙……"

此时，早已撤离到岸边的神玄二宗众人，望着渐渐平息如初，不泛丝毫波澜的奇湖水面，表情说不出的复杂，似是惊喜，又似是疑惑，更似乎不可置信……

他们不是不相信这是不久前那个豪言壮语、大义凛然的年轻男子所为，但是他们随即又打消了想到的这个可能，包括睿智的玄冥帝君与洪钧老祖在内。

可是在场众人中，却有一人确信令奇湖狂猛浪潮销声匿迹者，肯定是倚弦所为，她就是——幽云。

因为，她看见了此际在岸边趾高气昂等待的土行孙。

就在众人心中暗自诧异之时，冥日刺眼的光线忽然穿透乌云密布的天空，照射在奇湖之上。千倾湖水眨眼间变得摇摆震抖不息，蓦地从中裂开一条狭长缺口，浪潮齐齐向两旁翻涌开来。一道轩然卓越，孤绝不凡的身影倏然冲天而起，伴着说不清楚是何颜色的柔和光线与莫名气势现身虚空之中。

水浪在他脚下轰然合璧，扬起万千水线，在冥日的照射下七彩绚丽。隐隐约约中，那人忽然展齿一笑，露出爽朗自信的笑容，更衬托出他潇洒不羁、俊朗脱俗的不世风采。

——这人正是倚弦！

神玄二宗众人与轮回集未曾离开的一些居民，忽然爆出震天欢呼，慢慢汇成一声整齐的呼叫，将心中那无边欢喜、激荡的心情证明给他们心目中的英雄——

“易公子……易公子……”

当然，玄冥帝君与洪钧老祖等人并未作出如此失态举动，但他们心中却也是无比震惊。仅仅十数日时间，这位名不见经传的有炎氏子弟——小易，便已经给了他们太多太多的震惊。

他仅以弱冠之龄，便将列位天地奇珍的冰晶火魄融于体内，进而得到上古神兵“龙刃诛神”与广成遗物“乾元绫”，福缘之深实在令人咋舌。而且他在冰火炼狱绝顶之上，单身孤刃一击退怯魔宗五大宗主之一的刑天灭。三言两语之间，令魔宗三位宗主哑口无言，解救神玄二宗的一众卧底弟子。

声名鹊起，振动三界，威扬八荒。

继而，他又连败蜀山剑宗首席弟子桓冲，魔道五宗十数位高手！就连邪心修为之深，智慧超绝的通天教主，都铩羽而归，而且智计超群，周旋于奇湖筑首陆压与“龙神”应龙这两名几可与玄宗三大宗主相比肩的魔头之间，最后仍可全身而退。

更于今日驯服上古异兽朱雀，深入险地取回神宗至宝“九土息壤”，平复上古水道的滔天水势。如今不但安然现身，而且在短短数个时辰之内，他的法道念力与元能等诸般修为又飞速提升，无意之间流溢而出的灵力剑心，引得几位修为高深者倍受震撼。

试问，他们怎能不惊？

倚弦此时身在虚空之中，也体会到自身改变，但他却深知这全拜朱雀万年灵力所赐。

方才在水底时，他求助朱雀帮他收回“九土息壤”，却因这神器自主之性甚强，导致朱雀耗尽灵能重回上古水道之中，再次陷入昏睡。更加令他愧疚不安的，却是朱雀为了帮他这个“朋友”，竟然不惜付出自身万年苦修的灵力。让他在旁也是大受裨益，虽然几日之后这些灵力就会消散在天地之间，但也足够他感悟出可将体内归元异能与冰晶火魄融合归一，化为己用的修行之法。

他环目望向四周山脉，天际留白，淡然自若地缓缓朗声道："你等妖魔宵小听着，今日我不再与你等计较，如若你等胆敢再次心怀不轨，企图掀起腥风血雨……"说到此处，倚弦言语一顿，左手负于背后，右手蓦地扬起，幽紫神龙光影忽然出现，绕在他修长身躯上翩然舞动，龙刃诛神凭空出现在他手中——

"……我必登门造访，届时尔等便注定成为'龙刃诛神'的剑、下、亡、魂！"

随着他清明淡定的声音，神龙傲然长吟，冲天而起，万千剑心灵能四散开来，化作青蓝剑芒透射空际，锵锵震响，正是蜀山"凤鸣九天"中的最具威势的"剑气洞彻九重天"。

其剑吟声龙啸声未毕，但见四周忽然冲起数十道身影，仓皇逃窜，已然纷纷远遁而去。

神玄二宗众弟子方才被倚弦赫赫声威所震，这才醒转，知晓那些定是魔宗的人，当下就要追去，却被玄冥帝君与洪钧老祖等辈分高绝之人喝止。

倚弦也从空中缓缓落到玄冥帝君与洪钧老祖身前，躬身道："帝君、老祖，小易幸不辱命！"

玄冥帝君还是首次细观这位三界新贵，心下也不由暗赞一声，笑道："这次多亏易公子，方能稳定残局，不然我这无用帝君还真不知该如何收拾残局哩。"

洪钧老祖更是感慨万千，道："小友方才剑势如潮，虽说用的是蜀山剑诀，但却融会诸家之长，别具一格，独具威势，老夫真是后悔蜀山当日不能将你留下！"

倚弦知他所说是指不能收自己为徒的事，连忙客气地再次致歉，然后心不在焉地与其他人相互客气两句，暗自揣测怎样才能将自己答应应龙的事情说出，毕竟九土息壤乃是神宗之物。

正在他不知如何开口之际，洪钧老祖却对他笑道："易公子，两月之后的今日是我神玄二宗每千年一次的盛典——蟠桃盛宴。老夫与帝君在此代表天帝、王母邀请易公子赴宴，希望易公子万勿推托。”

玄冥帝君也在旁颔首道：“易公子只需到昆仑山西麓即可，本君自会遣派神宗弟子去迎接。”

这两人话一出口，登时引得旁侧神玄弟子一阵喧嚣，试想，曾几何时有人会有如许大的面子，让一帝一宗接连发出邀请，参加千年一度的蟠桃盛宴？

倚弦心中更是感怀倍至，他想起自己兄弟俩当日做下奴时，那等受人欺凌的日子，心中也不由陡起扬眉吐气之感，思量再三，道：“承蒙帝君与老祖厚爱，小子届时定如约而至。”

倚弦接着有所犹豫地拿出“九土息壤”，道：“启禀帝君、老祖，方才小子能够顺利拿到神器阻住水势，实乃与一位朋友的鼎力相助分不开，所以这‘九土息壤’小子暂时不能奉还，只因他需要此物去救助一位亲人，不知可否通融？”

玄冥帝君闻言点头道：“理当如此，‘九土息壤’既是小友寻回，而且又是为救人而用，那自然是可以的！”说罢含笑望向洪钧老祖。洪钧老祖与他对望一眼，也自点头在旁扶须微笑不已。

倚弦这才放下心来，躬身道：“多谢帝君与老祖！”

玄冥帝君与洪钧老祖两人又对倚弦交代一番昆仑山去向，以及怎样联络神玄两宗人间弟子之事，告诉他如果有所需要，这些弟子定会鼎力相助。然后这才吩咐冥界兵士善后，二人先自返回天庭复命。各宗弟子紧随其后，不多时即消失在眼帘之内，幽云却依然站在原处，未曾移动分毫。

倚弦隔着丈许远的距离，望着她立身泥泽，仿若圣洁莲花一般的幽丽身姿，胸口刹那间涌起复杂情绪，万千言语，却仿佛齐齐堵塞在喉头之处，使他不知该怎样倾吐。

幽云又何尝不是呢？

两人就这样四目交视，依惜对望，似水柔情自在不言之中。好半晌，两人蓦地齐声道——

“我……要走了。”

“你……要走了。”

两人话一出口，在听到对方相同的言语后，相继一怔，又同时道——

“那……你保重。”

“那……你保重。”

说到此处，两人不由相视而笑——

或许，这便是传说中的心有灵犀一点通吧。

幽玄看着陷入昏迷中耀阳，摇头道：“真是个麻烦的小子。”一晃身就到了耀阳身前。

此时，耀阳竟遽然双眼一睁，归元异能急迫而出，紫光冲天而起，一道长达十丈的巨型紫色炎刀凭空出现，毫无预兆地从天而降，猛逾雷霆怒击。同时耀阳双手各卷起炽白色炎龙呼啸着向幽玄急窜而去，幽玄顿时陷入腹背受敌的窘境。

不过，幽玄毕竟是非一般的高手，情知受骗之下，勃然大怒，丝毫不留力地拂袖一击，卷起捣天狂风，风中两道凌厉无比的巨大气剑崩然震出。

“砰！”

震天而响，耀眼的光芒照彻天地，炎刀、气剑与炎龙同碎，气流急窜如激流冲撞，山石轰然爆裂飞溅。

耀阳刚才凭“牵机引玄法诀”卸去幽玄一拳的元能，但还是被击成重伤，只是他见机诈晕，果然引得自信的幽玄上当。耀阳知道没这么容易击伤幽玄，也没有被这冲撞的光芒迷眼，早已暗捏《幻殇法录》中的“万刃同归诀”，配合最基本的“天火炎诀”，乘机纵身击出。

幽玄身周蓦地冒出直冲云霄的赤红火焰卷向幽玄，炽热无比的气息将其中的刃锋隐藏。

“小辈，这点东西也敢拿出来丢人现眼。”幽玄显然已经动了真怒，浑身气势磅礴压出，元能运转，气劲激出仿若替他建起一层屏障。

耀阳喝道：“这样就够了！”他不依不饶地运起归元异能，渡化五行玄能，予养于战的元能运转之法交替循行至极限，浑身炽白的火焰急窜，竟然以整个人作雷霆之势向幽玄冲了过去。

幽玄一愣，再次为耀阳不可思议的举动摇头，喝道："白痴的家伙，找死!"伸手随意挥出一道凌厉的巨型气剑，狂猛无比地向冲来的耀阳击出。

耀阳岂会傻到自己去送死，他全身炎热异能脱身而出，让异能正面迎上气剑，自己则身形跃空而起，双手合握成拳状，狂吼声中用尽全力砸了下去，瞬间体脉龙气爆发，集合所有五行异能于双手，原本手上炽白的火焰骤变成金光四射。

晃若在空中划过一道绚丽的金光，满含全身异能的拳头砸在幽玄不屑举起的枯瘦拳头上。

两拳对击，毫无声响，耀阳却遭到了更强的元能反弹，就像狂潮怒冲，威力无比地侵入耀阳体内。耀阳大喝一声，借劲后跃的同时，再次使出"牵机引玄法诀"，勉强卸走部分元能，只是侵入体脉的元能仍觉强悍过分。

"砰!"压不住的鲜血满口喷出，斑斑艳红随着满天爆发的气劲激射出去，触目惊心。

幽玄此时的脸色却是极端的难看，他只顾得耀阳的后两次攻击，注意力分散，却小看了这一式"万刃同归"，一时没察觉到熊熊火焰之中隐藏的元能刃锋，这就是耀阳拼着自伤也要达成的目的。

耀阳显然低估了幽玄的修为，那凌厉的刃锋也只是在幽玄的长衫破了十几道口子。不过这已经够了，"邪神"幽玄是何等人物，数千年来何曾被一个小辈割破过衣服。

"小辈该死!"幽玄暴怒之下，一拳击出，远比之前强悍数倍的元能崩裂冲出，势若山崩海啸，狂风怒摧，威不可挡。

耀阳伤上加伤，落地时踉跄了几步，满口鲜血再次喷出，面对幽玄愤怒击出如雷霆狂奔的惊人元能，根本是避无可避，耀阳刚稳定身子，强大无匹的元能已迫在眉睫。

在这生死一刻，已遗忘许久的轩辕图录突然跃然脑海……

"阴阳混元，三才合一，环环相生，四象乃成……"

"四象周天，充虚盈实，乾一而分，乃生五行……"

“五行化物，以应四时，顺逆阴阳，生克有常……”

他心中仿佛突然知道些什么，但是又不清楚，像是一团迷雾中模糊地看到一点亮光，不是很确定，但至少有了一个方向。耀阳只是一时微悟，像是灵光乍现，但对于幽玄的强大元能，却有了应付之策，归元异能逆运，额头紫色的半鱼隐纹骤然闪亮起来，耀阳隐含霸气的虎目爆出从未有过的神光。

逆运的归元异能引导入侵元能在体内运转，强大的元能像是洪水怒冲，几乎将耀阳的身体冲垮，耀阳额头汗流如注，忍受着这非人的痛苦，暴喝道：“给我出去！”

“啊！”在耀阳的嘶喊中，侵体的元能被尽数排出，猛烈的气劲带着皮肤爆裂的血滴向外冲出，激起一阵激烈的风暴。驱走入侵元能只是瞬间的事情，耀阳仍被那元能再次重伤，但即使身子裂痛如被扯散骨架，他也还是坚持着没有倒下。

幽玄本料想这一击耀阳非得重伤昏迷不可，却没想到耀阳顽抗至此，此人他日必是非常人物。幽玄心中杀机大起，双眼含煞，元能集起，双手齐齐挥出，顿时风云色变，强猛劲气如潮水一般，无数道凌锐剑气织起满天剑网凭空怒斩。

幽玄含怒使出这招，耀阳等的就是这个机会，他脑中闪过《幻殇法录》中记载的上乘法道秘术“驭器藏真诀”，立时从怀中掏出一些细碎物事，凭借最后的力气急运归元异能，大声念诵法咒：“元、奎、末、臾、敕令！”随即满手撒出一片紫芒，喝道：“看我——降魔封天印！”

幽玄耳中明确听到对方驭使降魔法宝的咒诀，再看漫天紫芒浮动，不由大吃一惊，哪还顾得上攻击对方，急忙闪身避出数丈开外，掌中早已掣出独门秘宝“修罗袋”，准备只要对方修为不到，便可将其秘宝收为己用，谁知等了片刻，漫天紫芒散去，却发现原来是一地的金银碎铢。

幽玄几时被人如此要弄过，气得哇哇大叫，回头准备再找耀阳算账之时，才发现那小子早已不知去向。幽玄见竟然无法找到耀阳，忙急急四下找寻，可惜脱离他魔灵异心锁定的耀阳，却怎么也找不到了。

搜索良久，幽玄遍寻不到耀阳踪迹，只能悻悻离去。

原来耀阳在使出诈术后，紧接着便以新近初修而成的“无间遁法”，在瞬间将整个人骤然遁失当空。

其实，若是以耀阳现在仅存的实力来讲，他不可能逃得过幽玄的追杀，所以，聪明的他并未走远，而是附在附近崖壁的裂隙之中，屏去周身任何气息，藏得十分隐秘。

耀阳耐性极好，一直等幽玄离去三个时辰之后，才笑着从崖壁缝隙中遁了出来，然后立即朝幽玄离去的反方向遁去，顾不得重伤，到了下山的路才渐渐放慢下来。

当他到了涓涓不断的蟠溪旁，耀阳仍感应不到任何危险，见过了这么久还不见幽玄出现，耀阳知道那老家伙是真的走远了，这才终于吁了口气，谁知心神一松，几次累加的重伤再也无法忍住，胸口一闷，猛地再喷出一口鲜血来。

耀阳知道无法再压制伤势，暗叫一声不好，再也坚持不住，踉跄一步，整个人便摔倒在地，人事不知了。

当耀阳醒来的时候，只觉一身酸痛难忍，体脉内的五行玄能散乱不凝，通体都虚弱无力。他的耳边听到阵阵鸟雀欢鸣声隐隐传来，于是缓缓睁开眼睛，发现自己竟躺在一张舒适的锦被棉床上。

他挪动身躯环视四周，只见房内布设简单，看来应是寻常大户人家庄院里的客房。他略微回忆起来，自己下山以后一直行至蟠溪旁才不支倒地昏迷，而他又记起当时上山之前，见过蟠溪附近有家庄院，不由忖道：“难道是那家庄院的主人救了我？”

此时，房门应声被人推开，一名青衣束髻的道袍童子端着一碗汤药走了进来，见他已经醒来，讶道：“想不到你这么快就醒了？先生还说，以你的伤势至少要到明天晚上才能醒来，而且熬到伤势痊愈，起码也要七天左右的时间。”

耀阳轻轻一笑，却想不到不知是何缘故扯起体脉内一阵裂痛，他硬撑着让脸色维持不变，勉强问道：“这里可是蟠溪旁的那所庄院？”

“此处正是蟠溪‘隐弈居’!”道童应声答了他一句，然后将汤药端到他的面前。

耀阳正想继续多问几个问题，谁知一阵莫名的酸痛伴着倦意袭上身来，禁不住偏过头便昏昏睡去。

待到耀阳再次醒来之际，已是第二日晨早。

他睁开双眼，顿觉神清气爽，尤其是灵台神志显得分外明朗，当即深深吸了一口气，伸了一个懒腰，掌指挥动之间，“七真妙法指”应势而动，体脉内的归元异能立时带动充沛的五行玄能转循而生，呼之欲出。

通体的舒泰感觉，令耀阳禁不住想要大声吟啸一声，但当他看到客房中的一切，才想到此时正在他人庄院之中，不由连忙以手掩口，四处张望一番，生怕搅了他人好梦。

耀阳爬起身来，松了松浑身筋骨，发现一身的伤痛已经完全好了，他自然知道这是因为体内归元异能与五行玄能循替相生的养伤效果才能让他恢复的这么快。

他想到自己在病床上待了好几天，于是决定出去溜一溜，好好呼吸一把新鲜空气，当他大步甫一踏出房门之际，抬眼又遇到了昨日端药给他的那位道童。

道童见他居然已经可以下床，不禁大吃一惊道:“你……你怎么可能恢复得这么快，今天就已经能够下床，前后总共没有超过三天……你可别硬撑，一定要小心点，免得伤势变重。”

耀阳在道童面前做了几个毫不困难的伸展动作，笑道:“我已经没事了。对了，你家主人在哪里?我想要去当面谢他的救命之恩。”

“其实，我家先生从来都是济世为怀，不讲究这些客套俗礼的。不过，先生嘱咐过我，说是等你好了之后，最好是去见他一面。所以——”童子指着庄院内园的方向，道，“你只要顺着这条路往溪流那边走过去就行了，溪边有一处石亭，先生就在那里!”

耀阳谢过童子后，举步顺着庄院的回廊向内园方向一直前行，沿途所见到处都是绿阴遍布、花木成景，尤其是假山琼池、曲径通幽的诸多布置更是奇特，让人走在园中，感觉就像是被整个内园包容融会一般，耀阳虽然对玄门法理了解不深，但却也猜得出来，这些布置都深含着天地间的不二至理。

耀阳由此心中更是大奇，忖道：“看来这里的主人必定不是一位寻常人!”好奇心驱使之下，他顺着耳际传来的轻微溪流声，辨明方向，加快步子前进，行不多远便看到前面绿木夜荫之间微露在外的石亭一角。

脚下步子顺着园中石径转了个弯，耀阳的视野之内便见到一条悠悠清泉，正是蟠溪侧旁的支流，而就在这条清澈小溪旁，一个由三根粗糙石柱撑起八面亭顶的简陋小石亭呈现在眼前，这个看似平淡无奇的石亭完全融入小溪和绿林的水木之间，而且又将两者极其自然的连接了起来。

亭中正有两人在下棋，旁边一个衣着模样甚是普通的布衣中年人则在替他们烧茶。

近前一看，下棋的两人竟还在同时垂钓，下棋垂钓这两种同属于静谧的事情，在他们的配合之下没有给人丝毫冲突之感，更将闲情雅致发挥到极其赏心悦目的地步。

耀阳极其有礼的首先向他所面对的那位布衣男子揖了一礼，然后缓步走近下棋的二人，一来不想扰了二人的棋思，二来也不愿惊跑了溪流里的鱼儿。

面对耀阳而坐的是一名儒雅非凡的中年男子，只见他微微俯首，双眼温和地看着棋局，毫不因为耀阳的到来而分神，尽管他在石凳上极其随意的平膝端坐，但那伟岸身形所表现出轩然超卓的不凡气度却让人不由心生仰慕。

背对耀阳而坐的是个身着道袍的白发老者，此人虽然不见正面容貌，但身形稳健如松一般，一头鹤发衬着一袭玄衣道袍，配上持杯饮茶的，仰或悠然抬臂落子的背影，分外散发出一种飘然出尘的仙风道骨之气。

耀阳心知这二人无论哪一位都是非凡之辈。他故意轻声干咳二声，然后继续走到二人近前，哪知下棋的两人却丝毫没有理会，耀阳知道他们都是当世高人，丝毫不敢造次，于是眼光随意地看向棋局。

棋局之中，黑白二子各据一片，黑子势力较大但势力极不稳定，南北分成数片残留之地，气数之间的联系若有若无；而白子除了中间一个破口外，其余气数基本都连在一起，阵地稳固大占优势。黑白各占半片江山，看似泾渭分明，但细看之下，则当中大有乾坤，非常人一时间可以看得清楚分得明白。

中年男子沉思良久，才伸手在白子唯一的破口关键处落了一子。

道袍老者则毫不犹豫地抬臂落子，立时将黑子的围截懒腰切断，断了方才所落子的所有出路。

尽管棋子被困，但中年男子面色丝毫未变，笑道："这一手妙棋，跟你的直钩垂钓可是有着异曲同工之妙，实在是厉害。"

耀阳闻言大惊，连忙向道袍老者身前的钓竿看去，果然看到在鱼线末端的钓钩竟真是直的，而且刚刚够到溪水水面，却不深入水中，其实如此直钩即便入水再深，恐怕终究难以用来垂钓。看到这里，耀阳心中大奇，暗想："这如何能钓到鱼呢?"

道袍老者淡然一笑，道："愿者上钩，各取所得。"

耀阳心头一振，他觉得这名老者的声音竟是如此熟悉，但这时却想不及这些，因为他感到道袍老者的话似乎另有所指，不由想到他所说的话，脸上露出沉吟深思之色。

"你虽然无饵直钩，却是因为有着比鱼饵更要莫大的诱惑，而我也是不得不下这一手，否则整个棋局恐怕都难有出路。而现在既然下了，也不必再畏首畏尾。"中年男子这次没有细虑，捏起一颗黑子径直落下，反将那颗白子包围。

道袍老者悠然道："天道无边，岂有穷尽，一手不行，未必就输。道友莫要太执着，否则便是着相了。"抬臂再落一子，将那被截白子的气数顺势延伸出去。

中年男子还是快速跟了一子，继续堵截道："天道虽然无有穷尽，而万物也皆有起灭生克，若是逆起顺灭，极力反克，岂非是有违天道?若只是为了破局而破局，兄不认为此才是真正的着相吗?"

道袍老者哑然失笑，道："天道的顺逆生克，岂是我等三界中人可以通晓明悟，试问何为逆，何为顺?不过是世人多忧自扰罢了，倒不如顺意而为，只要不违本心、不记得失、不求成败，凡事达至无愧无求便自然是顺应了人道。中邪兄认为现在棋局之中，何方为逆，何方为顺呢?”

言罢，道袍老者又落下一子，既堵截了对方的反扑，又延伸了本脉的气数。

耀阳听得二人争辩，字里行间处处都充满机锋，而且其中更隐蕴至深的玄理，不由感到大是有趣，他虽然看不懂棋局上的胜负变化，但却开始全神贯注听二人之间的对话。

“这个问题可问倒我了。”中年男子哂然道，“顺逆本无常定，想昔日汤伐夏桀而得天下，建商封侯是为顺天道，如今同样是商之天下，却效仿夏桀是为逆行倒施，这还能算是顺应天道吗?”

“中邪兄所言甚是!”道袍老者点头道，“商汤虽顺天道，但暴纣无疑是逆天而行，顺逆只在一念之间而已。不过顺逆虽易，天道却是永恒，顺者立，逆者灭。”

中年男子饶有兴致地问道：“兄竟有如此把握，那又可知此时天下何人能真的顺应天道呢?”

道袍老者缓缓起身，拿起一旁的茶壶，为中年男子斟上一杯热茶，道：“当今商纣荒淫暴虐，天下诸侯皆有异心，四方伯侯无不想取而代之。南伯侯鄂崇禹随时准备称帝，甚至已然挑明反商；就算表面顺着商纣的北伯侯崇侯虎，还不是暗地里在朝中广结党羽、搞风搞雨。而东伯侯姜桓楚虽然世代忠良，但女儿姜皇后惨死非命，两个外孙至今都不知所踪，生死未明。试问他如何肯善罢甘休?而此处的西伯侯姬昌，更是个雄心大志之人……现在天下，怕是所有人都想成为这乱世之中的顺天者。”

中年男子接过老者的茶，摇头道：“依我看来，他们当中只怕没有一个是真正顺应天道之人。姜桓楚确实是个好人，但可惜不是一个争天下的料子。鄂崇禹不过是个无能之辈，却自以为是，急急称帝只是自找祸根，迟早被灭。崇侯虎狐假虎威，只会耍些阴谋诡计，小打小闹，也成不了大气候。只有姬昌是个人才，不但承了神州龙脉之气，而且将西岐搞得有声有色，仁义大名天下无人不知。只可惜他的子嗣却太不争气，尽数成为别人的傀儡，在自家窝里斗得不可开交。所以现今天下的四方伯侯就像我下的局，虽然势力强大，却气数有限，迟早会被各个击破。”

道袍老者叹道：“如若四方伯侯合力讨纣，何愁不能推翻暴政呢？”

中年男子摇头道：“其实说起来，如今三界神玄妖魔四大法宗之间的形势又何尝不是如此，如若妖魔两宗各族能统合起来，你们神玄两宗又怎么管制得住三界局势？”言罢，他将手中棋子尽数放回棋盘一侧的石盒之中，拍拍手道，“子牙兄还是棋高一着，元某认输了！”

道袍老者此时反而陷入沉默不语之中，望着满盘棋子沉思起来。

耀阳听两人以棋论道，字字珠玑，将天下形势分析得简单明了，不禁大为佩服。而他对于面前这位背对他的道袍老者却总是有种很奇怪的感觉，觉得以前应该跟他见过面，至少听到过他的声音，尤其是中年男子最后那一句“子牙兄”更是让耀阳为之一震，忖道：“难道他是……”

这时，旁边的布衣中年人已经将烧好的茶灌入茶壶，顺便倒了一杯递给耀阳，耀阳连忙谢过接了。那布衣中年人再又恭敬地问道袍老者，道：“师父，西伯侯正到处贴榜找寻您，是否……”

道袍老者回首打断他的说话，点头道：“为师已经知道了，武吉，你先退下吧。”

“是！”布衣中年人武吉恭敬地退下石亭。

耀阳正在细思方才二位高人所说的道理，听到武吉所说的话，心中吃了一惊，暗想：“伯侯怎么会知道这位前辈高人呢？”

这时，道袍老者回过头来，微笑着对他说道：“想不到你受了那么严重的内伤，竟然这么快便可以恢复过来，真是太令人惊讶了！”

见到道袍老者回首，耀阳这时才看到这位高人的庐山真面目，顿时间愣住了。

这位道袍老者果然是当初在“天命异馆”替他们兄弟俩相过命，听妲己曾经说起他已经到了西岐，而耀阳与西伯侯姬昌却始终都找寻不到的姜子牙！

第六十五章　王气护身

倚弦看着幽云的如花娇颜与盈盈笑脸，心中一热，脱口道："你笑起来很美，平常应当多笑些才是……"话方出口，倚弦就已经后悔，暗自责怪自己怎能如此轻薄。

幽云却是坦然处之，又自一笑，点头道："我会的！"

自古以来，最难消受美人恩。听得耳边的温情软语，倚弦心中一荡，波澜情绪如同浪翻潮涌而起，但却又倏然想起与自己宿世情怨纠缠的俩姐妹，以及舍身相救之情，婥婥的伤心，姮姮的失望，他心中一疼，茫然失措之感油然而生，竟自怔怔地说不出与佳人的离别话语，仿佛是生怕就此一别，便再无相见之期。

幽云见他双目柔情似水，隐含不舍离去的悲情，不禁心中也觉一阵恻然，但知此时应以大局为重，当下幽幽一叹，道："你安心去吧，我的伤势已经无碍，我……"说着言语一顿，一团红霞浮上娇颜，"我……会在昆仑蟠桃盛宴上等你！"言罢，她依依不舍地望了倚弦一眼，白衣蝶舞，翩然飞身离去。

倚弦不自主地踏前两步，伸出右手想要将那远去的绝美身影留下，却忽然顿在那里，傻傻呆住了，心中思绪跌宕起伏，始终无法平息下来。

突然间，一声嗤笑将他惊醒，倚弦眉头一皱，心中暗叹一声，转身望去，不是土行孙那厮还能有谁，当下两步走到他身边，就像当初对付耀阳一般，在他头顶狠狠凿了一个暴栗，哼道："笑什么笑，要走了，耽误时间。"

土行孙哪里想到会遭到突袭，但看在倚弦离别的愁绪正浓，也只好老大不情愿地摸着光头，跟在倚弦身后嘟囔道："也不说说自己刚才浪费了多少时间，就会指责别人……"

在这个活宝愤愤不平的嘟囔声中，两人身影逐渐消失在远方空际，径直往潜龙泥潭方向遁去。

倚弦与土行孙乘着风遁回到"潜龙泥潭"，甫一落下地面，小千、小风与小仙三人已经早早在潭外等候多时，见了二人自是喜不自胜。

小千喜滋滋地赞道："师叔，我看到你在轮回集威风极了，那些什么神玄二宗的人在你面前，个个都成了跟屁虫似的，屁颠屁颠地点头哈腰！"

小风也跟着起哄道："是啊，是啊，我也听到了，还说是要请师叔你去参加什么蟠桃盛宴，听说那可是只有神玄二宗类似宗主级数的贵宾才能获邀参加的……"

小仙跟随两人身后，听得满脸也都是欣喜之情，毕竟像这样的待遇在三界四宗年轻一辈的法道弟子里面，这数千年来还是头一遭碰到。

倚弦微笑着附和几人的称赞，但他毕竟从来没有听闻过"蟠桃盛宴"这回事，心中难免对此有些疑惑，忍不住问道："究竟这个'蟠桃盛宴'是怎么回事？"

此言一出，所有人都为之绝倒。

土行孙更是犹如看怪物一般望着倚弦，摇头道："老大，你是真不知道还是假不知道？'蟠桃盛宴'都没有听说，你还混什么混，还以为很久没见你，除了法道水平大有提高之外，见识起码也应该见长才对，想不到仍然是个金牌菜鸟……"

倚弦有些尴尬地回道："我是真的不知道！"

看着倚弦的窘样，小千与小风跟着土行孙在旁哈哈大笑起来。

小仙适时出来解围，指着三人鼻尖道："不知道很好笑吗？其实，我也不知道，从来只是听说，你们要是知道就应该快点说出来告诉师叔，我也算是可以长点见识。"

小风与小千齐齐一愣，顿时笑不出来了，支吾了半天，相互推了推肩，同时将土行孙拉了出来，道："对啊，你就说出来让大家长长见识！"

土行孙见大家的眼光全部关注到自己身上，于是非常有成就感地清了清嗓音道："其实，这个'蟠桃盛宴'很有些年头了。相传是每一千年举行一次，所邀请的人物都是像神玄二宗宗主级数的人物……"

说到这里，土行孙顿住了，像是卖关子一般顿住了，惹得小千与小风同时吵嚷着让他说下去，并分别挥动手中的炎诀与寒诀威胁起来。

土行孙见蒙混不过，只能又装模作样地摆出一副高高在上的姿势，趁着小千与小风一不注意，便跑出他们的包围圈，道："拜托，我也只是听说了这么多而已，你们就算杀了我，我也不知道的！"

土行孙的话顿时惹来众人的一阵不屑的呸骂声。

正当倚弦好奇想知道关于"蟠桃盛宴"的详情之际，一个熟悉的语声从身后响起，道："'蟠桃盛宴'最初的第一次盛宴是在上古第一次神魔大战之后，为的是奖励神玄二宗的有功之士，同时也是为天庭能够重建，为三界诸仙同贺封神之喜。从此以后，为了纪念众神灭魔之功，也为了悼念重新开创天地的盘古上神，天帝便与众神商定，每过一千年便举行这么一次盛宴，受到邀请的大都是三界大有名望的宗主、散仙，以及新近千年来最具功勋的诸神。后来因为西王母的蟠桃园也是每千年只结果一次，所以这样的盛宴便被称之为'蟠桃盛宴'。"

听着娓娓道来的的上古传说，众人回头望去，说话之人正是"龙神"应龙，他与紫菱公主从泥潭谷中缓缓行了出来。

倚弦忙躬身行了一礼，道："小子谢过前辈赐告！"

"小友客气了。"应龙扶起倚弦，满眼赞赏的神色，道，"我都听小千与小风说了，你果然是好样的。老夫虽然隐遁三界上千年，但是耳目还是极其活跃，这千余年来，像这样直接被神玄二大宗主邀请参加'蟠桃盛宴'的年轻人，你绝对是三界第一人！"

应龙旁侧的紫菱公主紧紧注视着倚弦，一双美目顾盼之间除了跟众人一样的好奇与惊咦之外，竟还多出一种带着崇敬、欣喜等诸多异样情绪的复杂眼神。

倚弦听到应龙如此称赞自己，忙谦逊有礼地回道："前辈太过夸赞了！"言罢，忙取出"九土息壤"，双手恭敬地递给应龙，道，"小子已经向神玄二宗的洪钧老祖与玄冥帝君说过了，前辈放心拿去用就是了。"

应龙微一颔首，伸手接过"九土息壤"，轻叹一口气，道："唉，找了这么多年，终于可以如愿以偿了！"

紫菱公主则从应龙手中拿过"九土息壤"，不知是何缘故，她一把将息壤紧紧拥入怀中，竟无端落下泪来，抬头泪眼婆娑地望着应龙，喃喃泣道："外公，是不是只要有了它，就可以将娘救出来呢？"

应龙轻轻地点点头，轻轻抚拭着紫菱公主的发际，一双异芒绽现的双目竟也禁不住老泪横流，心力交瘁的面容看似苍老了许多。

听到紫菱公主对应龙的称呼，在场所有的人都齐齐愣住了。小千、小风与小仙还算好，因为他们并不清楚紫菱公主的身份，所以只是惊讶这三界中还有人敢打"龙神"应龙的主意，竟连他的女儿都不放过。

倚弦与土行孙却更是震惊莫名，他们曾经去过龙宫，清楚这位紫菱公主乃是东海龙王的爱女，却万万没有想到眼前这位天地三界中身份神秘的"龙神"应龙——竟然会是紫菱公主的外公，东海龙王的岳父。

看到众人的惊愕目光，应龙再又叹了一口气，缓缓道："别的我不想说得太多，只是想拜托大家可以保守今日这个秘密。"

众人齐齐点头答应。

倚弦见到紫菱公主带雨梨花一般的悲凄神情，想到他与耀阳从小也没有娘亲的生活，看得心中大是不忍，关切地问道："不知前辈是否需要帮忙，如果可以的话，小子愿意助前辈一臂之力……"

应龙立时出言打断倚弦的话语，双目神芒激射，道："这些都是老夫的家务事，倒是不劳小友操心了。"说着，他从袖袍中取出一团绫巾，递给倚弦道，"按照我们之间的约定，老夫现在便将'乾元绫'归还给你。"

倚弦接过"乾元绫"，也不细看便随手置放于腰间的包囊内，道："多谢前辈！"

应龙被倚弦随意的态度震得愣了一愣，忍不住道：“小友，你难道就不检查一下，万一老夫给了你一块假的乾元绫，然后就这样换走这九土息壤，岂不……”

土行孙在一旁跟着大力点头，示意倚弦为了保险起见最好还是看一看。

“前辈言重了!”倚弦连忙笑着说道，“首先是前辈的为人，小子我绝对信得过。再说，这块绫巾最初跟着我重返三界，不知为什么，它与我之间有一种不知名的感应，所以，当我拿到它的时候，我自然已经分辨出它是否有假了。”

“哦?”应龙闻言又是一怔，再看倚弦一脸坦诚相见的真挚神情，叹道，“小友果然是人中龙凤，不但福缘深厚，连禀性品质也是常人有所不及，好!”

言罢，应龙略表安慰地轻轻拍了拍紫菱公主的柔肩，像是做了某个决定似的，炯炯望向倚弦，郑重地说道：“小友，不知可否借一步说话?”

倚弦稍微愣了愣，望了望身周不解的众人，忙道：“当然可以。”

“你跟我来——”应龙朝他点了点头，然后向潜龙泥潭内的深谷缓步行去，倚弦知道他定然有什么重要的事情要告知自己，忙快步跟了上去。

望着泥潭周围犹如画一般的景致，一老一少缓缓步行在谷中。

倚弦跟随在应龙旁侧，好奇地问道：“前辈有什么事情，请尽管说!”

应龙鹰眉微蹙，道：“方才看小友收拾‘乾元绫’的态度，似乎对这件物事并没有太大的在意?”

倚弦坦然一笑，道：“其实对这些身外之物，我倒是真的没怎么在意。再说，我也不知道它究竟是什么来历，只是知道你们四大法宗好像对它蛮感兴趣的。”

应龙似是早已知道倚弦的回答，大笑摇头道：“如果大宗师广成子在天之灵听到你这番话，恐怕非被你气得大呼‘所托非人’不可。”

倚弦一惊，他曾经听洪钧老祖说过关于“龙刃诛神”的来历，所以对

“广成子”的称号有些印象，此时再听应龙这么一说，不由更加好奇地问道：“此话怎讲？还请前辈明示。”

“说到‘乾元绫’，便非得提到上古玄门三宗的祖师爷广成子不可。”应龙一脸崇敬之色，缓缓道，“广成子乃是自重造天地的盘古上神之后，神玄两宗最具法道天赋的宗师级人物，他自幼游历四方、广修万法，曾被誉称为‘通晓天地玄机的人’，后来晋身为仙神之后，他根据玄法修行中的静空、圆灵、寂灭创出三个派系完全不同的法道秘术，因此才有了今日玄宗昆仑、北明、蜀山三宗。他也因此被后世玄宗千万弟子奉为‘大宗师’。”

倚弦大为叹服地赞道：“想不到这世间竟还有如此顶天立地的奇人！”

应龙道：“他的弟子遍布天地三界，其中最具盛名的便是世人称之为‘黄帝’的轩辕，虽说轩辕已经不在了，但在所有经历第二次神魔大战之后仍然仅剩的弟子中，如今无一不是神玄二宗的绝世人物。”

“轩辕黄帝！”听到这里，倚弦的脑海中闪过那些《轩辕图录》，心中更是对广成子崇敬有加，同时不解问道：“广成子大师难道也在第二次神魔大战中仙逝了吗？”

“怎么可能，试问天地间又有谁能是他老人家的对手？”应龙叹道，“再说，如果不是因为他老人家忽然证道仙逝，魔神蚩尤又怎敢如此肆意为祸三界呢？”

倚弦更觉好奇，问道：“广成子大师既然已经封神成仙，却为何还会仙逝呢？”

“没有人知道这是为什么？传说他老人家正在闭关修行一门超越天地万法的不世之秘，却不知为何，最后的结果再也无人知晓。”应龙说完指了指倚弦的腰间包囊，道：“而所有的秘密都藏在那块‘乾元绫’之上。”

倚弦仍是大惑不解地问道：“既然没有人知道结果，又怎会传出‘乾元绫’便有答案的传说呢？”

应龙摇头道：“不知道，这是当年一个魔门弟子在玄宗潜伏五百多年后窃取到的唯一消息。至于为何会有这个传说，我等神玄宗道之外的人又如何能够得知？就连我那弟子元都在蜀山潜伏那么多年，也一样无从得知。”

倚弦轻咦了一声，对身上那块“乾元绫”是越来越感兴趣了，毫不避讳地问道：“那前辈拿去这么多日，可有什么发现吗？”

应龙叹道：“广成子他老人家的天心智慧又岂是愚钝我辈可以望其项背，不过，我倒是可以将我尝试过的一些错误告诉你，这样的话，等到你再去钻研之时，自然可以避免犯下相同的错误。”

“前辈……”倚弦吃了一惊，有些受宠若惊的慌忙推让道，“既然是前辈你潜心钻研所得，小子怎好唾手而取，万万使不得。”

应龙肃然道：“你我如此投缘，而且小友又不计前嫌将‘九土息壤’借予老夫，老夫告知这些又算得了什么。再则说来，就算你听了老夫的这些经验之谈，日后也不一定能找出‘乾元绫’的秘密所在。所以，你又何须跟我客套呢？”

不等倚弦再作推辞，应龙已经开始口述起来：“据我摆弄数日，经初步估计，‘乾元绫’中所藏奥妙，应是指广成子宗师的证道仙逝之地，只要找到此地，自然可以探知一切玄秘所在……”

接着，应龙以秘语传声的方法缓缓将他试图解开“乾元绫”之秘的方法一一详解，尽数授予倚弦，最后道：“小友可以根据这些方法旁敲侧击一番，又或是另辟蹊径一试，总之一定要切记，凡事不可墨守成规，相信总有福至心灵、解开玄秘的一日。”

倚弦默记这些方法，躬身揖礼道：“多谢前辈指点之恩！”

应龙满意地望着倚弦，却不知为何，他仰天长叹了一口气，感怀倍至道：“看到你，老夫才终于有了一种暮暮垂老的感叹……”

话未说完，应龙仰天长啸一声，侧耳听那满谷的啸声回音，他重重的拍了拍倚弦的肩，笑道，“你现在已经是妖魔二道垂涎三尺的目标人物，所以凡事多加小心！至于‘九土息壤’，如果没有发生意外的话，老夫半月后便会在此地交还给你。”

倚弦听到他话中的关切之意，满怀感激地点点头，道：“小子省得！”

应龙转身迎着闻听啸声赶来的谷外众人行去，紫菱公主等人见没有发生异样事情，不由都面面相觑，浑然不知二人之间究竟怎么了。

应龙看着快要行至自己身边的紫菱公主，略有所思的面部表情变得凝重起来，骤然顿住脚步回过头来，犹豫再三对倚弦说道：“我们算不算是朋友？”

倚弦闻言一怔，随即欣喜点头道：“如果前辈不嫌弃，我们当然是朋友！”

应龙欣慰地点了点头，表情异常沉重地说道：“如果你愿意交我这个朋友，日后若是见到紫菱丫头，有机会的话，不妨多多帮忙照看一下！”

倚弦虽然不太明白应龙的话中含义怎会如此沉重，但还是毅然点了点头，道：“请前辈放心，如果小子能够帮得上忙的地方，定当不遗余力。”

“我相信你！”应龙展颜一笑，回首正好见到紫菱公主来到身旁，眨着一双美目看着不远处的倚弦，好奇地问道：“外公，你在跟他说些什么？”

应龙摇头一笑，道：“没什么！我们走吧。”言罢，他一手携起紫菱公主，腾身而起，掠空遁去。

“前辈保重！”

倚弦望着虚空中遁去的二人身影，禁不住陷入沉思之中，虽然照应龙所说，那些都是他的家务事，无须旁人操心。但他最后说话字里行间所透出的意思，却让倚弦不得不有些担心，然而天地间还有什么人或事能令“龙神”应龙都变得患得患失呢？

回过头，倚弦的目光掠过身边的土行孙与小千三兄妹，仰望天际虚空的苍穹，心中不由感慨万千。

毕竟这世上每时每刻都有着太多难以预料的事情发生，没有任何人可以肯定下一刻会发生什么，既然是这样，所谓的成、败、得、失又有什么意义呢？

想到这里，倚弦双目中现出一片茫然之色，喃喃道：“小阳，不知道你现在怎么样了？是不是也像我一样把握不到自己的方向呢？”

耀阳连忙躬身揖礼，扬声道："耀阳谢过先生救命之恩！"

姜子牙见到耀阳，先是淡然一笑，然后起身行到耀阳身边，仔细瞧了他半晌，感觉到耀阳身上与众不同的元能禀性，以及他身上龙脉气息隐带的一丝霸气，面上倏地闪过一丝惊疑不定之色，随即恢复如常，道："将军既然是西伯侯的宫中新贵，又怎会有人如此大胆竟敢在西岐境内将你打伤？"

耀阳想到那个修为高深莫测的"邪神"幽玄，心中仍是禁不住打了一个寒战，他想详细追溯典亲会试的来龙去脉，又怕太过啰唆，扰了二位高人的雅兴，便道："此事事关西岐王室传承之争，真是说来话长！"话中含义无非是，只要你们有兴趣，他自然会继续往下说，如果姜子牙没有什么停下去的想法，他自然也就省了一番工夫，免得又要东遮西掩的打马虎眼，迟早会在言语中露出破绽。

"哦？"姜子牙轻咦了一声，并没有就此追问下去，只是眼中厉芒闪动，炯炯注视耀阳道，"将军名为耀阳，倒是与一位名扬三界的人物同名哩！"

耀阳心中暗暗叫糟，知道自己如若一言不慎，就有被认做魔星押往神宗，最终难逃丧命之虞的可能，于是装出一副苦瓜脸，道："前辈一定说地是三界魔星之一，唉……为了这事，我几次想换名字，可是却怕人说我欲盖弥彰，最后反倒百口莫辩。"

姜子牙莫测高深地笑了笑，淡淡道："虚实真假之辨，世上又有几人可以看透呢？"

不过他说出的这句话，让耀阳不自觉地甩了一把冷汗，偏头见到一旁始终没有说话的中年男子，脑中灵机一动，趁机道："先生还没介绍这位前辈给小子认识。"耀阳说着向中年男子揖了一礼，道，"方才我听了前辈的一番话，大有茅塞顿开之感，小子实在佩服之极。"

姜子牙微笑着指着对面的中年男子，道："且让老夫为将军引见一下，这位可是三界知名的绝世人物，妖师——元中邪。"

"久仰，久仰！"耀阳很早便从土行孙的口中听过妖师元中邪的鼎鼎大名，再经过梅清远老爷子的指点，对三界诸多知名人物自是知道甚详，当即惊愕非常，心中不由暗忖："这姜子牙乃是堂堂玄宗大师，怎会与这妖师元中邪相互交好?"

姜子牙何等厉害，怎会瞧不出耀阳心中的疑惑，大笑道："看将军眉宇促动的疑惑神情，想来定是在猜测我姜子牙怎会与妖宗元中邪相互交好，是吗?"

元中邪仍然是一副悠然自得的样子，但笑不语，仍然姿态优雅的品着杯中浓茶。

耀阳被姜子牙猜中心思，也不敢加以隐瞒，只能不知所措地点了点头。

姜子牙摇头叹道："原来将军也是一个是非不分、黑白不明之人。试问，凡事岂能只看表象呢？于人为友，寻个平生最为知交的良师益友，则更是如此。老夫与中邪兄相交已有五十余载，不论是琴棋书画哪一方面，老夫都受益匪浅。"

元中邪在旁首次出言，谦让道："子牙兄言重了!"

不等耀阳出言告罪，但闻一道直如泉水叮咚，珠走玉盘的婉转诱人之音从身后传来，道："师父，姜先生，茶已经泡好了，这可是雨妍刚刚从空桑山采回来的'云雨烟霖'哩!"

只听这声音里饱含着女性独特的磁性情味，让耀阳情不自禁地回头望去，顿觉眼前一亮，见那名唤做"雨妍"的女子正盈盈从亭外走来，她有着宛若刀削一般的无瑕轮廓，一张娇俏可人的脸庞未施半点脂粉，秀长的柳眉下，一双绝世美眸顾盼生辉，小巧的琼鼻配上朱唇小口，尤其是一头乌黑亮丽的长发慵懒的轻束垂后，衬上一身素白云衫，缓缓行来的身姿便犹如周身云雾缭绕的仙女下凡一般，的确美得惊世骇俗。

她正是当今三界中声名鹊起的"妖师"弟子，"离垢城"中艳惊四座的天魅舞者——云雨妍。

此时的云雨妍俏笑俨然，手中托着一个血红玛瑙的茶壶，素手赛雪，茶壶嫣红，相映成趣，衬出一种极其独特的不俗魅力。随着她一身素白莲裙的裙角被轻风荡起，套在一双玲珑玉足上的雪白绣鞋露了出来。绣鞋口端露出纤细白嫩、粉腻滑润的赤足足背，耀阳看得神情一呆，但随即就被裙角再次遮住。

这不能尽看玉足全貌的心痒诱惑，登时冲击得耀阳头晕目眩，顿觉一种口干舌燥的欲望从下腹部直窜而上，脑中念头直欲上前将她的一双小脚捧起，细细瞧个明白，甚至有种渴望肆意亵渎的罪恶感，但他却知并不能如此，于是只能强压住心中欲念，但双眼只顾盯着云雨妍张望，哪里还能收得回来。

元中邪开口道："'云雨烟霖'？你这小丫头又在作怪，拿自己的名字作茶名，定是新近发现一种好茶了？快斟来给先生与为师尝上一尝，看看是否能配上我妍儿的名字。"

云雨妍姗姗走到桌旁，为姜子牙与元中邪各自斟满茶水，只见那茶水从壶中斟出，立时茶香四溢而出，令人闻之顿有心旷神怡之感。云雨妍又拿出两碟果子、糕点摆在桌上，娇声道："师父，您如果再取笑妍儿，那妍儿以后就躲在姜伯伯这里，再也不见您了。"

这娇声憨语的小女儿状，让耀阳在旁更是魂不守舍，色令智晕。倒是姜子牙与元中邪闻言发出一阵舒畅大笑。耀阳险些神魂颠倒的神志顿时被笑声惊醒，方才知道刚刚险些着了这绝美丫头的道儿，心下不由一凛。

姜子牙闻言不由哈哈大笑，道："雨妍的茶艺比之中邪兄，着实是青出于蓝胜于蓝，只听今日这妙不可言的茶名，便知绝非凡品。"

元中邪举杯轻缀一口茶水，细细品味片刻后，赞了一句道："好茶，好茶！丫头果然没有让为师丢脸，也难怪方才姜先生硬是要拿你做彩头，才愿意跟我博弈一局。"

此言一出，不但耀阳闻之好奇心大起，脑中歪念丛生。

云雨妍在旁嗔道："师父，你又取笑妍儿了……"

元中邪摇头叹道："这次可不是取笑，是真的，而且方才一局为师已经将你输给姜先生了！"

姜子牙随声附和，煞有其事地说道："是啊，雨妍今年也该到出嫁的时候，老夫有意将你许配给我这武吉徒儿，不知你意下如何？”

耀阳闻言不由得一怔，虽然他还是第一次见到这位如此绝色的美娇娘，但此时的心中却无端涌出无比失落的心绪。尤其当他回头再见到武吉一副人近中年，憨厚老实的呆头鹅形象，心中更是说不出一种难受。

云雨妍也是神情一愣，但随即看出元中邪与姜子牙面上隐含的笑意，便极快地回复巧笑俨然的俏颜，说道：“只要师父舍得妍儿，雨妍任由先生安排便是。”

“哦！”姜子牙与元中邪对视一眼，登时同声畅快地大笑起来。

相反姜子牙身后的武吉傻愣愣地羞红了脸，连正眼也不敢直视云雨妍，呐呐道：“雨妍妹子，你莫听我师父他们说的取笑话，其实……其实我师父只是欣赏你的才智与茶艺，于是跟中邪先生说想要借你在‘隐弈居’小住一些时日，而中邪先生却说除非师父再胜他一局，所以……所以……”

耀阳听得心中紧绷的那根歪弦一松，暗中舒了一口气。

“谢过武吉大哥相告。”云雨妍先是客气地向武吉回礼，然后走近元中邪身旁，蹲在他的膝下，娇嗔道，“师父，妍儿自幼受您千辛万苦的栽培养育之恩，难得妍儿现在已经长大成人，我早已决定此生不嫁，定要永远陪伴在师父身旁，服侍您老人家。”说到最后，她的双眼业已微微湿润。

“傻丫头！”元中邪叹息了一声，慈爱地抚拭着云雨妍的发际，道，“天下无不散之筵席，你我人妖殊途，师徒缘分迟早有一日会散，这只是时间早晚的问题而已，况且我的妍儿已经长大了，也应该到了招亲选婿的时候，为师岂能为了自己便耽误你一生的命途。再说，难道师父我现在很显老吗？”

“师父，妍儿不管……”云雨妍双眼中的泪水盈盈而下。

元中邪安慰着膝下的云雨妍，对姜子牙道：“唉，元某平生弟子多不胜数，但依了妖宗的规矩，多数都在入门十年之后便散之三界之中，任她们自生自灭。唯有雨妍例外，一来因为她禀赋绝佳，尽得我之真传，但现时却仍是人身，远不同于其他诸徒；二来只因她的先天命数坎坷多舛，我怕她一旦远离我的法能庇佑，便难免受人欺凌，最后不得善终。所以，虽然各大法宗均有杰出弟子登门求亲，但我却始终放心不下……”

姜子牙听罢点头道：“老夫也已看出，令徒乃是罕有的先天‘孤凤鸣巢’的命数，中邪兄则一直是以‘乾坤逆运诀’封住了雨妍的先天命脉，所以才会令她此生至此仍然万事无忧，诸恶勿近。但这个办法未免太过牵强，只怕一有个闪失，便会……”

姜子牙说到这里便没有再说下去，只是长叹了一息。

耀阳闻听“乾坤逆运诀”之名，便已被结结实实的吓了一跳，若是换作其他人，自是不知这“乾坤逆运诀”是怎么一回事，但已经通读天罡地煞一百零八数《幻殇法录》的耀阳如何不知。

“乾坤逆运诀”源自于妖宗的“借灵还魂大法”，后者是一种夺舍法术，是一种想方设法抢取对方修炼灵体的阴损法术，举例来说，九尾狐占据苏妲己的肉身进行修行，便是后者的一种体现方式。而前者却完全不同，它则是以本命元诀去帮助对方修行，助其趋吉避恶，挡灾消难，被保护人的修炼层次自然是一日千里，无所能及，但施法的人不但要损耗元能承受所有厄难，甚至包括天劫，而且一旦被保护人受到任何伤害，施法人都会感同身受，损耗自身的本命元能。

耀阳听到这里，已然对元中邪印象大好，同时看到云雨妍带雨梨花般的悲凄模样，禁不住大生怜惜之心，恨不能立时将其拥入怀中，好好安慰一番。

等了片刻，云雨妍的情绪已经恢复如常，重又落座下来。

此时，姜子牙亲近地招呼耀阳不必拘于礼数，让他跟着入座。看着在座二位宗师级数的不世人物，耀阳多少都有些拘谨，但又不好拂了姜子牙的意思，谦让一番后，终于坐在了云雨妍的对面。

云雨妍瞧他入座，纤眉微蹙，似乎对他方才所表现出的疑虑格外不满，道：“这位公子好像对家师不甚了解，且让身为弟子的我为君一解疑惑如何?”

美人细声软语在耳，耀阳哪会拒绝，连忙大点其头。

云雨妍容光焕发，满面骄傲地道：“家师虽然出身妖宗，但生平只喜乐舞艺道，心无旁骛，在三界四大法宗之中，清誉尽知，可不是你想象的那些邪魔歪道。再说了，女娲上神不也是妖宗出身吗？娘娘还不是为世间万灵作出了那么多贡献，公子是不是对妖宗所有人都有所偏见？那女娲上神……”

耀阳立感难以招架，站起身来，拱手肃容道：“承蒙姐姐教训，小弟我知错了。只是本人屡遭妖宗人的暗算伤害，所以，心中对妖宗的人是有那么一点点……不过，其实我有好几个朋友都是妖宗出身，小弟便从未对他们有任何偏见……嘿，再说，对女娲上神的不敬大罪，小弟可是着实背不起哩。”

说完，他生怕又被这丫头扣上什么莫名大罪，连忙对姜子牙道：“其实先生火烧琵琶精的大名，我在朝歌便仰慕已久，而且也是小子我在伯侯大人面前举荐先生的。既然伯侯大人如此诚心在四处寻找先生，先生难道真的忍心西岐万千生灵受妖魔二宗的宵小蹂躏吗？”

姜子牙银眉紧皱，紧紧注视耀阳，似乎在下某种判断一般。

耀阳叹道：“先生难道认为西伯侯与那纣王一样，是个不值得扶助的无道昏君吗？”

姜子牙静候良久，才道：“老夫虽然知道如今事态严峻，但对现今西岐的大体形势，却始终无法探知清楚。既然无法做到知己知彼，一旦贸然出山襄助西伯侯，恐怕会令妖魔有所防备，甚至……甚至愈加激化他们的行为，致使生灵涂炭，便反而大为不妙，所以老夫不得不谨慎行事！”

耀阳虽也知此乃实情，但他心中更知道姜子牙如果不愿意出山相助西伯侯，恐怕会让现今事态变得更加糟糕，当下道：“先生定然有所不知，‘邪神’幽玄已经到了西岐，开始插手干预西岐设立王嗣的事了……”

此言一出，直如万钧巨雷炸响在当场诸人的耳际。

姜子牙浑身巨震，长身而起，手中的空茶杯“叮”的一声落在石桌上，回转良久。就连一直在旁淡定自若、一派悠然之态的元中邪也不禁惊呼出声，出言问道：“小友此话当真？”

耀阳面色凝重地点头应是，随即又将三日前在蟠山所遇所闻以及自身受伤之事，甚至将自身家眷被鬼方胡女抓去要挟自己的事情都一一巨细无遗地述说出来。他知道姜子牙对他仍然有所疑虑，所以他必须将这些事情陈述出来，令姜子牙相信他的诚意。

姜子牙听完之后，震惊非常，哪曾想到事情居然已经到了如此地步，当即凝神聚念，灵动手指，起卦卜算。一阵莫名的惊悸缓缓渗进他的神识思感当中，顿感一阵极大恐惧后的疲惫袭来，双腿不由一软，竟然跌坐在椅凳上，让他蓦然惊觉更糟糕的事情还在后面，而且正在紧紧逼近西岐！

元中邪见到姜子牙竟然露出如此惊骇的表情，知道局势恐怕已经无法扭转，便随即挥手阻住想要询问姜子牙的耀阳与云雨妍两人。

好半晌之后，姜子牙才面色稍霁，怅然一叹，无力地对耀阳道："将军先回西岐，想方设法稳住妖魔两宗的各方势力，尽量为老夫争取一点时间。老夫立即赶往昆仑山，向师尊禀明此事。至于你的家眷，暂时不要担心，老夫自会派人去寻找她们的下落，不日便会告知于你，还有就是这段时间你一定要小心为妙！"

耀阳闻言大喜过望，知道姜子牙已经开始相信自己，甚至愿意出山帮助西伯侯，但他却也知道如今西岐的事态，肯定比自己想象中还要严重，于是也就不再多说，长身而起，拜别姜子牙、元中邪与武吉等人，只是最后仍然忍不住多看了云雨妍几眼，才头也不回地转身离去。